Ольга Во

Нет за

«Одно из самых ярких открытий года, цепляет нешуточно».

«Комсомольская правда»

«В романах Ольги Володарской суровая правда жизни органично сочетается с трогательным романтизмом и тонкой чувственностью».

«Известия»

МИСС
РОБИН
ГУД

МАРИНА СЕРОВА

Скала эдельвейсов

Москва, 2008

УДК 82-3
ББК 84(2Рос-Рус)6-4
С 32

Оформление серии *А. Старикова*

Серова М. С.

С 32   Скала эдельвейсов: Роман / Марина Серова. — М.: Эксмо, 2008. — 352 с. — (Мисс Робин Гуд. Детективы М. Серовой).

ISBN 978-5-699-31030-2

В один миг жизнь Ольги Камышиной — молодой, талантливой певицы — покатилась под откос. Она потеряла все, чего многие годы с таким трудом добивалась: работу, уникального тембра голос, уважение жителей маленького городка, а главное — свою единственную любовь. Вдобавок ко всему Ольга попадает под машину. Налицо суицид, девушка в коме, причем прогнозы самые неблагоприятные. Все вокруг говорят, что именно ее любимый человек и по совместительству продюсер виноват в трагическом стечении обстоятельств. Желая восстановить справедливость, мать Камышиной обращается к знаменитой Мисс Робин Гуд — Полине Казаковой, защитнице тех, кто неспособен постоять за себя. Уж Казакова сумеет отомстить негодяю, желающему поживиться на таланте юной певицы...

УДК 82-3
ББК 84(2Рос-Рус)6-4

ISBN 978-5-699-31030-2   © ООО «Издательство «Эксмо», 2008

Глава 1

Все происходящее слилось для нее в один белый шум — люди, проносящиеся машины, тупое и равномерное моргание светофора. Уже десять минут она стояла на перекрестке и все никак не решалась сделать шаг — не потому, что боялась или раздумывала, а потому, что никак не могла вспомнить, куда она должна была идти. Но ведь куда-то должна! Надо бежать, доказывать, убеждать, бороться... Надо бороться. Но не хочется. Хочется спать. И зачем бороться? Ведь все уже произошло. Все самое страшное, что могло произойти в ее жизни, уже случилось. Хуже не будет, поэтому можно просто спать. Как можно дольше спать и не просыпаться, чтобы не думать.

Ольга глубоко, с тоненьким всхлипом вздохнула и резко шагнула на проезжую часть. Словно в ответ на ее всхлип, истерично и резко взвизгнули тормоза, и для девушки наступил, наконец-то, спасительный покой.

* * *

Аристарх Владиленович с любопытством изучал внутреннее убранство приемного покоя больницы. Посмотрите на врачей — боги! Боги обшарпанного Олимпа. И простые смертные, доставленные сюда злой волею судьбы, с мольбой в глазах ожидают их божественного вердикта: нам куда? На землю? Или здесь, в рабстве и муках побудем? Мы побудем, вы только прикажите, а потом отпустите. Но боги суровы, некогда им. Носятся по коридорам, не замечают подобострастных взглядов землян, ветер раздувает паруса их незастегнутых халатов.

Дед фыркнул — нафантазировал! А что еще делать? Ожидание затянулось, уйти просто так и бросить даму он не может, не так воспитан. Час назад, в сквере, прямо перед ним неловко поставила ногу и упала женщина, примерно одного с ним возраста. Она так мило ойкала и извинялась, что Аристарх просто не мог не доставить ее в больницу, а доставив, не дождаться, пока новой знакомой не наложат гипс на сломанную, как оказалось, руку. Дед маялся. Он ничего не знал о новой знакомой, а вдруг у нее угрюмый недобрый муж? Что, если он заявится сейчас в поликлинику, увидит тайный смысл в их нечаянной встрече и обидит Инессу? Откровенно говоря, была еще одна причина, по которой дед не смог просто так уйти. У дамы оказалось редкое, овеянное вихрем революции имя — Инесса.

Когда-то это имя принадлежало его давно потерянной ветреной супруге. Ариша склонил голову, губы его тронула мягкая, слегка горестная улыбка, перед глазами встал образ юной зеленоглазой брюнетки с точеными чертами лица. Как он мог потерять ее?

Внезапно сладкие и одновременно горестные размышления прервал неприятный шум: двое выясняли отношения. Женщина явно с трудом сдерживала эмоции, мужчина невнятно и растерянно пытался ее успокоить.

Аристарх Владиленович был любопытен, время надо было чем-то занять, поэтому он искоса посмотрел в глубину больничного коридора — действительно, молодой, холеный, хорошо одетый мужчина и женщина в возрасте. Было видно, что женщина пытается сдержать эмоции и говорить тише, но у нее это не очень-то получается. Она едва сдерживала рыдания:

— Это ты! Ты виноват! Я все знаю, мне рассказали.

— Катерина Ивановна, о чем вы? Да, у нас с Олечкой была размолвка, но разве сейчас это важно? Сейчас надо спасать Олю!

— Не смей даже говорить о ней! Уходи! Ненавижу! Ненавижу, ненавижу! — женщина выкрикивала это слово на одной ноте, раскачиваясь, словно убаюкивая себя. Теперь притихли уже все немногочисленные посетители приемного покоя.

7

«Надо это заканчивать!» — решил Аристарх Владиленович, несколько мгновений поколебался, борясь с врожденной стеснительностью, и мягкой походкой неслышно подошел к этой странной паре:

— Поверьте, вам сейчас лучше уйти, — шепнул он на ухо молодому человеку.

Тот удивленно вскинул на него глаза, хотел что-то сказать, но, видно, передумал, махнул рукой и быстро зашагал к выходу. Аристарх присел рядом с женщиной, по-отечески обнял ее за плечи. Женщина была немолода, но явно годилась ему в дочери, поэтому он легко позволил себе эту мягкую ласку.

— Успокойтесь, милая, на вас все смотрят. А если не можете, идемте в больничный сквер, там мало любопытствующих. Не стоит выставлять свое горе на суд равнодушных зрителей.

— Да, конечно, — приподнялась было женщина, но тут же села обратно. — Нет-нет, я не могу, врач может выйти, а меня не будет на месте.

После того как вышел мужчина, агрессивность ее улетучилась, но нервозность осталась. Женщина суетливо озиралась, нервно теребила пальцами полу халата, некрасиво покусывала губы. Она напоминала Аристарху зверька, пойманного в вольном лесу и посаженного в тесную загаженную клетку. Вернее, самку, лишившуюся к тому же детенышей. У него сжалось сердце. Женщина тем временем продолжала говорить:

— Я врача жду. Он сейчас у Олечки. А меня к ней не пускают. Вот скажите, я же мама, как можно маму к ребенку не пускать? Может, мне к главврачу сходить? Или деньги кому-нибудь дать? У меня есть! Как нарочно, собиралась за квартиру заплатить, положила в кошелек, а тут звонок — Олечка в больнице.

Она достала видавший виды кошелек и продемонстрировала несколько сотен и десятки.

— Как фамилия вашей дочки? — вздохнул дед. — Никуда не уходите, я сейчас.

Ариша не любил пользоваться связями, но сейчас был тот самый случай, когда церемонии казались излишними. Главврач больницы изредка составлял ему партию в покер, он был человеком старой закалки, то есть неалчным до материальных ценностей, но жадным до общения. Он искренне обрадовался визиту своего приятеля.

— Аристарх Владиленович, какой сюрприз! Надеюсь, причиной этой нечаянной радости не являются проблемы с вашим здоровьем? Нет? Прекрасно! Вы не представляете, каким коньячком угостил меня сегодня один благодарный пациент. Присаживайтесь, у меня как раз есть полчаса свободного времени.

— Спасибо, дружище, — затряс ему руку Ариша, — но я, к сожалению, с просьбой. Там, внизу, женщина сходит с ума от неизвестности. Помогите, пожалуйста, узнать, что с ее дочерью. Не могу смотреть, как она мучается.

Скоро Ариша владел всей информацией. Ольга, по показаниям свидетелей, буквально выпала на проезжую часть прямо под колеса автомобиля. Никто из окружающих не понял, что произошло, видели только, как машина отшвырнула девушку обратно на тротуар, прямо под ноги пешеходам. Удар был сильным, девушка сразу потеряла сознание, поэтому ее сочли погибшей, но врач прибывшей «Скорой», на счастье впавшего в панику водителя, сбившего девушку, обнаружил у нее признаки жизни и под вой сирены доставил пострадавшую в операционную. Уже на операционном столе выяснилось, что обошлось без переломов и внутренних ушибов, но этот факт никак не мог утешить родных Ольги. Результатом удара головой о бордюр была сложнейшая черепно-мозговая травма. Операция шла уже третий час, а хирурги все не могли дать гарантий в том, что их пациентка будет жить.

Главврач уверил Аришу, что операцию делает лучший нейрохирург отделения и если девушке суждено выжить, она выживет. Большего он гарантировать не мог. Дед горестно покачал головой: он так надеялся принести бедной женщине добрую весть! Что ж, он взял на себя ответственность за нее, ему и нести ее дальше. Если утешить мать не получится, придется отвлечь. Старый интеллигент спустился на первый этаж и подошел к пребывающей в неведении женщине:

— С вашей дочкой все будет в порядке. У нее нет ни одного перелома, не придется лежать в гипсе. Позвоночник не пострадал, внутренние органы целы. Она сильно ударилась головой, но ей помогает самый лучший врач, он сделает все как надо. Что же поделать, милая, бог не всегда бережет наших детей. Но вы не должны отчаиваться. Она жива, это главное, а вот мой сын...

Обычно Ариша умел заглушать боль воспоминаний, но сейчас они нахлынули на него, не спрашивая разрешения, вместе с запахами медикаментов, аурой горя, царившей в отделении, и озабоченными взглядами докторов. Дед сел рядом с матерью Ольги и закрыл лицо ладонями. Теперь уже ему требовалась помощь, и теперь женщина мягко положила руку ему на плечо. Так уж мы устроены — даже когда сами находимся на грани отчаяния, всегда находим силы поддержать другого, даже плохо знакомого нам человека. Мой дед собирался отвлечь женщину от мрачных мыслей, но никак не думал, что будет рассказывать ей о нашей общей трагедии.

Моего отца он воспитывал один, не владея никакими специальными педагогическими техниками, выдвигая подчас противоречивые требования, так как сам воспитывался на симбиозе пролетарской, даже скорее жесткой чекистской дрессуры со стороны своего отца и тихого внедрения аристократических замашек со стороны матери, дворянки по происхождению. Поэтому дед мой был человеком голубых кровей с буйным, несколько хулиганским нравом. Хотя хулиганский нрав можно тоже приписать дворянской крови, — предки его отличались склонностью к смуте, а один из них даже участвовал в восстании декабристов. Но вот кто из предков возьмет на себя ответственность за пристрастие деда к азартным играм и легкому, ни к чему не обязывающему карточному шулерству? Наверное, опять дворяне. Пролетарии-чекисты же, тихо презрев идеалы марксизма-ленинизма и пользуясь служебным положением, вдоволь наэкспроприировав экспроприированное или награбив награбленное, говоря более понятным языком, обеспечили ему безбедное существование.

Впрочем, моего папу он воспитал вполне нормальным человеком, законопослушным, успешным, любящим. Они с моей мамой погибли в автокатастрофе у меня на глазах, когда мне, Полине Андреевне Казаковой, было четырнадцать лет. Виновником аварии был главный прокурор города, он же представил все так, будто папа, а не он, в пьяном виде управлял автомобилем. Дело закрыли, не доведя до суда, нам с дедом пришлось выплатить компенсацию за ремонт автомобиля прокурора и перебраться за город, в коттедж, который мама и папа только-только успели достроить. С тех пор мы друг для друга — единственные близкие люди. Я, несмотря на свои двадцать восемь лет, так и не вышла замуж и не нарожала ему внуков, дед тоже остался верен своей первой любви, моей бабушке, исчезнувшей около сорока пяти лет назад.

— Господи, как я мог забыть! — встрепенулся Ариша. — Инесса!

Он действительно запамятовал, как оказался в приемном отделении. Видимо, пока он узнавал о состоянии здоровья Ольги, его новая знакомая получила помощь и ушла, нс найдя галантного старика на месте. Позор! Что она о нем подумает! И он так и не успел ничего узнать о ней: кто она, замужем ли, любит ли оперу или предпочитает джаз. Кошмар! Дед приуныл. Но уныние не давало ему права бросать еще одну женщину, попавшую в более серьезную передрягу — мать Ольги, Катерину Ивановну, как она ему представилась.

— Откровенность за откровенность, голубушка, — без церемоний приступил он к вопросу, который не давал ему покоя. — Кто тот молодой человек, которого вы прогнали? И почему вы обвинили его в произошедшем с Ольгой? Считаете, это он толкнул ее под колеса автомобиля?

На лицо женщины опять набежала тень, черты ее некрасиво исказились, губы сжались.

— Толкнул. Только не физически, а морально. Он бросил мою девочку, когда и без этого ее жизнь потеряла смысл. Олечка лишилась работы, таланта, будущего. Он ославил ее на весь город, чуть не упек за решетку, оставил без средств к существованию. Это страшный человек! Но я знаю, что я сделаю. Он тоже не будет жить. Деньги у меня есть — копила Олечке на свадьбу. Она в последнее время хорошо зарабатывала и почти все деньги отдавала мне. Так я на хозяйство из ее зарплаты ничего не тратила, все откладывала, думала, ей пригодится. И правда, пригодилось. Только не на то, на что я рассчитывала.

— Постойте, — перепугался Ариша, — вы хотите нанять киллера? Не вздумайте! Есть множество законных путей наказать порок, например, написать заявление в милицию. За доведение до самоубийства дают хороший срок, пусть поживет среди уголовников, похлебает тюремной баланды.

— Что вы, Олег очень богат, он откупится! А моих средств не хватит на хорошего адвоката. Или хватит? Вы не знаете случайно, сколько может стоить адвокат?

— Знаю, голубушка, знаю. И даже могу порекомендовать вам прекрасного специалиста. Видите ли, я не последний человек в этом городе, у меня есть некоторые связи. Я попробую вам помочь. Сегодня же постараюсь увидеть его и рассказать о вашей беде.

В этот момент в глубине плохо освещенного коридора зловеще лязгнула дверь, и санитарка в несвежем халате с грохотом выкатила из полумрака ржавую железную каталку с телом, накрытым коричневатой простыней. Простыня была, как обычно водится, коротковата, поэтому не прикрывала желтоватые ступни, на одной из которых уныло висела клеенчатая бирочка. Катерина Ивановна тихо охнула и приросла к стулу. Санитарка, глухо откашлявшись, зычно гаркнула:

— Зинка, найди Петровича, работу ему везу!

Дежурная, сидевшая у входа, отозвалась:

— Да он с утра в котельной завис, сегодня уже не работник.

— А меня не касается! Можно подумать, ему живого человека резать. Да тут и так все ясно, пусть поковыряется для вида да зашьет, любой алкаш справится.

Ариша от изумления потерял бдительность, поэтому не успел перехватить Катерину, птицей кинувшуюся к каталке и запричитавшую над трупом. Она выкрикивала проклятия в адрес Олега, а также всех эскулапов мира, алкоголиков, адвокатов, обнимала тело под простыней, отталкивала пытавшихся оттащить ее санитарок. Весь этот кошмар продолжался до тех пор, пока простыня не сползла и неожиданным зрителям не предстало благообразное лицо старушки с заострившимся носиком и скорбно поджатыми губами. Только после этого Арише удалось оттащить женщину от каталки и усадить обратно в кресло. Тут же подлетела молоденькая сестричка с маленьким стаканчиком остро пахнущей жидкости, одной рукой привычно поддержала женщину за затылок, а другой мягко опрокинула стаканчик с успокоительным ей в горло. Никто не заметил, как из дверей, ведущих к операционной, вышел немолодой доктор с потухшими глазами. Он подошел к маленькой группе, снял шапочку и вытер ею пот со лба.

— Операция прошла успешно, состояние вашей дочери стабильно тяжелое. В сознание она придет не скоро, пока будет находиться на искусственном жизнеобеспечении, а дальше — посмотрим. Идите домой, сейчас вы ничем не можете ей помочь.

Он постоял еще немного, потом, так и не взглянув в глаза женщине, зашагал дальше по коридору.

— Не надо мне адвоката, — сквозь зубы прошептала мать, — я знаю, как расквитаться с ним. Я бабку одну знаю, она нашлет на него такую порчу, что никто снять не сможет!

— Послушайте меня, — тихо произнес Ариша, — пока ничего не отвечайте, только выслушайте. Я хоть и старый безбожник, но знаю: то, что вы задумали, не принесет успокоения вам и здоровья вашей дочери. Я знаю человека, который сможет сделать так, что все, содеянное вашим врагом, вернется к нему же. Девочка будет отомщена, злодей наказан. А перед богом и людьми вы и Олечка останетесь чисты. Помните, я рассказывал вам о смерти моего сына и невестки? Тот, кто явился причиной их смерти, спустя четырнадцать лет был жестоко наказан. Он потерял состояние, репутацию, здоровье, разум. Его жестоко предали самые близкие люди, теперь это жалкий, нищий, одинокий старик. И свершился суд не при помощи магии или божьего промысла. Смерть — слишком простое наказание для вашего обидчика. Правильнее будет заставить его покаяться, заставить страдать так, как страдала Оля. Возьмите визитку и подумайте над моим предложением.

Ариша вложил в руку несчастной матери карточку с моим телефоном и вышел из приемного покоя. Свежий ветер взъерошил его тщательно уложенные волосы и унес облако больничного запаха. Все, что он рассказал, было чистой правдой. Когда мне исполнилось двадцать восемь лет, я действительно разыскала бывшего главного прокурора города и собрала сведения о нем и его семье. Оказалось, что мой враг женат во второй раз на молодой и неглупой женщине, старший сын его является крупным строительным магнатом города и замешан в махинациях с рентой, младший сын — лоботряс и наркоман.

Я подружилась с его женой и убедила ее бежать от мужа, прихватив солидную часть семейного состояния. Для падкого на дешевые развлечения прокурора наняла девицу легкого поведения, которая шантажом довела его почти до безумия, а также перессорила его сыновей, сделав из равнодушных друг к другу людей лютых врагов, а затем собрала и передала в прокуратуру материалы, уличающие старшего сына в преступных махинациях с договорами пожизненной ренты. В конце концов, я явилась невольной причиной того, что дом этой семейки сгорел, а сыновья практически похоронили отца заживо под его обломками. В последний момент мне удалось вытащить господина прокурора из горящего дома, я не смогла спокойно смотреть, как в страшных муках гибнет человек, даже если этот человек заслуживал такой смерти.

Итак, я отомстила за своих родителей и теперь не прячу глаза при взгляде на их портреты. Мой дед был прекрасно осведомлен о ходе моего расследования, и не только не отговаривал меня, но и очень помог мне советами, знанием, делом, помощью нужных людей. Кроме него, больше никто в полном объеме не владел информацией о моем участии в странном развале внешне крепкой и обеспеченной семьи, но многие догадывались. Например, моя подруга Алина, девица взбалмошная и непостоянная, но верная и преданная, или журналист местной газеты «Горовск сегодня» Антон Ярцев, который помог мне с опубликованием необходимой информации, или старый друг нашей семьи, полковник ФСБ Сергей Дмитриевич Курбатов. Когда погибли мои родители, он был далеко и не мог помочь мне, поэтому счел своим долгом теперь закрыть глаза на некоторые явные вещи и прикрыть меня перед прокуратурой. В умении всех этих людей держать язык за зубами я была уверена, однако в городе пошли слухи о том, что возмездие настигло семью прокурора не только по воле божьей.

Спустя некоторое время я получила свой первый заказ — мне предстояло разобраться в деле о странном взрыве на кирпичном заводе. Справилась я блестяще и в результате поняла, что больше не могу прозябать на скучной и серенькой должности юрисконсульта сего завода. Я уволилась и на общественных началах занялась частным сыском. Однако практика была небольшой: всего несколько семейных дел. На самом же деле я ждала, когда мне представится возможность восстановить справедливость и защитить тех, кто нуждался в помощи. Это стало своеобразным наркотиком, смыслом жизни, кислородом, без которого я уже не представляла своего существования.

И заказы шли. Шли, несмотря на отсутствие какой-либо рекламы и тщательную маскировку, прибегать к которой стало моим правилом. Видимо, в таком маленьком городке, как наш Горовск, нонсенс — само существование тайны. Конечно, не всегда была возможность действовать законными способами, поэтому иногда я позволяла себе нарушать законы и путаться под ногами правоохранительных органов, но блестящее знание юриспруденции и престижное высшее образование позволяли мне избегать стычек с законом. С законом, но не с моими противниками. Я умела бороться со страхом, и эти стычки только добавляли драйва к моей работе. Но порой в дело вмешивались эмоции. Так, я практически влюбилась в старшего сына прокурора, Вадима, и только личная ненависть к этой семейке помогла мне, если не справиться, то хотя бы заглушить чувство к обаятельному и жестокому противнику. Кстати, Вадим до сих пор находится в розыске за совершение ряда тяжких преступлений, а так как именно я стала причиной крушения его империи, жить мне приходилось с оглядкой.

И все же в последнее время мне не попадалось ни одного мало-мальски интересного дела. Помочь с разводом, поймать на месте преступления блудливого супруга, оформить наследство... Тоска. Время от времени я даже отказывалась от рутинных дел — денег нам с Аришей хватало, а чахнуть над текучкой не хотелось, чем бы тогда отличалась работа частного детектива от службы на кирпичном заводе «Красный Октябрь»?

Сегодня мне было особенно тоскливо: за окном монотонно капал серый дождик, ведущий моей любимой радиоволны с натугой пытался вдохнуть оптимизм в радиослушателей, на телевизор я даже смотреть не хотела, дел интересных не наблюдалось. Я достала из футляра саксофон и добавила в эту тягомотину свой вклад — затянула нуднейшую композицию Клода Дебюсси. Обычно саксофон помогал мне справиться с дурным расположением духа, а иногда в процессе музицирования меня посещали интересные мысли по поводу решений сложных дел, но сегодня был не тот случай. Мне было грустно, и, следуя логике духа противоречия, клин следовало вышибать клином, то есть сделать так, чтобы стало совсем тоскливо.

Добить себя окончательно не дал мне Ариша. С сердитым лицом он возник в дверях моей комнаты и замахал руками:

— Полетт, прекрати немедленно! Подобного кошмара я не слышал с тех пор, как по неразумению купил тебе барабан! Тебе тогда исполнилось пять лет.

— Что, фальшивлю?

— Если бы! Играешь виртуозно, но чересчур пессимистично. Прекращай это безобразие и спускайся вниз, пока клиент не удрал. Твои рулады — прекрасная антиреклама. Поторопись, я нашел тебе интересную клиентку. — Он гордо поднял голову. — И она пока терпеливо ждет тебя в гостиной.

21

Глава 2

Женщина, которая ожидала меня в гостиной, совсем не была похожа на моих заказчиков. Обычно к частному детективу обращаются люди определенного круга, доходы коего гораздо выше черты прожиточного минимума. Моя же новая клиентка явно жила на зарплату российского бюджетника. Ближе к пятидесяти годам, очень худенькая, даже костлявая, на маленьком треугольном личике огромные угольно-черные глаза, ни грамма косметики — это лицо она только бы испортила.

— Знакомься, Полетт, Катерина Ивановна, я тебе рассказывал про ее беду, — прервал дед затянувшуюся паузу.

Да, кажется, я что-то припоминала. Больница, дочь, попытка суицида. Непонятно чем, но клиентка вызвала во мне глухое раздражение.

— Спасибо, Аристарх Владиленович, — повернулась я к деду, — вы можете быть свободны.

Ариша насупился. Он никак не ожидал от меня такого коварства: понятно, привел клиентку, а я лишаю его возможности послушать подробности интересного для него дела и отправляю прочь, как какую-нибудь секретаршу. Ничего, так ему и надо, не будет критиковать мои музыкальные таланты. Я, конечно, не Луи Армстронг, но для хрупкой непрофессионалки играю неплохо, очень даже неплохо.

— Наверное, я пришла не по адресу. — Клиентка подождала, когда за дедом закроется дверь и продолжила: — В милиции даже не стали открывать дело. Говорят, нет свидетелей преступления, налицо стопроцентный суицид. Да, я согласна, суицид, но почему никому не придет в голову, что ее подтолкнули к этому шагу? Пусть не физически, но подтолкнули же! В общем, я требую, чтобы вы покарали виновного. Его зовут Олег Пахомов, ему тридцать лет, вот его фотография. После того, как вы закончите, вы предоставите мне все доказательства, иначе не получите гонорар. Я требую, чтобы он страдал, а причину его страданий выбирайте сами. Я ясно выражаюсь?

Теперь понятно, откуда такое мерзкое настроение с утра. Видимо, я предчувствовала, что придется общаться с крайне несимпатичной особой. Ну, спасибо, дедуля, удружил!

— Откуда вы взяли, что я собираюсь кого-то наказывать? — Я демонстративно развалилась в кресле и качнула ногой. — Как частное лицо, я могу предложить вам расследование и найти причину трагедии, которая произошла с вашим ребенком. А наказывать виновных будет наше правосудие, у него для этого имеются все полномочия. Кроме того, часть оплаты за работу вы внесете сейчас, иначе я за дело не возьмусь.

Дети чутких и любящих мам не бросаются под машины, и хотя мне понятно желание этой женщины наказать виновного, я за дело не возьмусь. Я не механическая гильотина, и сама решаю, хочу я принимать участие в том или ином деле или нет. Кстати, в каком состоянии сейчас ее дочь? Если близкий тебе человек находится между жизнью и смертью, тебе некогда думать о возмездии, все твои действия и помыслы направлены на его спасение.

Женщина напротив меня пожевала губами, резко выпрямила спину и встала:

— Ну, раз меня ввели в заблуждение, я ухожу. Простите за беспокойство.

Я молчала. Гостья же стояла на месте, словно ждала, что ее остановят. Сейчас она находилась против окна, и солнечный свет жестоко демонстрировал морщины, слишком глубокие для ее возраста, черные тени под глазами, опухшие от слез веки. Внезапно она начала говорить. Негромко, монотонно, почти без пауз, словно читала заранее выученный текст:

— Олечка у нас с мужем — поздний ребенок. Мы специально старались воспитывать ее так, чтобы она ничем не выделялась среди сверстников. Знаете, насмотрелась я на вундеркиндов и подающих надежды звезд: всегда изломанные судьбы, мутное будущее, несбывшиеся надежды. Поэтому мы решили: пусть будет серая мышка. Именно они, как показывает жизнь, наиболее счастливы. Внешность у нее неяркая, в школе она еле-еле вытягивала на четверки, мальчики за ней не бегали. В семь лет я отдала ее в музыкальную школу. Отдала с мыслью о будущем: учительница музыки — прекрасная работа для женщины.

— Разве? Маленькие оклады, отсутствие перспектив, — вставила я. Я сказала это не для того, чтобы поспорить, а для поддержания разговора. Неожиданно мне стала интересна моя посетительница. В первый раз я видела мать, которая не желала для своего ребенка успеха и обеспеченности.

— Прекрасная работа — та, которая не выжимает из женщины все соки, которая оставляет ей силы для семьи, мужа, дома. К тому же в том мирке нет места хамству, пошлости, грубости. Дети, занимающиеся фортепьянной музыкой, обычно послушны, вежливы, неагрессивны. Нет-нет, не спорьте, я прекрасно все рассчитала, только я могу знать, что нужно моему ребенку! Так вот, Оля стала посещать музыкальную школу. Кроме, собственно, игры на фортепьяно, в программу входило еще несколько предметов: хор, сольфеджио. Неприятность поджидала с самой неожиданной стороны, у Ольги все-таки оказался талант, и талант самый нежеланный для нас — потрясающей силы и редкого тембра голос. Естественно, в музыкальной школе ее сразу сделали солисткой. От нашего желания, вернее, нежелания развивать ее талант, уже ничего не зависело. Послушная, даже вялая девочка внезапно проснулась, расцвела, в школе ее стали замечать, у нее появились друзья. Мы решили не мешать ей, Оля так преображалась, когда пела! Наверное, стоило предложить ей попробовать себя в церковном хоре, но неожиданно она стала писать песни. И тексты, и музыку. Знаете, меня раздражает современная популярная музыка, но песни Ольги, хотя и принадлежали к этому стилю, совершенно не отдавали пошлостью и дешевизной.

— Может, вы просто пристрастны к творчеству своей дочери? — не сдавалась я.

— Послушайте сами.

Женщина порылась в сумочке и достала диск. Проигрыватель послушно проглотил его, и комнату буквально затопил чистый и сильный женский голос. Да, при всем своем скептицизме я не могла найти в исполнении и самой композиции никакого изъяна, напротив, этот голос хотелось слушать и слушать, хотя аранжировка и качество записи оставляли желать лучшего. Только этот факт позволил мне поверить, что меня не разыгрывают, и в нашем забытом богом городишке действительно расцвел талант, достойный самых престижных площадок столицы. Тихонечко в комнату проскользнул Ариша, глаза его по-стариковски поблескивали, на щеках играл румянец. Ишь ты, и на него подействовало! Действительно, настоящий талант границ признания не ведает.

Я уже забыла, чем мне так не понравилась

моя гостья. Мне стало интересно. Ясно как белый день, передо мной не драма из жизни обывателя, а трагедия, достойная пера Шекспира. Не может человек с таким божьим даром быть заурядной личностью! Ариша, видя перемену в моем настроении, сварил кофе, я попросила Катерину оставить диск, слегка уменьшила звук и стала слушать дальше. Как и следовало ожидать, страсти в нашем королевстве кипели нешуточные.

Благодаря дару, жизнь Ольги сложилась не по схеме, которую начертили ее скромные в запросах родители. После школы она закончила консерваторию, а не музучилище, но действительно стала работать учительницей музыки, и то лишь ради записи в трудовой книжке и стажа, а вечерами, до глубокой ночи, пела в местном джаз-клубе. Сильный голос и абсолютный слух позволяли ей исполнять композиции любой сложности, и посетители летели «на Ольгу», как мотыльки на свет, даже те, кто ничего не понимал в джазе. Девушка стала модной. Неглупый хозяин клуба не скупился на оплату, посетители давали щедрые чаевые, правда, их девушка делила ровно между всеми музыкантами, и тем не менее эта работа приносила ей весьма неплохой доход.

У Ольги появились поклонники, улучшение материального положения дало ей возможность продемонстрировать неплохой вкус и поменять гардероб, и, наконец, впереди забрезжила возможность раздвинуть границы популярности до уровня всероссийской: Ольге поступило предложение принять участие в престижнейшем конкурсе молодых исполнителей. Как правило, все участники этого конкурса автоматически бронировали себе место в шоу-бизнесе. Как и следовало ожидать, диск с записями песен Ольги отправил в отборочную комиссию Олег, единственный из поклонников ее таланта, к которому она проявила благосклонность.

Родители, видя, что слава совершенно не меняет характер их дочери, решили: будь, что будет, пусть все идет своим чередом. Наконец, взыграло их родительское самолюбие, и успех дочери из темы старых кошмаров стал предметом гордости. Ненадолго. В один далеко не прекрасный момент эта лубочная пастораль пошла мелкими трещинами, потом от нее стали отваливаться целые куски, и наконец идеальная картинка превратилась в мрачное полотно. Первый тревожный звоночек прозвенел в день, когда Ольга пришла из клуба непривычно рано. Она сухо объяснила, что больше не будет петь по вечерам. Хотя мать видела, что дочь не находит себе места, ей не удалось узнать о причинах столь неожиданного решения.

В принципе большой трагедии в этом не было, если бы неприятности не посыпались на девушку дождем. На концерте по поводу празднования Дня города что-то случилось с фонограммой Ольги, результатом чего стал срыв выступления. Что произошло, Катерина толком так и не узнала, Ольга тщательно скрывала от родителей историю своего провала, но результат был более чем плачевным: на нервной почве у девушки произошел какой-то специфический спазм связок, и она не то что петь, говорить могла с трудом. Фониатор только развел руками: можно, конечно, попробовать традиционные средства, но лучше найти девушке хорошего психолога.

Хорошего психолога мог найти Олег, у парня были и связи, и деньги, но стоило Ольге оказаться в сложной ситуации, как он тут же порвал с ней отношения. О поездке на конкурс пришлось забыть, на вокальной карьере был поставлен крест, любимый ушел, оставив ее в самый тяжелый момент. И все же Камышины справились бы с обрушившимися на них горестями, не зря же сами они жили и дочь растили в аскетизме, как материальном, так и духовном, но Катерина чувствовала, что не знает всего. Ольга явно чего-то недоговаривала. А что больнее всего может ранить женщину? Уж никак не крах карьеры и материальные проблемы. Понятно, что девушку сломало предательство любимого. Бог знает, что произошло между ними, но в том, что именно разрыв с Олегом был той самой последней каплей, сомнений не возникало.

— Так вы все-таки склонны за все неприятности, произошедшие с Ольгой, наказать Олега? — уточнила я. — А вам не кажется, что это не совсем справедливо? Он понял, что больше ее не любит, по-моему, он поступает честно, не мучает девушку недоговоренностью и жалостью, а прямо говорит ей, что не хочет продолжать отношения.

— Если бы, — горестно вздохнула моя посетительница, — он не нашел в себе силы сказать ей прямо, написал письмо и отправил по электронной почте.

— И ваша дочь не настояла на личной встрече? Не потребовала объяснений?

— Я, кажется, говорила! — В голосе Катерины прозвучал металл. — Мы люди небогатые, но с чувством собственного достоинства. Женщины нашего рода никогда не будут унижать себя выяснениями отношений. Раз он не оценил счастья, посланного ему небом, нам не о чем с ним разговаривать! К тому же вы не выслушали меня до конца. У меня есть сведения, что все, что произошло с Ольгой, подстроено Олегом. Доказательств, сразу предупреждаю, никаких, но сведения точные.

— Да уж, — пробормотала я, — так и тянет поверить вам на слово и не суетиться понапрасну. Я берусь за это дело. На первых порах, пока я не разберусь, кто действительно виноват в случившемся, оплата за мои услуги будет чисто символической. Как только соберу необходимые материалы, я сообщу вам сумму гонорара и начну работать по вашему заказу. Идите к дочери и на время выкиньте из головы мысли о возмездии, теперь это моя забота.

Ариша пошел проводить Камышину, я же никак не могла разобраться в своих эмоциях. Интуитивно я чувствовала, что это дело — мое, что все события, произошедшие в этой семье, не цепь случайных совпадений, а ловко построенная система травли, но кому это было нужно? Олегу? Какой-нибудь конкурентке? Отвергнутому поклоннику? Неожиданно оказалось, что у скромняги Ольги может быть довольно много недоброжелателей. И даже не зная девушку, я почувствовала к ней если не симпатию, то сочувствие. Всегда питала слабость к людям одаренным, будь они одарены незаурядным чувством юмора или талантом автомеханика.

Я поднялась к себе в комнату, включила компьютер и вышла в Интернет. Так, что у нас тут пишут по поводу празднования Дня города? Проникновенная речь мэра... рост показателей... благодарные горожане... вот: отчет о проведении большого гала-концерта на главной площади города. Два абзаца про прекрасную организацию, несколько слов о молодых и пожилых талантах, а это то, что надо! Я выделила строки, касающиеся выступления Ольги, и скопировала их в новый файл. Почитаем.

«К сожалению, некоторые молодые, но зарвавшиеся таланты считают, что простые горожане — не та публика, перед которой стоит выкладываться и работать в полную силу. Популярная в городе исполнительница Ольга Камышина не сочла нужным порадовать своих слушателей живым вокалом и попыталась ограничиться кривлянием под фонограмму. Но вот досада! Техника подвела. Миф о том, что эта девица всегда поет вживую был развеян, певица с позором бежала. Утешает то, что ей, похоже, все-таки было совестно, а это говорит об одном: у нашей молодежи все-таки сохранились остатки каких-то идеалов. Мы надеемся, что этот конфуз послужит Камышиной уроком».

— Во дают! — не удержалась я. — Чтобы в провинции так костерили певицу, певшую под фонограмму? Да сейчас вообще редко кто обладает достаточно сильным опытом и талантом для живого вокала! Все к этому привыкли, никто никого не осуждает, если, конечно, не хотят спровоцировать скандал на ровном месте...

Я набрала номер моего старого приятеля, Антона Ярцева. Антон по праву считал себя акулой пера местного масштаба, рьяно трудился в городском издании «Горовск сегодня», имел приятелей в столичной прессе и был моим агентом в мире журналистики. Не зря журналистов зовут акулами. Если отбросить ассоциацию с

кровожадностью и всеядностью, вполне сработает сравнение с вечно голодным созданием. Голодным как в духовном смысле, так и в физическом. Дело меня заинтересовало, лишний раз увидеть Антона я была не против, поэтому пригласила его пообедать, пообещав накормить в обмен на информацию. Антон знал меня давно, нежных чувств друг к другу мы не испытывали, поэтому согласился он без жеманства и ложной скромности. Сделка есть сделка.

Естественно, под формулой «покормить обедом» не подразумевалось, что я буду пыхтеть у плиты, колдуя над борщом с пампушками. Единственное, что я научилась сносно готовить, — полуфабрикаты из местного супермаркета. Поэтому встретились мы недалеко от редакции в небольшом кафе — переделанной пельменной.

— Солнце мое, — прижал руку к груди мой приятель, — я сдам тебе с потрохами весь мир и мэра города в придачу, только дай мне сначала немножечко поесть. Маковой росинки с утра не испил!

— Что, вечер удался? Утром с аппетитом была напряженка? — хмыкнула я.

— Обижаешь, подруга. Вечер, действительно, удался, но лишь в профессиональном плане. Да, я присутствовал на презентации нового ресторана. Но как обозреватель, чес слово! Ни грамма спиртного во время работы! Правда, по окончании торжества пришлось задержаться.

Хозяину просто необходим был благоприятный отзыв прессы. Но ты сама понимаешь, издержки профессии. А теперь помолчи немного, я дам знак, когда можно будет говорить.

«Знак» последовал после салатика и миски сырного супа-пюре с гренками. Я вкратце рассказала Антону историю Ольги и потребовала выложить все, что он знает о казусе с фонограммой.

— История, действительно, темная, — согласился Антон, принюхиваясь к аппетитному пару, поднимающемуся из горшочка с жарким, — понимаешь, я ведь видел все своими глазами и могу поспорить на этот самый горшочек, что провал девушки на самом деле был подстроен. Ты в курсе, что в мире шоу-бизнеса чисто инструментальные фонограммы называют минусовками, а с наложением голоса — плюсовками? Так вот, я слышал, что Ольга никогда не пела под «плюс», только под «минус», то есть вживую. На концерте она вышла, спела первую песню, заработала заслуженную порцию аплодисментов, и тут-то началось непонятное: на первом же куплете второй песни фонограмма «поехала». Представляешь, «поехала» вместе с голосом! Надо было видеть, вернее, слышать это зрелище! Народ попадал в буквальном смысле слова. Слишком поздно, но запись вырубили. Бедняге бы сразу уйти со сцены, но она попыталась исправить положение и пела без музыки, микрофон, само собой, был отключен, и ее ус-

лышали только те, кто стоял перед самым подиумом. Концерт-то проходил на улице! Какой бы сильный голос у исполнителя ни был, его все равно везде не слышно. А если бы и было слышно, спеть ей в любом случае не дали бы — какие-то отморозки, стоящие прямо перед подиумом, подняли свист, гвалт и даже кинули на сцену пару банок из-под пива.

— И что, никто не заступился?

— Просто не успели. Это рассказываю я долго, а произошло все очень быстро, конечно, их тут же вывел наряд милиции, но дело-то было сделано! Ты бы видела лицо девушки. Совершенно не умеет скрывать эмоции, бедняга! Да, шоу-бизнес любит циничных и наглых, куда там Камышиной.

— Слушай, а тебя, часом, не угораздило бросить свою банку из-под пива в девушку? Ты же тоже писал репортаж о празднике?

— Обижаешь, — чуть не подавился Антон, — ни слова не проронил! Ольга — настоящий талант, она еще пробьется и станет звездой, я такие вещи чую. Но мой отзыв ей все равно бы не помог, какой-то говнюк скинул в Интернет информацию, редактор нашей газеты статейку пропустил, к тому же концерт по местному TV в прямом эфире шел, так что, как видишь, мое самоотверженное молчание ее не спасло.

Антон помолчал, бросая на меня загадочные взгляды:

— Я говорил тебе, что не все так просто в этой истории?

— Не тяни.

— Я внимательно наблюдал за мимикой Камышиной. Она растерялась сразу, как только пошла фонограмма второй песни. Понимаешь, что это значит? Она ждала «минусовку»! «Плюсовку» поставили без ее ведома. Если с первой песней все прошло отлично, то тут было четко видно, как отчаянно она пытается попасть в слова. Бедняга вся пятнами покрылась, а тут и фонограмма съехала. В общем, не повезло девочке.

— Если ты так уверен в подставе, чего же не написал об этом в своей газетенке? Слабо? — поддела я Антона.

— Не слабо. Просто такие вещи с кондачка не решаются. Надо провести расследование, добыть факты. Ты же знаешь, я непроверенной информации не выдаю. А чего это ты так заинтересовалась этим делом?.

— Случайно наткнулась в Интернете, любопытство замучило, — не особенно утруждаясь правдоподобностью выдуманного, отмахнулась я.

— Рассказывай! А то я тебя плохо знаю! Ладно, не хочешь — не рассказывай. Если что-нибудь интересное нарою, тебе скину. Мне, честно говоря, тоже не по себе от того, что девчонку затравили. Ты бы видела ее: маленькая, невзрачная, ручки-ножки как на шарнирчиках ходят, а голосище — Шаляпин в юбке! Просто удивляешься, откуда в таком тщедушном тельце такая мощь! Поэтому я лицо тоже заинтересованное.

— Как журналист?

— Как исследователь душ людских!

— В таком случае постарайся узнать, был ли заказчик у статейки, которая вышла в вашей газете. Писаку знаешь?

— Конечно, — поморщился он, — скользкий тип, я с ним в контрах.

— Ради правого дела разрешаю временное перемирие. Скользких типов надо мочить в собственной слизи. Думаешь, Штирлицу легко было? Зато сколько удовольствия в конце проделанной работы!

— Ладно, попробую. Слушай, а что, пирожных не будет? Я так не играю. Я без пирожных себя человеком не чувствую. У меня же мозги без отдыха работают, им глюкоза нужна.

Я заказала для моего друга тарелочку со сладостями, стащила у него под шумок крайнее пирожное со взбитыми сливками и клубникой и погрузилась в раздумье. Надо искать выход на ребят, которые отвечают за работу аппаратуры. Даю на отсечение Антошкин язык, если среди них не затесался гаденыш, подменивший фонограмму. Пирожное с клубникой оказалось маленьким, поэтому я потянула на себя абрикосовое, с желе. Кстати, а почему бы мне не обратиться за помощью к Алине? Моя подруга заслуженно считает себя светской львицей местного разлива, вполне возможно, что она сможет провести меня за кулисы шоу-бизнеса. Прекрасно, сегодня же иду к ней. Повод есть, мы давно не виделись. С тех пор, как она увлеклась скалолазанием, на меня у нее совсем не было времени. Еще надо попробовать вон то пирожное, похожее на тирамису, отвлеклась я.

— Эй, подруга! — раздался над ухом возмущенный голос. — Ты девушка или бегемот? Девушки пирожные не едят, это мужская привилегия!

— Я, между прочим, не обедала, в отличие от тебя, поэтому имею право на пару кусочков, — обиделась я, — а бегемоты вообще пирожные терпеть не могут, им больше сено нравится!

Еще чего! Так я и уступила ему тирамису! Увы, я недооценила Антона. Пока я прицеливалась, он схватил всю тарелку и быстро спрятал ее за спину. Я было хотела возмутиться, но поймала строгий взгляд официантки. Ладно, пусть толстеет в одиночку, заслужил. Расстались мы вполне миролюбиво, Антон пообещал снабжать меня любой информацией, касающейся Ольги Камышиной. Я же села в свой мини-купер и набрала номер Алины.

Глава 3

Алинка не терпела полумер, если она отдавалась какому-то делу, то отдавалась до конца, безвозвратно. Точнее, возвратно, так как увлечения ее ограничивались парой недель — месяцем, не более, а потом она опять возвращалась в нормальную жизнь и становилась на какое-то время адекватной. С неделю назад моя подруга насмотрелась героических фильмов о скалолазах и, нарыдавшись вдоволь над трудными судьбами героинь, твердо решила всю оставшуюся жизнь провести, повиснув над пропастью. Поэтому теперь застать ее можно было только в компании весьма запущенных и чрезвычайно обаятельных парней из местного клуба любителей скалолазания. Обычно они занимались в помещении, сегодня же устроили вылазку «на натуру». «Натура» находилась недалеко за городом, поэтому я заскочила в ближайший супермаркет, накупила простой и калорийной провизии и поехала на встречу с подругой. Очень мило, совместим работу с пикником. Давно не была на природе!

Алина отрабатывала приемы спуска на почти отвесном склоне берега реки. Что поделаешь, в нашей местности большая напряженка со скалами! Я невольно залюбовалась своей подругой: она знала толк в снаряжении, если это касалось чисто внешних атрибутов. Хороша. Подруги Сталлоне нервно плюются в пропасть! Я дождалась, когда Алина спустится, и только после этого дала о себе знать. Подруга, вопреки обыкновению, не завизжала и не попыталась сбить меня с ног, а неторопливо отстегнула карабин и солидно подала мне руку.

— Знакомьтесь, ребята, это моя приятельница, Полина. Она ничего не понимает в скалолазании, но в связке не подведет. Ты вовремя приехала, я как раз закончила этап и могу позволить себе немного расслабиться. Пойдем?

Полное перевоплощение. Как виртуозно могла она соответствовать роли, которую в данный момент играла! Мы прошли маленький лагерь, вышли на полянку.

— Ты видела? — Алина взвизгнула и бросилась мне на шею, — ты видела его? Мечта всей моей жизни! Я даже не знаю, с кем его сравнить, хотя, если его побрить, будет похож на Эрика Робертса. А вообще, что я говорю? Он неповторим, он олицетворение мужества, грубой животной силы, волк, ух, порвала бы!

— Наконец-то. А я уж испугалась, не сменяли ли тебя на космического спасателя лейтенанта Рипли?

— Должна же я произвести на него впечатление! Думаешь, таких, как он, могут заинтересовать такие, как я? Вот и приходится строить из себя героическую личность. Смотри, какие у меня мозоли на руках! А еще я чуть не упала, а еще коленку ободрала и голову уже три дня не мыла. У нас тут плотские удовольствия не приветствуются, кайф положено ловить только от высоты. — Алина глубоко, со всхлипом вздохнула. — Ну, чего ты молчишь? Как он тебе?

— Да кто он? Там их пять штук, все небритые, чумазые, волосатые, с дикими взглядами.

— Ну, Владимира трудно не заметить, он самый статный, самый мужественный, самый красивый, самый сильный. Хотя Андрей тоже ничего и Сережа тоже. Да и Витька со Славой милые. Но Владимир — самый-самый милый, — тут же поправилась она.

— Ладно, покажешь, — смирилась я. — А вообще я к тебе по делу. Ты же у нас светская львица, знаешь все, что происходит в городе!

— Тише! — Подруга прикрыла мне рот ладошкой со свежеиспеченными мозолями, — я уже две недели не львица, я скалолазка! Если ребята узнают, отвернутся от меня. Я тут такого нафантазировала! Рассказала, что круглая сирота, что кабардинцы нашли меня в горах грудным младенцем, я лежала на остывающем трупе матери и весело играла с ядовитой змеей. Мои родители сорвались со скалы, поэтому погибли, а я упала сверху, поэтому осталась жить. Смотри, не проговорись. Иначе они мне доверять не будут. Так что там тебе надо? Спрашивай, только тихо.

— Алинка, ты слышала что-нибудь о певице из джаз-клуба Ольге Камышиной?

— Конечно! Там какая-то скандальная история произошла, не то она кого-то отравила, не то ее, — уверенно заявила Алина.

— Мы, наверное, говорим о разных людях, — решила я.

— Ничего подобного, я эту Камышину очень хорошо знаю, и если тебе интересны подробности, поговорю с Андрюсиком, это мой бывший, звукооператор. Без него ни одно культурное событие в городе не обходится. Отношения у нас хорошие, расстались друзьями, ссориться с ним было просто неразумно: как профессионал он нарасхват, так что любые контрамарки мне обеспечены. Есть только одна проблема — Владимир. Как я буду встречаться с бывшим, если у меня вот-вот закрутится бурный роман со следующим? Это аморально!

— А тебе и не надо с ним встречаться, — обрадовалась я. — Расскажи ему обо мне, и я сама задам ему интересующие меня вопросы.

Алина насупилась, поморщила лобик и, наконец, произнесла:

— Только не вздумай строить ему глазки! Надеюсь, он еще страдает после разрыва со мной, и я не собираюсь поставлять ему свеженьких девиц. Поэтому возможен только деловой, сухой разговор, и оденься как-нибудь построже, а то взяла в последнее время моду: то декольте, то мини натянет. Привила я тебе вкус на свою голову! Все, мне пора, сейчас в связке с Владимиром пойдем.

Подруга явно меня выпроваживала. Понятно, дружба — дружбой, а личная жизнь — врозь. Хотя мне это было скорее приятно. Совсем недавно Алина считала меня серой мышкой и абсолютно асексуальной особой, а теперь... Значит, перемены в жизни и мировоззрении пошли мне на пользу.

Алина созвонилась со звукооператором Андреем, договорилась о нашей встрече и проводила меня до «мини-купера». Уже садясь в машину, я вспомнила, что так и не достала из багажника запасы провизии.

— Алина, возьми, здесь сардельки, мартини, мягкий сыр, паштет и багет. На природе аппетит зверский, так что пригодится.

— Ты чего! — Подруга сделала «большие глаза». — Скалолазы и альпинисты никогда не опускаются до такой пищи. Крупа, сухари, тушенка — в лучшем случае. Забирай, пока никто не видел, не порть мне репутацию!

— О! Еда! — гаркнули у меня над самым ухом. — Алиночка, твоя подруга просто прелесть!

Я обернулась и увидела невысокого, заросшего, как старичок-лесовичок, мужчину лет тридцати. Линялая майка с пятнами пота на груди и подмышках, штаны в мелких и не совсем мелких дырочках. Впрочем, запущенность внешности несколько компенсировал небесно-голубой цвет глаз и искренняя улыбка. Ладно, простим непрезентабельность, может, он человек хороший.

— Это не я прелесть, это Алина. Узнала, что я еду, и попросила привезти чего-нибудь вкусненького. Говорит, мужчины на крупе совсем отощали, — спасла я положение.

Парень одобрительно кивнул смущенной Алине и протянул мне руку:

— Володя, руководитель клуба. А Алина действительно молодец. Не просто надежный, но и заботливый товарищ. А у вас не возникало желания попробовать себя в скалолазании?

— Думаю, альпинизм — не мое, — пожала я плечами.

— Полина боится высоты, не любит природу, а еще у нее руки слабые и ей некогда, — добавила Алина. — Ты с ума сошла, — зашипела она мне на ухо, — перепутала альпинистов и скалолазов. Альпинисты перед нами — тьфу, пустое место. Они без крючьев, альпенштоков, шерпов близко к горам не подходят. А мы доверяем только рукам, ногам и остальным частям тела.

Мне показалось, что Володя мягко усмехнулся в бороду. Чтобы совсем не расстраивать подругу, я быстро попрощалась и уехала. Встреча с Андреем завтра, сегодня я уже никуда не успею. Пришлось повернуть домой. На кухне я бросила в кипяток спагетти и отправила в микроволновку сардельки. Да уж! Изобретательной поварихой меня не назовешь. Хотя «паста под соусом бешамель» звучит, конечно, музыкальнее, чем «макароны с подливкой», но по природе своей — то же самое, вид сбоку. Ничего, у деда холестерин в порядке, пивных животиков у нас с ним нет, так что вполне можно позволить себе на ужин это безобразие.

— Ариш, ты же видел этого Олега, — обратилась я к деду за ужином, — каково первое впечатление?

— Презентабельный. Красив, но не той красотой, которая привлекает пожилых дамочек и молоденьких дурочек. В подобной внешности можно найти уйму недостатков: близко посаженные глаза, узкий подбородок, щупловатое телосложение. Но есть в нем ощущение породы, ты представляешь, о чем я говорю? Это как борзая, например, если рассматривать беспристрастно, — тощая уродливая псина, но до чего же совершенное создание!

— Это внешне. А какое он производит впечатление как человек?

— Знаешь, Полетт, в моих устах эпитет «породистый» — характеристика не только внешних, но и внутренних качеств человека. Возьми двух близнецов и вырасти из них мерзкого уголовника и благородного интеллектуала. Они и внешне станут разными! Так что, к сожалению, Олег мне понравился, хотя я едва перекинулся с ним парой фраз.

— К сожалению, — это из-за того, что он действительно может быть причастен к этому делу? — уточнила я. — А ты знаешь, что произошло на концерте, после которого Ольга потеряла голос?

Я рассказала Арише все, что успела узнать от Антона. Дед расстроился. Несмотря на свой аристократизм и даже внешнее высокомерие, он всегда был чрезвычайно чувствительной натурой и особенно переживал, когда от действий мужчин страдали женщины. Он был бы прекрасным мужем, если бы бабушка немного потерпела и не сбежала от него на заре их туманной юности.

— Дедуль, — поспешила перевести я разговор на другие рельсы, — судя по всему, Олег весьма успешный бизнесмен. Поспрашивай там у своих, может, они расскажут что-нибудь интересное?

Аристарх Владиленович, несмотря на свой преклонный возраст, не представлял себе жизни без светских тусовок и частенько проводил ночи в игорных заведениях города. Публика там собиралась небедная и представительная, поэтому у деда были весьма обширные связи.

— Ну, раз надо, придется идти, — притворно вздохнул Ариша, — ты привезла костюм из чистки?

Если Ариша уходил в казино, это было надолго. Загрузив, таким образом, своего верного друга, единственного родственника и надежного сподвижника в одном лице, я легла спать. Было душно, и, несмотря на открытое окно, в комнату не проникало ни одного дуновения ветерка. Я позавидовала Алине: в лесу наверняка прохладнее!

* * *

Встреча со звукооператором Андреем была назначена на вечер, так что день оказался свободен. Я потопталась перед дверью дедовской спальни, в надежде на то, что он почувствует, как я маюсь, проснется и расскажет мне новости. Но потом во мне проснулась совесть — Ариша вернулся под утро, всю ночь по моей просьбе работал, даже если игру в покер можно назвать работой с большой натяжкой.

Ну и хорошо, значит, до обеда я успею съездить в музыкальную школу, на место работы Ольги. В школе у нее наверняка есть если не подруги, то коллеги, которые могут знать о ней гораздо больше, чем близкие люди. Я решила особо не мудрствовать и представиться частным детективом, кем я, собственно, и являлась.

Школа мне понравилась. Небольшая, аккуратная, уютная. Коридор заполнен звуками самых популярных музыкальных инструментов: фортепьяно, аккордеона, скрипки. Где-то одиноко, но громко ухала труба, неумело тренькала гитара. Я подошла к вахтерше.

— Здравствуйте, я частный детектив, Полина Казакова. — Я решила представиться таким образом. — Расследую причины случившегося с Ольгой Камышиной.

— Ой, — всплеснула руками женщина, — с Олечкой! Вы уж расследуйте, пожалуйста, не пускайте дело на самотек! Мы так переживаем за нее, вот, смотрите, деньги собираю на передачку, решили каждый день в больницу к ней ходить. Наверное, лучше апельсинов купить или йогурта?

— Лучше апельсинов, — машинально ответила я, — только в виде сока и немного позже, Оля еще не приходила в сознание. Вы не могли бы подсказать мне, с кем она дружила? Мне хотелось бы как можно больше о ней узнать.

— Из наших преподавательниц она ни с кем особо не общалась. Девочка неразговорчивая, задумчивая, — девчонки наши о детях, мужьях, борщах, а она все о своем думает. Да и рассказать ей нечего было, она же с родителями живет. Вот ее наши немного и чурались.

— Так прямо совсем одинокая? Ни подруг, ни ухажеров? — перешла я на язык собеседницы, — поди-ка скучно одной.

— Нет, мужчина у нее был, но вместе они не жили, так, гуляли. И подруга у нее есть, только не из наших. Я же здесь уже лет двадцать работаю, и Олю, и Лику ее как облупленных знаю. Все же перед глазами! Мы люди маленькие, нас не замечают, а вот мы видим многое.

— Лика?

— Ну да, подругу ее так зовут, Лика, Анжелика. Они со школы вместе, хотя я не понимаю, почему, они же совсем разные. Лика такая яркая девушка, заметная, а Олечка — мышонок совсем и тихоня. И на пианино Лика лучше играла, и в хоре ее всегда в первый ряд ставили, уж больно хорошенькая, одета всегда в заграничное, у нее же папа в начальниках. А вот поди ж ты! Дружили, неразлейвода. И сейчас, кажется, дружат. Лика забегает сюда иногда. Хорошая девочка, поздоровается, слово приятное скажет и называет «тетечкой Валечкой», ласково.

— Значит, Лика здесь не работает? — уточнила я.

— Что ты, это девушка высокого полета, что ей тут у нас делать. Она на мелочи не разменивается, карьеру себе сразу серьезную строит. Вот поверь, мы о ней еще услышим.

— Тетя Валя, вы очень нам всем поможете, если устроите мне встречу с Ликой.

— Чего же не помочь? У меня тут в тетрадочке все телефоны воспитанников за двадцать лет собраны, директриса постоянно просит кого найти, у кого родителей вызвать, я все и храню. Только телефон домашний, старый, сейчас все больше сотовые оставляют, так что и не знаю, дозвонишься ли.

— Спасибо, тетя Валя, постараюсь дозвониться, — пообещала я, затем записала телефон и фамилию Лики.

Недавно компьютерный гений и хакер-одиночка Шилов подкинул мне пиратский диск с базой данных на жителей нашего городка, по любому из параметров можно было узнать о человеке все официальные данные. Я набрала в поисковике номер телефона Лики, который дала тетя Валя, и на экране появилось досье Виктора Шлейко, генерального директора местного мясокомбината. Жена Евгения, дочь Анжелика. Ничего себе! Лика Шлейко, звезда музыкальной школы и подруга Оли Камышиной, оказалась колбасной принцессой! Мои пальцы быстро пробежали по клавиатуре, набирая данные Лики. Окошко на экране сменилось. Данных было до обидного мало. Девица окончила школу, является владелицей собственной квартиры и автомобиля «Хендай Гетц», нигде не училась, не работала, не принимала, не участвовала, не привлекалась, замечена не была. Странно, ей не так уж и мало лет, а данных — как о человеке-невидимке. Интригует! Будем знакомиться поближе. Я взяла трубку и набрала номер Шилова.

— Вить, хочешь заработать?

— Конечно. Мне тут программку такую подкинули, просто супер, а для реализации средств не хватает. Что надо делать?

— У тебя же шестерка старая?

— Старая. Но гоняет, как зверь. Понимаешь, там движок-то вовсе не «шахи», да и вообще от нее только кузов остался. Сделает спортивную «Мазду», только об этом никто не подозревает, да это и лучше — никто не позарится.

— Вить, для тебя большой трагедией будет, если ты ее немного поцарапаешь? Совсем чуть-чуть, чисто символически, но заплачу я тебе как за ремонт мятого крыла. Пойдет?

Даже через трубку было слышно, как щелкает калькулятор в голове Шилова. Он немного посопел, поторговался для приличия и согласился. Я объяснила, что надо делать и назначила время. Прекрасно! По расписанию завтра с утра у меня автоподстава.

Случайно я глянула на часы в нижнем углу монитора и подпрыгнула. День становился мне мал, я опаздывала на встречу к звукооператору Андрюше. Судя по рассказам Алины, малый был весьма неразборчив в связях, западал на любую мало-мальски симпатичную девицу и весьма уважал демонстрацию атрибутов женской привлекательности. Поэтому нарядилась на встречу я соответственно: не по-дневному яркий макияж, паричок с платиновыми локонами, бирюзовые линзы, мини, шпильки, бюстгальтер с силиконовыми вставками. Получилось вполне ничего, чуть-чуть не доходит до грани вульгарности, но выглядит вполне соблазнительно. Я не ставила себе целью измениться до неузнаваемости, действовала я вполне легально, но, чтобы расположить к себе собеседника, не стоит пренебрегать невербальными методами.

Я, конечно, опоздала. Но не настолько, чтобы парень мог потерять терпение. Он ждал меня в уличном кафе, притоптывая ногой и с досадой разглядывая всех особ женского пола, проходящих мимо. Бейсболка, несвежая футболка, вытянутые джинсы. Господи, почему же это все звукооператоры выглядят одинаково? Хоть бы один для разнообразия пиджачок приобрел!

— Андрей? — плюхнулась я за столик. Алина не раскрыла моего инкогнито, представила просто как подругу, и это было мне на руку. — Я Даша, начинающая певица. Говорят, ты в городе лучший звукооператор?

— Не зря говорят, — хмыкнул парень, не стесняясь разглядывая меня.

— Мне нужно несколько профессиональных фонограмм, поможешь? Заплачу, сколько скажешь, только сделать все нужно в лучшем виде.

— Ну, — начал ломаться он, — студия у меня неофициальная, на дому, так что я не знаю, как получится. И писать надо ночью, днем все равно не дадут. Ты хоть знаешь, что процесс записи может на месяц растянуться, если у тебя данные так себе?

— Данные у меня хорошие, а ночевать у тебя я согласна и два месяца, если договоримся, — похлопала я его по руке, — только чтобы все действительно было по высшему разряду, а то я слышала, что и ты иногда лажаешь.

— Происки конкурентов! — взвился парень. — Кто тебе сказал?

— В газетах писали, — пожала я плечами. — Концерт ко Дню города ты обслуживал? Фонограмма твоя подвела?

— Глупости не говори! Ты не знаешь, — завёлся Андрей. — И чего ты вообще тогда пришла, если не доверяешь?

Кажется, я перегнула палку, контакт потерян. Ничего, наладим. Я глубоко вздохнула полной грудью, блузка, и так не ожидавшая подлости с силиконовыми вставками, натянулась, и кнопка послушно щёлкнула, выставив на обозрение юноши мои весьма прибавившие в весомости прелести.

— Прости. Я не знаю, что там произошло, вот и несу чушь. Наверное, это другой звукооператор лоханулся, а ты тут ни при чем.

— Ой, господи, почему все блондинки такие дотошные?! — застонал Андрей. — Да всё там в порядке с фонограммой было, это парень одной певицы обиделся и подменил диски. Отомстил за то, что динамила, и всё! Вообще, гад, конечно, прекрасно знал, что для неё живой звук — дело чести, знал, как побольнее ударить!

Кажется, говорить об этой истории ему было интересно. Ну что ж, продолжим. Уже второй человек заявляет мне, что подмена фонограмм — дело рук Олега.

— Вот ведь гад мерзкий! — возмутилась я, откинувшись на спинку стула. Любуйся, милый, любуйся, там половина всё равно не моё, не жалко. — Ты уверен, что это сделал её жених?

— Конечно. Об этом все говорят.

— «Все говорят» — не аргумент. А если оклеветали парня?

— Аргументы железобетонные. Олег никого не подпускал к фонограммам. Он постоянно таскал их с собой, стоял за кулисами, когда она пела, он рассчитывал на то, что она станет звездой. Наверное, хотел стать ее продюсером.

— Зачем тогда ему менять фонограммы? Нелогично.

— Вот тут-то собака и зарыта. Они же ругались перед концертом! Ольга заявила ему, что никогда не позволит себе быть содержанкой, или что-то в этом роде, а он сказал, что она дура, кажется, пнул колонку и пообещал, что она еще пожалеет. Как тебе это? — Парень торжествующе посмотрел на меня.

— Да уж. Пообещал — отомстил, настоящий мужчина!

— Это ты настоящих не видела, — не понял сарказма Андрюша. — Я бы никогда девчонку не обидел. Это ниже моего достоинства. Так когда придешь?

— Я тебе позвоню, — пообещала я.

Узнала расценки на всякий случай, убедила парня, что действительно не могу сейчас же идти к нему писать фонограммы и покинула кафе. Все яснее ясного. Действительно, мелкая и подленькая месть отвергнутого мужчины. Ольга без сомнения талантлива, а Олег занимается бизнесом. Обидно потерять такой перспективный источник доходов только потому, что у девушки слишком сильно развито чувство собственного достоинства.

* * *

Вечером Ариша рассказал мне все, что смог узнать про Олега. Молодой и многообещающий бизнесмен, москвич, директор сетевого филиала столичной компании. Работает в нашем городе второй год, ведет себя как истинный ариец в досье из книжки о Штирлице: спортсмен, в порочащих связях не замечен, азартными играми не интересуется, спиртными напитками не злоупотребляет. Просто лубочная картинка. Смотреть противно! Меня всегда настораживают этакие образцово-показательные мужчины. Если ты стараешься на людях казаться воплощением добродетели, значит, тебе есть что скрывать. А еще мне очень не нравилась колбасная принцесса Лика.

— Дедуль, а что ты можешь сказать о Шлейко?

— Директоре мясокомбината «ГорКом»? Ничего хорошего. Мерзкий тип, хам, из грязи в князи, как говорится. Недостаток врожденной интеллигентности и аристократичности пытается залатать купюрами, всеми силами пытается пролезть в приличное общество. Его не любят, он это знает и глумится над людьми, которые не могут за себя постоять. Может обматерить зависящую от него женщину, причем не просто послать, а нахамить обидно, грязно, липко. У него персонал больше двух месяцев не задерживается, не удерживает даже высокая, по меркам нашего городка, зарплата. Ворует, естественно, вагонами, экологию городка под удар ставит.

Так вонь по всему городу, когда ветер северный, его работа? А я с детства не пойму, почему это иногда по городу гуляет амбре, как на разрытом кладбище. Да, тип несимпатичный. Удивлюсь, если его Лика будет девочкой искренней и трудолюбивой. А впрочем, завтра узнаем. Я чмокнула деда в щеку и пошла наверх.

— Дедуль, ты сегодня заходил ко мне в комнату? — свесилась я уже через минуту с перил.

— Нет. А что произошло? — отозвался дед.

— Ничего, не волнуйся. А кто заходил?

— Никто не заходил. Горничной сетодня не было, гостей тоже. Да что случилось-то?

— Книжку куда-то положила, найти не могу, — ответила я и вернулась в спальню.

Пугать деда не хотелось. Но мне очень не понравилась охапка подвявших полевых цветов, рассыпанных по ковру. Что это, предупреждение? Поклонников у меня давно не случалось, друзья так придуриваться не будут, значит, не друзья...

Я подошла к раскрытому окну, осмотрела его с помощью фонарика, спустилась в сад. Как ему удалось это сделать без лестницы? Я осмотрелась. В темноте наш уютный садик выглядел враждебно, я зябко поежилась и вернулась в дом. Давно хочу купить садовые фонарики на накопительных солнечных батареях. На этой же неделе надо разориться! Я собрала цветы и запихала их в мусорный пакет. И что хотел этим сказать неизвестный визитер? Я накрепко закрыла окна и задернула ночные портьеры. Теперь постараюсь уснуть.

Глава 4

Утром, спустившись в сад, я внимательно осмотрела следы, едва различимые на грунте. Ползать по земле с лупой — не мой метод, но в данном случае других вариантов не было. Следы как следы, мужских ботинок среднего размера, только подошва не совсем обычная. Ладно, разберемся. Утром вчерашнее происшествие уже не пугало. Может, правда, кто-то из друзей подшутил? Эти мысли быстро растаяли под нашествием новых: кажется, Олег действительно может быть замешан в проблемах Ольги. С этим более или менее ясно. Теперь разберемся, что за штучка эта колбасная принцесса Лика. Я набрала номер ее домашнего телефона, трубку долго не снимали. Наконец хрипловатый со сна голос без всякого выражения ответил:

— Да.

— Лика? — уточнила я.

— Лика, — последовал утвердительный ответ.

— Я звоню из больницы. Вы в курсе, что ваша подруга лежит в реанимации?

— В курсе, — все так же немногословно, но уже более заинтересованно ответили мне.

— Я являюсь корреспондентом газеты «Горовск сегодня». Мы хотим подготовить злободневный материал о проблемах молодой и многообещающей певицы. Знаете, потребитель любит читать о трагедиях. Родители Ольги против фоторепортажа, а нам нужен снимок, на котором близкий ей человек сидит у постели больного. Вы не согласились бы подъехать? Вы же близкий человек для Ольги?

— Да, я подъеду, — суховато ответили мне после некоторого замешательства, — только не думайте, что я буду изображать скорбь и позировать с судном. Я действительно люблю Ольгу и не позволю, чтобы фотосессия...

— Фоторепортаж, — поправила я.

— Фоторепортаж превратился в фарс. Когда подъехать?

— Через час вас устроит? Только будьте добры, не опаздывайте. У нас сегодня еще одна важная съемка в Доме правительства, ждать вас мы не сможем. Успеете подъехать?

— Успею, — согласилась Лика.

Прекрасно. Я позвонила Шилову, надела парик цвета махагон со стрижкой каре, выбрала темные очки в пол-лица и направилась к дому Лики. Городок наш маленький, поэтому дорога не заняла много времени. Апельсиновый «Гетц»» бросался в глаза издалека, я припарковалась неподалеку и стала ждать. Минут через двадцать из подъезда выскочила девушка. Среднего роста, плотненькая, но не тяжелая, а скорее, ладненькая. Крупные черты лица, выраженный макияж, броская одежда. Внешнее впечатление вполне позитивное. Посмотрим, что будет дальше.

Машина Лики рывком тронулась с места. Я тихо двинулась следом. Ого! А девочка явно является постоянным нарушителем. Мне пришлось тоже прибавить скорость. Шилов ждал нас за первым же светофором. Я немного отстала, поэтому мне хорошо было видно, как грязненькая облезлая «шестерка» догнала апельсиновую машину Лики и легонько чиркнула по ее боку правым передним крылом. Обе машины притормозили, я встала неподалеку.

Эмоции явно захлестывали девушку. Она выскочила из машины и с кулаками бросилась на моего агента. Молодец, Шилов, прихватил группу поддержки. Из «шестерки» вылезло трое ребят в спортивных костюмах нехилого телосложения. За их спинами прятался Витя. Лика попятилась. Ребята сокрушенно покачали головами над «шестеркой» и окружили машину девушки. Лика юркнула на водительское сиденье, но дверцу заблокировать не успела. Я не торопилась, для осуществления моего плана девушка должна быть загнана в угол.

Тем временем страсти накалялись. Ребята что-то недружелюбно бубнили, Лика пыталась куда-то звонить, мои наемники ей не давали этого сделать. Наверное, пора. Я хлопнула дверцей машины и решительно направилась к месту боевых действий.

— Эй, братцы, чего тут происходит?

— Иди, девушка, не твое дело, — отмахнулся один из парней.

Шилов, будто испугавшись, что я действительно уйду, толкнул его под локоть и, явно переигрывая, запричитал:

— Да вот, телка машину нам покорябала, а я только ремонт сделал, краску еле достал. Требуем, чтобы заплатила, а она упирается.

Осчастливленная поддержкой, из машины выскочила Лика:

— Это они меня толкнули, я ровно ехала!

— Бабушке своей расскажешь, как ты ехала! Гони штуку и свободна. А то мы твой «Запорожец» так прокачаем, что от ведра не отличишь!

Перепалка возобновилась с новой силой. Я растолкала воинствующие стороны, встала между девушкой и парнями и уточнила:

— Штуку евро?

Те радостно кивнули головами, явно сами удивляясь своей наглости.

— Правильно решили, тачка у девочки не из дешевых, заплатит, куда денется!

Ребята кивнули опять, словно китайские болванчики. Спектакль себя исчерпал, вдохновение доморощенных артистов все вышло.

— Значит, так, — гаркнула я, стараясь пустить в голос максимум командирских ноток, —

убираетесь отсюда немедленно, пока я папашу не вызвала! Я прекрасно видела, как вы оформили эту подставу!

— А кто у нас папаша? — вынырнул из-за спин ребят Шилов.

— И не надейся, не колдун. Папаша трудится на ниве борьбы с организованной преступностью. Так, дайте-ка я номерок ваш запишу, чья машина?

Ребята поняли, что представление закончено, быстренько вскочили в «Жигули» и умчались. Я удовлетворенно отметила, что предусмотрительный Шилов тщательно замазал номер грязью. Молодец!

— Девушка, вы не запомнили номер? — с досадой обратилась я к Лике. — Вот черти, уехали быстро!

— Не-ет, — протянула та, с интересом глядя на меня.

— Жаль.

— А это правда, что ваш папа в отделе работает? По борьбе с организованной преступностью?

— Брехня. Просто у меня такой же случай был, я уже знаю, чего они боятся. Вас сильно поцарапали?

Мы склонились над машиной. Умница Витя, просто виртуоз, шаркнул по слою дорожной пыли, почти не потревожив краску. Лика удовлетворенно вздохнула.

— Вы меня выручили, — констатировала она, — спасибо. Я могу отблагодарить вас?

— Предлагаете деньги?

— Ну, если вы нуждаетесь...

— Я что, так плохо выгляжу? — не удержалась и я от сарказма.

— Нет-нет, просто так принято.

— Ну, если принято, угостите меня чашечкой кофе. Утром позавтрать не успела, а сейчас как раз есть свободное время.

Лика озабоченно глянула на часы, потом махнула рукой:

— Из-за этих придурков в больницу все равно опоздала. Пойдемте пить кофе.

Мы расположились в летнем кафе. Я исподлобья разглядывала девушку, пытаясь понять, что же она из себя представляет. Пока было ничего не ясно.

— Перейдем на «ты»? — предложила я, и, дождавшись ее кивка, поинтересовалась: — Ты сказала, что опаздываешь в больницу. Что-то произошло?

— Ерунда, — отмахнулась та, — без меня справятся.

Ничего себе. Лучшая подруга третий день не приходит в сознание, а для нее это ерунда? Словно прочитав мои мысли, она продолжила:

— Точнее, не совсем ерунда. У меня приятельница в ДТП попала, я к ней ехала. А сейчас все равно все ушли, так что смысла торопиться нет.

— Надеюсь, ничего серьезного?

— Как раз все очень серьезно. На Олю столько всего свалилось в последнее время, прямо удивляюсь, как она не помешалась от горя. Хотя, может, как раз и помешалась. Представляешь, она сама кинулась под машину!

Девушка смотрела на меня, ожидая бурной реакции. Одной из характеристик холериков является их страсть к страшилкам. Если человек с данным типом темперамента станет участником кровавой трагедии, он непременно будет описывать каждому встречному и поперечному, в какой позе лежал труп, какое выражение лица у него было, сколько вытекло крови и каким узором растеклись мозги по асфальту... Кажется, Лика принадлежала именно к этому типу. Не дождавшись моей реакции, она продолжила. Я в который раз услышала историю о конфузе с фонограммой, о ссоре Ольги с женихом, о спазме связок. А это что-то новенькое! Катерина Ивановна рассказывала, что в джаз-клубе с Ольгой произошла неприятность, из-за которой она вынуждена была уволиться, но в суть этой неприятности меня не посвятила.

— Знаешь, наверное, ее можно понять. Такой шанс выпадает раз в жизни и обидно не воспользоваться им только из-за того, что у тебя не хватает денег на фонограммы и костюм.

Я стала слушать внимательнее, всем своим видом выражая интерес к рассказу собеседницы и изредка охая, качая головой и поднимая бровки домиком.

— Как она на это решилась, не пойму. Забраться в сейф директора клуба и свистнуть оттуда три штуки евриков? Были бы деньги! Если уж мараться, так из-за крупной суммы. Хотя она взяла ровно столько, сколько требовалось для участия в конкурсе. Я же говорила, что ее в Сочи на конкурс пригласили?

Я кивнула, в уме быстро обрабатывая информацию. Получается, что Ольгу выгнали из клуба за кражу?

— А что, ее поймали с поличным? — уточнила я.

— Нет, просто она одна была в кабинете целых десять минут, а сейф был открыт, вот она и не удержалась. Я ее понимаю: такой соблазн. Хотя лучше бы она попросила у меня, для меня это не деньги, я с удовольствием одолжила бы ей нужную сумму, да и Олег ее постоянно просил, чтобы она рассчитывала на его материальную поддержку. Оля стеснительная была, вот, наверное, и решила, что стащить будет не так стыдно. Кто бы мог подумать, что ее вычислят? Это хорошо, что владелец клуба скандал устраивать не захотел. Заставил ее вернуть деньги и выгнал. А то представляешь, что было бы? Это же тюрьма!

— И она вернула деньги?

— В тот же день! Она вообще трусихой была по жизни, а уж тюрьма-то для нее — страшнее смерти. И позор. Она же учительница, ее весь город знал.

Я отметила, что Лика в разговоре постоянно говорит о подруге в прошедшем времени, словно у той уже не было шансов. Хотя я, наверное, слишком пристрастна. Люди не всегда вкладывают в склонения слов какой-либо смысл, просто говорят так, как им удобно.

— А что этот жених ее? Раскаялся?

— Чего ему каяться? Он к ней всей душой, звезду из нее хотел сделать, из нищеты вытащить, а она ломалась, как принцесса. Не понимаю я ее. Все же так просто: выходи замуж за Олега, уезжай в столицу, делай карьеру, и все! Никаких проблем! А у нее все какие-то капризы, сомнения. Ты, наверное, думаешь, что я слишком зло о ней говорю? Это от симпатии, а не от злости. Я просто устала с ней бороться.

Может быть, может быть. Самые близкие люди часто здорово раздражают именно тем, что не желают жить по правилам, которые мы считаем для них самыми верными.

— Оля вообще не от мира сего всегда была. Стихи писала, дневник вела, на дискотеки не ходила. А эта ее работа в музыкальной школе?! Да мне бы ее консерваторское образование и талант! Уж я бы тряхнула этот городишко!

Для убедительности Лика стукнула кулаком по столу. Стакан с минералкой подпрыгнул и упал набок, вода полилась на пол. Да, с таким темпераментом она и правда наделала бы шороху. Мы обменялись номерами телефонов. Чтобы Лика не потеряла интерес к моей особе, я пообещала порекомендовать ей отличного автомеханика. Мы расстались весьма довольные новым знакомством. Дневник! Ольга вела дневник. Именно он мог бы разъяснить совершенно непонятные для меня поступки и события в жизни этой девушки. Значит, надо всеми правдами и неправдами добыть это сокровище.

На данный момент я имела целую стопку улик против Олега. Улик, не подтвержденных никакими доказательствами. Первое: он предлагает Ольге деньги для участия в конкурсе и развития карьеры, но для нее легче украсть эти деньги, чем взять их у любимого. Как это объяснить? Второе: она не позволяет ему не только спонсировать ее карьеру, но и не допускает близких отношений. Почему? Не любит? Все утверждают обратное. Третье: взбешенный отказом, Олег срывает ее выступление. Все отзываются о нем как о человеке сдержанном и расчетливом, а этот поступок слишком импульсивен. Нелогично. Четвертое: после того как девушка теряет голос, он сразу заявляет ей о разрыве отношений. Даже последний подлец и прощелыга постарается в данной ситуации выглядеть как можно лучше и какое-то время будет поддерживать отношения и даже попытается помочь несчастной. А уж особенно молодой и перспективный бизнесмен, репутация для которого — не пустой звук. Нерасчетливо. Либо этот Олег полный дурак, либо тут что-то нечисто. Надо идти к родителям Ольги, выпрашивать дневник.

* * *

Катерина Ивановна была дома одна, они попеременно дежурили с мужем возле дочери.

— Как Ольга? — поинтересовалась я.

— Плохо. Держится на системах обеспечения жизнедеятельности, врачи ничего не обещают. Говорят, надо ждать, организм сам решит, карабкаться ему дальше или...

— Держитесь, — промямлила я избитое слово поддержки.

— Вы ко мне с результатами? — задала свой вопрос Катерина.

— Не совсем. Мне нужна ваша помощь. Вы знали о том, что произошло в джаз-клубе? — задала я вопрос в лоб.

— Знала, — сухо кивнула хозяйка дома.

— Почему же ничего мне не сказали?

— Почему я должна позорить перед вами свою девочку? Вывешивать грязное белье? Она не могла сделать этого, а если и сделала, то не вам ее судить! Кстати, чтобы замять скандал, Олечка отдала деньги, которые скопила для конкурса.

— Значит, у нее были деньги? — поразилась я.

— Конечно. Она неплохо зарабатывала, вела скромный образ жизни, куда ей тратить деньги?

— А зачем тогда...

— Теперь вы понимаете, что у нее не было нужды рыться в чужих сейфах? Все же так просто!

— Все еще запутаннее, — пробормотала я себе под нос. — Катерина Ивановна, я знаю, что Оля вела дневник. Вы не могли бы дать мне его на какое-то время? Обязуюсь вернуть в целости и сохранности.

Женщина резко встала.

— Что вы себе позволяете? Я, мать, и то не смею заглядывать в ее тетради, и вы считаете, что я разрешу, чтобы по страницам, которым дочь доверяла самое сокровенное, шарили равнодушные чужие глаза? Я поручила вам наказать Олега, а вы любопытствуете, надоедаете, лезете в ее жизнь!

Я, наконец, разозлилась, поднялась.

— Катерина Ивановна! Надеюсь, вы понимаете, что дневники вашей дочери нужны мне не для праздного чтения перед камином, а для поиска причины, ее погубившей. Вы с ней прошли через клевету, позор, незаслуженное унижение, а что, если Олег не виноват? Никто, даже лучшая подруга не верит в то, что Ольга чиста. А если и Олег думает так же? Вам сейчас бога надо молить, чтобы дочь выжила, а вы тратите силы на разоблачение предполагаемого виновника ее бед! Наберитесь терпения. Если я взялась за это дело, то обещаю: тот, кто наслал на голову вашей Оли все эти беды, от наказания не уйдет.

Катерина сникла. Я, выпустив пар, тоже немного успокоилась. С ней все понятно, женщина в истеричном состоянии, не понимает, что говорит. А я-то почему разошлась? Хотя, кажется, моя проповедь подействовала на нее, как ушат воды.

— Так вы дадите мне дневник Ольги?

— Извините, нет. Поймите, я не могу. Понимаю, что так надо, но не могу. Олечка, когда придет в себя, не простит мне этого.

«Ну и не надо, — подумала я про себя, — все равно я доберусь до этой тетрадки или тетрадок, как отметила Катерина. Чует мое сердце, что именно они помогут разобраться мне во многих проблемах Ольги». Хотя для этого не надо быть психологом: если человек ведет дневник, значит, именно ему он доверяет самые сокровенные тайны.

Внезапный телефонный звонок прервал мои размышления. Звонила Алина. Сначала в трубке раздалось какое-то шуршание, потом в это шуршание стали прорываться отдельные осмысленные слова и фразы: «заклинаю», «если ты мне друг», «промедление смерти подобно».

— Алина, говори нормально, я ни слова не понимаю, — разозлилась я.

Вызов сорвался, и через пять минут трубка запиликала снова:

— Я просто громко говорить не могла, а сейчас в лес углубилась, здесь меня никто не слышит, — уже отчетливо забормотала Алина.

— У кого там смерть? — переспросила я.

— Ни у кого, это я про промедление, которое смерти подобно. Если ты меня не спасешь, я превращусь в пещерного человека. Нам тут еще три дня страдать. В общем, так, записывай. Привези туалетной бумаги, дезодорант без запаха, крем дневной и ночной, а еще для глаз, ног и рук. Эпилятор захвати... хотя, нет. Как он без электричества работать будет? Бритвой обойдусь. Чистое белье, жидкое мыло, шампунь с бальзамом, солнцезащитный крем...

Алина диктовала долго, я еле успевала записывать.

— А что случилось? Ты уже не боишься, что твои друзья поймут, что ты цивилизованная девушка, и разочаруются в тебе?

— Я все продумала. Ты приедешь будто по делу, мы удалимся с тобой на безопасное расстояние, там в реке есть чистый заливчик, я буду приводить себя в порядок, а ты на шухере стоять. Они ничего не заметят. Они думают, что моя красота естественная, а она, зараза, блекнуть отчего-то стала. Я тайком зеркало пронесла, так смотреться страшно.

Голос подруги был такой жалостливый, что я растрогалась. Конечно, радости от перспективы выполнения ее заданий я не испытывала, дел было по горло, тут не до спасения естественной красоты подруги, а с другой стороны, если бы, например, у Ольги был друг, воспринимающий серьезно ее проблемы, ничего бы и не случилось. Я собрала все, что просила Алина, и поехала за город.

Встретила она меня, как и в прошлый раз, сдержанно. Объяснила соратникам, что нам требуется уединение, и повела меня вдоль реки. Когда мы ушли достаточно далеко, Алина занялась своим туалетом, а я «стояла на шухере», как она и просила. Когда подруга высушила волосы, я спросила:

— Алина, скажи честно, неужели так важно соблюдать все эти формальности? Человека можно мерить и другими ценностями.

— Другие мне изображать легко, а вот без туалетной бумаги — кранты. Знаешь, как наши говорят? Если вы не мерзнете, вам не хочется пить, есть и спать, не болят пальцы и колени, а кожа не свисает с лица лохмотьями — вы точно не скалолаз. Ничего, немного осталось, вот скоро залезу в ванную, вымажусь по уши сметаной, медом, взбитым белком, кофейной гущей и сутки отмокать буду!

Я не удержалась от смеха, представив неземную красоту моей подруги под всем этим соусом. Алина обиженно толкнула меня, я потеряла равновесие и шлепнулась на мягкое место.

— Ах, так вот благодарность за мою доброту?

Я схватила лежащий рядом тяжелый ботинок подруги и попыталась прицелиться прямо в спину удирающей Алине. Стоп. Рисунок подошвы. Редкий и запоминающийся.

— Алина, а где ты взяла эти ботинки?

— Скальники? — Нарезвившаяся подруга вернулась. — Заказала по Интернету. У нас таких не купишь, приходится заказывать. Знаешь, какие замечательные? Прокат при шаге просто изумительный, конечную фазу шага ботинок как бы стремится доделать за тебя. И кошки любые прицепить можно. Ты не представляешь, сколько я за них отвалила!

— У тебя у одной такие?

— Нет, мы вместе с Владимиром заказывали, только у него размер другой. Хочешь померить?

— Не хо-чу, — медленно произнесла я. Так вот в чем дело!

Мы вернулись в лагерь. Я дождалась, когда Алина скроется в палатке, и подошла к Владимиру, возившемуся с какой-то кривой железякой и яркой веревкой.

— Что, удачно припудрили носики? — бросил он через плечо.

— А что, заметно?

— Конечно. Но вы Алине не говорите. Она так искренне старается во всем походить на настоящего скалолаза, что не хочется ее разочаровывать.

— Вы хотите сказать, что у нее не очень удачно это получается?

— Настоящий скалолаз должен нутром чувствовать такие вещи, а она слепо обезьянничает.

— Мне кажется, на обезьяну больше стараетесь походить вы, — парировала я. — По окошкам прыгаете просто замечательно.

Владимир бросил свое занятие и внимательно посмотрел мне в глаза.

— Цветы — ваша работа?

— Алина говорила, что вы занимаетесь расследованием, но чтобы так быстро... Сдаюсь. — Он засмеялся и развел руками.

— Я не выдам вас вашим героическим друзьям при одном условии — вы мне поможете, — быстро сказала я. — Надеюсь, пользоваться мобильником у вас не запрещается? Запишите мой номер.

Я продиктовала свой телефон, и вовремя: к нам приближалась Алина. Владимир позвонил мне, едва я отъехала от лагеря.

— Вы просили о помощи?

— Не просила. Из-за вашего романтического потуга мне среди ночи пришлось заниматься уборкой, а я и днем-то без особого восторга это делаю. Вы промышленным альпинизмом занимаетесь?

— Понимаете, Полина, вы путаете два понятия: альпинизм и скалолазание. Альпинист поднимается к вершине при помощи крючьев, альпенштоков, иззубренных шипами ботинок и носильщиков-шерпов; а скалолаз — при помощи рук, ног и остальных частей тела. Я не из снобизма это говорю, я...

— Мне это неинтересно. В свободное от развлечений время вы занимаетесь покраской стен домов, мытьем окон небоскребов?

— Кхе... У нас нет небоскребов, но вы правы. Хорошее снаряжение стоит дорого, а работа в люльке на высоте хорошо оплачивается.

— Очень хорошо. Завтра мы совершаем ограбление. Ограбление во имя добра, не бойтесь. Если попадемся, я все беру на себя.

— Это точно никак не противоречит закону? — опасливо спросил отважный скалолаз.

— Вам страшно? Вы боитесь? А если бы вас поймали в момент, когда вы лезли ко мне в окно? Заметьте, дома никого не было, побрякушки я в сейф не прячу.

Владимир сдался. Я сказала, что время сообщу дополнительно, велела быть наготове и отключилась. Как удачно моя подруга порой выбирает себе хобби!

Глава 5

Я практически не рисковала. Родители Ольги почти все время проводили в больнице, люлька на стене дома, конечно, могла привлечь внимание, но обычно ограбления совершаются ночью, под покровом темноты, так что вряд ли кто заподозрит в чем-то нехорошем бородатого дяденьку в комбинезоне. Утром я забрала Владимира из лагеря, естественно, со всеми предосторожностями. Если бы Алина поймала меня за этим занятием, мне бы не поздоровилось. Объяснять, что я использую ее идеал исключительно как рабочую силу, было некогда и нецелесообразно, поэтому я решила схитрить и похитить его тайно.

Мы дождались, когда родители Ольги выйдут из подъезда, и поднялись на крышу. Очень вовремя мне под ноги попалось мятое ведро с остатками окаменевшего гудрона. Из воспоминаний детства я знала, что если на крыше работают мужчины, то это сопровождается запахом горящей смолы. Пока Владимир крепил свое снаряжение, я пыталась устроить небольшой костер в ведре. И как его строители поджигают? Наконец, черная масса начала плавиться и вонять. Этого я и добивалась. Я прихватила ведро, еще раз напомнила скалолазу, какое окно меня интересует, и спустилась вниз.

Почти все окна по случаю лета и жары были открыты, окно комнаты Ольги не составляло исключения. Еще в прошлый свой визит я заметила, что замок в доме довольно простой, английский, так что проблем возникнуть не должно. Владимир медленно спускался, я наблюдала снизу. Только бы ничего не помешало!

— Ты, доченька, из домоуправления?

Я обернулась — прямо за моей спиной стояла симпатичная бабушка с огромной овчаркой на поводке.

— Из домоуправления, контролирую заливку крыши и замазку трещин в монолите, — ответила я, с недоверием посматривая на овчарку. Вот-вот скалолаз достигнет окна, залезет внутрь и даст мне сигнал подниматься. — А вы отойдите подальше, мало ли что с крыши свалиться может, да и собачке вашей запах горящего гудрона явно не нравится.

— Ничего, я свое отжила, а собачка гавкнет, если что не по ее. Ох и брехливая собачка попалась! Вода несвежая — гавкает, еда не нравится — гавкает, миску не помоешь — гавкает. Застроила меня всю. Я уж и не знаю, как ей угодить. Пока хозяев нет, тихо сидит, а как хозяева приходят — все огрехи мои наружу выставляет, бесстыдница.

В этот момент бесстыдница рванула было за промчавшейся кошкой, но старушка неожиданно сильно дернула за поводок и смачно выругалась:

— Тпру, скотина, не балуй!

Скотина послушалась и притихла.

— Я ведь чего хочу сказать-то, — продолжала словоохотливая бабуля, — собачка эта не моя, я при ней нянькой. Пенсия маленькая, вот я у соседей и служу. Они-то на работах, в командировках всяких, а собачке скучно, воет она, пакостит по-всякому. Вот меня и наняли. А что? Я не в обидах, это же не дите, сопли вытирать не надо, а гулять с ней мне даже нравится, никакая сволочь не обидит, вид-то у нее грозный.

Владимир уже практически добрался до нужного окна, а бабуля все не уходила.

— А на нюх ее точно вонь из ведра никак не повлияет? — уныло поинтересовалась я.

— А зачем ей нюх? Она же не служебная, а так, для баловства. А тебе ведерко потом надо будет сдавать?

Вот где собака зарыта! Старушка позарилась на гудрон. Да ради бога, для хорошего человека ничего не жалко!

— Нет, не надо. Сейчас закончим, на помойку понесу. Только дождаться надо, чтобы остыло, а то как бы мусор не поджечь.

— А давай я тебе помогу? Мне делать нечего, я человек свободный, скотину все равно еще полчаса выгуливать, вот я с ведром и прогуляюсь. За пятьдесят рублей.

Ай да божий одуванчик! А молодец! Не ноет, на судьбу и правительство не жалуется, крутит свой мелкий бизнес, тем и живет. Наверняка и хозяев собаки она так мягко в плен взяла, сначала жаловалась, что собачка воет, потом по доброте душевной прогулять предложила. Нет, молодец! Я с удовольствием отдала бабушке полтинник и вручила ведро, она торопливо, пока я не передумала, засеменила прочь, волоча на поводке грустную овчарку. Я подняла голову. Владимир махнул мне рукой и мгновенно оказался внутри комнаты. Я зашла в подъезд.

Проникновение в квартиру прошло без эксцессов, хотя сердечко у меня колотилось так, что аж в висках стучало. Я быстро прошла в комнату, открыла ящик письменного стола Ольги, и прямо сверху обнаружила стопку общих тетрадей. Открыла первую попавшуюся — оно. Да, в этой семье друг другу доверяли. Извини, Ольга, это нужно для тебя. Я положила тетради в сумку, вышла из квартиры и поднялась на крышу, где ждал меня скалолаз.

— А можно поинтересоваться, ради чего я рисковал жизнью? — бросил он, сматывая веревку.

— Нельзя! — отрезала я.

Наверное, стоило как-то поблагодарить парня, но мне не хотелось проявлять слабину: все-таки, этот мужчина — голубая мечта моей лучшей подруги, и мою благодарность он может принять не так, как надо. Я отвезла его в лес и высадила из машины, не потрудившись подвезти поближе к лагерю. Ничего, прогуляется, он спортсмен, ему полезно. В зеркале заднего вида отражалась одинокая и грустная маленькая фигурка с альпинистским снаряжением на плече, но совесть меня не мучила. У меня в сумке лежали драгоценные тетрадки, а это стоило маленькой сделки с совестью.

* * *

Ольга вела дневник с пятого класса. Точнее, не дневник, а дневники — четыре потертые по углам общие тетрадки. Не скажу, что читать их было так уж легко, никогда бы не стала заниматься подобным делом только из любопытства! Не легко, факт, но интересно. Все-таки девушка писала неплохие стихи, и слог ее был легким и убедительным. Как ни тянуло меня сразу заглянуть в последнюю тетрадь, начала я с первой. Я должна была понять, способна эта девушка свести счеты с жизнью или нет?

По мере прочтения дневника мое восприятие Ольги менялось. По рассказам близких создавалось впечатление, что эта особа — существо забитое, инфантильное, безропотное, словом, никчемное создание, по ошибкс или милосердию божьему наделенное серьезным талантом и не умеющее справляться с этой тяжелой ношей. Строки, которые я читала, писал совсем другой человек.

* * *

Из дневника Ольги Камышиной:

«Они считают, что я некрасивая, что у меня нет шансов пробиться через мутную стену нашего ограниченного круга. Конечно, если бы я разбиралась в математике или пробегала стометровку быстрее Саши Савельева, то на меня смотрели бы, по крайней мере, с уважением, а так... кому

нужны мои «пятерки» за сочинения? Я раскрываю душу, а все смотрят только на смазливую мордашку той же Лики».

«Сегодня на литературе опять зачитали мое сочинение. Когда учительница дошла до строк о том, что даже жалкий человек имеет право на счастье, кое-кто хмыкнул: «Но не настолько жалкий, как наша нюня Олюня». Все засмеялись, даже Лика. Я понимаю, что им никогда не написать так, что все усмешки — от зависти, но я мечтаю о том времени, когда никто не посмеет смеяться надо мной, когда самый красивый мальчик школы будет таскать мою сменку в зубах, когда на меня, а не на Лику будут оглядываться на улице ребята».

Ого-го! А наша скромница и монахиня не такая уж и смиренница. Просто не хватает жизненных сил у девочки, вот и живет даже не на вторых, а на десятых ролях. Как я понимаю, ее вокальный дар в это время еще не дал о себе знать. Интересно, насколько все изменится после?

Со страниц дневника становилось ясно, что Ольга сама долго не верила в свой талант. В музыкальной школе на занятиях хорового пения она еле-еле открывала рот и «мяукала» даже не в половину, а в одну десятую своего истинного голоса. Петь по-настоящему она позволяла себе только дома, когда родители были на работе, а соседи, как ей казалось, ничего не слышали за толстыми стенами. Вот тут уж Ольга давала себе волю! Она филигранно отточила весь репертуар своей любимой исполнительницы, перепела песни из любимых кинофильмов, замахнулась на несколько арий из «Евгения Онегина», которого любила слушать мама. Ее упражнения продолжались бы долго, если бы не началось лето и под открытыми окнами не стали собираться слушатели — местные праздношатающиеся подростки.

Однажды Оля особенно удачно пропела сложнейшую партию в той тональности, которая раньше была для нее слишком высокой, и вдруг под окном раздались аплодисменты. Сначала бедная девочка подумала, что над ней издеваются, и с растерянности бросилась прятаться, но когда она нашла в себе силы прокрасться к окну, то услышала:

— Что случилось?

— Ничего, девчонка здорово поет. Жаль, замолчала, хоть одним глазком бы глянуть, кто такая! Эй, спой еще, не ломайся!

Больше в тот день Ольга петь не стала, да и в другой тоже. Теперь она не пела при раскрытых окнах, но стоило родителям уйти из дома, как девочка крепко-накрепко запирала окна и продолжала свои занятия, удивляясь тому, как быстро крепнет ее голос, как легко даются сложные пассажи, как ей повинуется самая неуправляемая мелодия. Она поняла, в чем ее сила.

Я закрыла последнюю страницу первой тетради. Что я хотела узнать? Могла бы автор этих записей шагнуть под мчащуюся машину? Безусловно. Типичный гадкий утенок с большими амбициями и мечтой о собственном величии. Птенец, тщательно скрывающийся за своими комплексами и охотно выставляющий их напоказ: она даже в хоре пела нарочито плохо, лишь бы никто не обратил на нее внимание. Можно представить, что испытал этот утенок в момент, когда он уже поверил, что стал лебедем, и вдруг снова очутился на птичьем дворе в образе маленького уродца. Да, злая у меня получается сказка.

* * *

— Полетт, у нас гости!

Странно... Если Ариша на ночь глядя приводит своих приятелей, он никогда не беспокоит меня, и уж тем более не требует выполнять роль хозяйки дома. Сказать, что я воспитывалась в духе покорных и хлебосольных женщин Кавказа, значит рассмешить до колик моих друзей, поэтому просьба деда меня заинтересовала: или пришел кто-то свой, или Ариша привел какого-то незаурядного человека.

Внешне человек оказался довольно интересным: наверное, таким мог бы стать Маяковский, если бы сократился до среднего роста и дожил лет до шестидесяти. И говорил он как поэт или, скорее, как актер, играющий поэта —

ритмично вышагивая из угла в угол, и также ритмично бросая рубленые фразы. Ловить смысл его изречений было на первых порах сложно, гость очень забавно строил речь, совершенно не учитывая законы риторики и повышая-понижая интонацию там, где ему вздумается.

— Так это вы, сударыня, вокалировать надумали? — строго поинтересовался он.

Я бросила уничтожающий взгляд на деда и кивнула: а что еще мне оставалось?

— Весьма оригинальное желание для девицы, имеющей смазливую мордашку и изрядный капитал, — все с тем же строгим выражением продолжал он.

Я проглотила «смазливую мордашку» и пожала плечами. Трудно было вступить в игру, не поняв, что наплел ему Ариша.

— А я говорю, — подал реплику тот, — что для карьеры певицы необходимы незаурядные данные. Это в старые времена вокалу, как и музицированию, и живописи, учились все юные дворяночки, а сейчас это совершенно излишне. А внучка уперлась: хочу петь, да и только, найди мне, дедулечка, учителя!

Ах, вот оно что! Я — туповатая и сладенькая внучка, мечтающая о вокальной карьере. Он — дед, неспособный отказать любимому дитятке в ее капризе. Тогда кто наш гость?

— Познакомься, Полетт, Венедикт Федорович, лучший в нашем городе педагог по вокалу.

Раньше служил в консерватории, сейчас пестует молодые таланты частным образом. В нашем городке у него учились все, кто вышел или хотел выйти на большую сцену.

— Правды ради скажу, что вокалистами стали не все, но попадать в ноты я могу научить даже мартовского кота, — добавил гость.

Все ясно. Ну, что же, выхода у меня все равно нет. Дурочка так дурочка.

— Знаете, я пока не решила, заниматься мне вокалом или художественной ковкой. Дедулечка обещал, что оплатит любое мое увлечение. Только я не знаю, что у меня лучше получится. Вот я слышала, например, что Ольга Камышина не могла гамму повторить без ошибки, а теперь — джазовая певица. Меня так научить сможете?

— Камышина! Эк загнули! Да эту учить — только портить. Она ко мне еще девочкой пришла, школьницей, я за несколько занятий слегка подкорректировал ей тембр и отправил прямиком в консерваторию. А вот с подругой ее пришлось повозиться.

— С Ликой? — брякнула я, не подумав.

— Вы и Анжелику знаете? Ну, тот факт, что имена и худших из моих воспитанников становятся известными, делает мне честь. Хотя подобной ученицей я бы хвастаться не стал.

Вот это номер! Лика тоже занимается вокалом, к тому же поет неважно. Молодец, Ариша, ценный улов! Я послала деду влюбленный взгляд и засуетилась вокруг гостя:

— Вы предпочитаете кофе или чай? Знаете, у нас есть превосходный кофе, дедушке друг привез из Колумбии, я сварю? Ах, вы не пьете кофе? Какая жалость! Тогда коньяк, водка, текила, виски?

— Полетт, принеси закуску к коньяку, — заважничал дед, — и не мельтеши. Так вы говорите, что из мартовского кота можете сделать Шаляпина? Очень интересно. И как это возможно? На примере, скажем, этой девушки, как бишь ее там?

— Анжелика. — Наш гость, наконец, сел. — Типичный образчик золотой молодежи, никогда не получавшей ни в чем отказа. Голосок писклявый, слуха нет по определению. Зато попка, как у бразильянки, и щеки, как яблоки. Вот эта звездой станет, не беспокойтесь. С ней все педагоги города мучились, она еще со школы этой идеей заразилась, когда Ольга петь начала. Понятно, подруги, куда одна — туда и другая. Только ничего у нее не получалось, тянет на одной ноте, и все тут, не представляете, сколько ее папаша денег отдал, чтобы голос ей поставить, — все без толку было, пока она не попала в мои руки.

— И вы научили ее петь? — подскочила я с подносом.

— Я научил ее не позориться. Теперь любой звукооператор, помучившись недельки две, сможет создать с ней что-то похожее на песенку. И создают же! Папаша снял девице уже два клипа, примитивных, надо сказать, но если бы кто знал, из чего я вылепил этот миленький голосок! Правда, без фонограммы девушка все равно петь не сможет, но куски для записи у нее получаются вполне ничего.

— Кудесник, кудесник, я же говорил тебе, Полетт! — восторженно воскликнул дед. — Он и из тебя звезду сотворит. Ну-ка, спой нам!

— Позже, — попросила я в надежде, что Ариша одумается. — Лучше расскажите нам про эту Лику, должна же я на кого-то равняться.

— Ну, равняться на нее не стоит. Девица какой год пытается поступить в консерваторию или хотя бы в музыкальное училище, не берут. Другая на ее месте давно поняла бы, что карьеру надо делать на другом поприще, а эта все никак не уймется. Я думаю, тут играет роль зависть к подруге. Как так, Оля — невзрачный чертополох, а поет как ангел, а Лика — орхидея, а воет как шакал. Несправедливо! Хотя в природе так и заведено. Вы слышали, как мерзко голосит павлин? А насколько неэстетичен вопль лебедя? Чем ярче птица, тем отвратительнее ее рулады. Хотя упорству девушки можно позавидовать: она даже на работу не устраивается, чтобы не отвлекаться от карьеры. Знаете, я ведь до сих пор вынужден с ней заниматься. Понимаю, что большего дать ей не смогу, но и отказать не имею твердости. Так вы нам споете, дитя?

— Ой, знаете, я что-то стесняюсь, — постаравшись придать голосу больше искренности, призналась я, — давайте в следующий раз? А то уже поздно, я охрипла, соседей разбудим. Лучше уж я пойду к себе, а вы тут с Аристархом Владиленовичем пообщайтесь. Знаете, а ведь он в свое время тоже брал уроки вокала, так что у вас есть о чем поговорить.

Мне казалось, что я удачно отомстила деду, а оказалось, я подложила себе бомбу замедленного действия. Стоило мне уснуть, как снизу раздалось громкое и вполне стройное пение, Ариша подыгрывал на фортепьяно, гость вел основную партию. Дедушки действительно нашли друг друга, и уснуть сегодня мне уже не удалось. Мой дед — удивительно крепкий старикан и, несмотря на обилие свободного времени днем, для общения предпочитает ночное время суток.

Глава 6

Мне хотелось при первой возможности вернуть дневники Ольги, поэтому сегодняшний день пришлось посвятить чтению. Так как характер девушки более или менее стал проясняться, я решила обратить внимание на ключевые события, которые привели к трагедии. Особенно интересовал меня инцидент в джаз-клубе. Интересно, как объяснит пропажу денег героиня истории?

* * *

Из дневника Ольги Камышиной:

«Не писала целую неделю. Сейчас уже могу адекватно воспринимать действительность, поэтому попытаюсь изложить все беспристрастно. Все началось с того, что контракт мой заканчивался, и администратор пригласил меня в кабинет директора для его продления. Стоило мне войти, как он вскочил, извинился, попросил подождать и вышел. Я ждала минут десять, он вернулся: «Вы все ждете, Олечка? Извините, дела. Давайте, займемся этим позже?» Я постаралась заглушить неприятный осадок от бесполезного ожидания и вышла. Если бы я только догадывалась... а что я смогла бы сделать, если бы заподозрила неладное? Ничего. Кто-то четко разработал сценарий этой мерзости, и избежать ее я могла бы только чудом».

Судя по записям Ольги, далее события развивались так: спустя некоторое время в гримерку, где, кроме Ольги, находились еще девушки из танцевального шоу, зашел администратор с двумя охранниками:

— Девочки, спокойно, у нас ЧП. Сейчас ребята проверят ваши вещи и уйдут, вас же попрошу вести себя разумно, если, конечно, не хотите близко познакомиться с парнями из милиции.

Танцовщицы, естественно, подняли гвалт, кто-то решил, что ищут наркотики, что привело девиц в еще большее негодование. Ольга была спокойна, она привыкла, что в клубе время от времени случаются неприятные и непонятные ей скандалы с девочками из шоу, ее эти скандалы никогда не касались, поэтому она просто ждала, когда все закончится.

— Можно вашу сумку? — спросил один из охранников.

Ольга молча пожала плечами. Что ж, издержки профессии. Буянить и качать права смысла не было, это только затянуло бы неприятную процедуру.

— Вадим, поди сюда, — негромко уронил охранник, проверяющий сумку Ольги.

Сказал негромко, но в шумной гримерной вдруг как-то сразу стало тихо. Ольгу попросили пройти в кабинет директора, и вот тут-то начался настоящий кошмар. В присутствии охранников, администратора и директора из ее сумочки достали стопочку купюр, каждая достоинством в сто евро.

— Это ваше?

— Нет, — пока еще спокойно ответила девушка.

— Естественно, не ваше, — подскочил к ней администратор, — как бы вам этого ни хотелось. Как вам не стыдно?! А еще приличная девушка!

— Не понимаю. У меня есть деньги, но я не могла положить их в сумочку, — пыталась прояснить ситуацию Ольга. — Они мне нужны не сегодня, поэтому таскать их с собой нет никакого смысла.

— Вот, она призналась! — торжествующе воскликнул администратор. — Они ей нужны!

— Конечно, нужны, — все еще не понимала Ольга, — для участия в конкурсе. Фонограммы, услуги парикмахера, костюм.

— Все мы понимаем, милая, — брезгливо поморщился директор, — только нельзя же идти к славе таким грязным путем!

— Почему грязным? Эти деньги нужны мне не для взятки.

— То есть если деньги не для взятки, их можно украсть?

Только теперь до девушки стал доходить весь ужас того, в чем ее заподозрили.

— Я говорила про деньги, которые храню дома, три тысячи евро. Я думала, что они каким-то образом попали ко мне в сумочку, мама положила, например. Я ничего не понимаю. Вы хотите сказать, что в клубе пропала точно такая же сумма?

Все промолчали. Директор продолжал досадливо морщиться, охранники отводили глаза, администратор довольно развел руками:

— Я тоже виноват. Это я забыл закрыть сейф в кабинете, когда вызвал тебя для подписания контракта. Каюсь, больше этого не повторится. Но я даже подумать не мог, что такая внешне благополучная девушка решится на столь отчаянный поступок! После того, как вы покинули кабинет, я решил на всякий случай проверить, все ли в порядке. Заглядываю в сейф — и что вижу? Деньги, приготовленные для зарплаты сотрудникам, исчезли. Все! Нет, сначала я решил, что они куда-то завалились, перерыл весь сейф, и ничего не нашел!

— Мне подкинули эти деньги, — поняла Ольга, — только не могу понять, кому это было нужно. Вы верите мне? Вы же понимаете, что я никогда не посмею подойти к сейфу и уж точно никогда не притронусь к чужим деньгам?

— Давайте прекратим этот балаган, — встрял директор. Он отпустил охранников, предварительно приказав не болтать о том, что произошло в его кабинете, и подошел к Ольге: — Я не собираюсь проводить следствие. Ваша вина не подлежит сомнению, и мне абсолютно наплевать, на что вам нужны были эти деньги. Я дорожу репутацией заведения, поэтому вы здесь больше не работаете.

— Но... — начала было Ольга.

— Разговоры окончены. Именно из-за вышесказанного я согласен не вызывать милицию и не заводить на вас дело, если вы компенсируете мне моральный ущерб.

— Сколько? — прошептала Ольга.

— Ровно столько же, сколько вы у меня взяли. В качестве платы за спасение репутации — это мизер. Согласны?

— Вы дадите мне время подумать?

— Совсем немного. Если вы не согласитесь

решить все по-хорошему, надо будет вызывать милицию, им легче распутать дело по горячим следам.

Ольге позволили на полчаса удалиться в кабинет администратора, заперли ее на ключ и оставили наедине с собой. Сначала девушку била мелкая дрожь, потом она взяла себя в руки и попыталась разложить произошедшее по полочкам: то, что ее подставили, не подлежало сомнению. Только кто? Кому в этом клубе она перешла дорогу? Какой-нибудь начинающей певичке, желающей занять ее место? Нет, сдаться — значит, признать свою вину. Пускай вызывают милицию. Там не дураки работают, разберутся. Ольга уже собралась постучать в дверь, как зазвонил ее мобильник. Звонила Лика.

Услышав голос близкого человека, Ольга не выдержала и разрыдалась: за последние несколько часов это был единственный человек, не желающий ей зла. Однако Лика, выслушав сумбурный рассказ подруги, поспешила остудить ее решимость.

— Ты чего? Вчера родилась? У них свидетелей вагон, а ты одна! Думаешь, хоть один тип из этой вашей шарашкиной конторы за тебя заступится?

— Но у них же следователи, они могут провести дактилоскопическую экспертизу денег...

— Ага, и собачку приведут, и ДНК определят, и вообще, работать с тобой будет не пропахший потом старлей, а красавчик-полковник?

Ты чего, подруга? Какая экспертиза? Им твой директор заплатит, они только рады будут дело закрыть. А потом те, кто тебя подставил, явно люди неглупые, они предусмотрели все, даже могли бумажку с пальчиками твоими подсунуть. Думаешь, это сложно сделать?

— Не сложно. Мне лишнюю сотню в последнюю зарплату дали, я ее вернула, — вздохнула Ольга, — на ней точно мои пальцы должны были остаться.

— Ну вот! Ничего, подруга, деньги ты еще накопишь, на конкурс если не в этом, то в следующем году поедешь, трепаться об этой истории им не выгодно, так что все будет тип-топ. Главное, в тюрьму не загреметь. Потом, сама понимаешь, не то что на большую сцену, в музыкальную школу не возьмут. Да и в тюрьме не сладко: платочки, лесбиянки, фи!

Наверное, для Лики эта история была чем-то вроде приключения, она так бойко и весело уговаривала Ольгу... Или она просто старалась приободрить подругу? Так или иначе, убеждать она умела. Одно дело — когда решение навязывают тебе враги, другое — когда рекомендуют друзья.

Ольга еще пыталась отстоять свое право на честное имя, но двое мужчин в кабинете весьма ярко нарисовали ей картинку ее пребывания в колонии, после чего дух девушки был сломлен. Она взяла такси, съездила домой за отложенными деньгами, написала заявление об увольнении по собственному желанию и вернулась домой, уже не на такси. С этого дня ей надо было учиться экономить на всем, ведь на зарплату учительницы музыкальной школы жить можно только в воображении тех, кто эту зарплату придумал.

* * *

Я закрыла тетрадь. Да уж, обложили девочку! Интересно, кому это было надо? Неужели, Олегу? Катерина намекала на его участие в этом деле, но у нее нет ни доказательств, ни мотивации. А почему, собственно говоря, нет мотивации? Как я поняла, Олег постоянно навязывал Ольге материальную помощь, от которой она гордо отказывалась. А что? В клубе она неплохо получала, смогла не только приодеться, но и сделать небольшие накопления, для участия в конкурсе деньги у нее были, зачем тогда ей помощь Олега? А мужчины, подобные ему, любят, чтобы женщины были от них зависимы. Он вполне мог подстроить этот спектакль, заплатив администратору, и девушка у него в кармане! Накоплений нет, зарплата отныне смешная, чики — я в домике! Все просто. Надо прижать администратора, как его там? Мельник? Даже если моя догадка неверна, я узнаю правду. Только как это сделать?

Однажды для пользы дела я устроилась саксофонисткой в клуб, было весело, но во второй раз этот трюк не повторишь, больно уж инструмент для нашего городка редкий. Пойдут потом слухи о черной саксофонистке — где она появляется, там жди неприятностей. Поймают меня и сожгут на костре, как ведьму. Надо придумать что-нибудь другое. Что? Перед журналисткой он откровенничать не станет, прикидываться девушкой легкого поведения не так уж и приятно, как принято считать, пытки я не принимаю как метод. Есть же у него слабости? Спиртное, девочки, игра. Если речь идет о слабостях, никто, кроме Ариши, помочь мне не сможет. Кстати, он что-то очень уж долго собирает сведения об Олеге, пора потребовать с него отчет. Как раз наступило время обеда, приманим его на... полуфабрикаты? Больше ничего в холодильнике все равно нет.

— Аристарх Владиленович, — позвала я с веранды, — как вы относитесь к русской кухне? Холодный свекольник, вареники с вишней, клюквенный морс?

Ариша дремал в ротанговом кресле в тени старой груши, лицо его прикрывал свежий номер газеты. Мое предложение мгновенно вернуло его от полудремы к состоянию бодрствования.

— Господи, неужели дождался? Лето, прохлада, женщина зовет меня на чудный обед. Я сплю? Или ты действительно к тридцати годам научилась готовить?

— Не спишь, — усмехнулась я, — просто немного заблуждаешься. Готовить я не научусь и к пятидесяти, а вот пригласить самого шикарного мужчину этого города в ресторан могу себе позволить. Поехали?

Уговаривать Аришу не пришлось, и через полчаса мы уже сделали заказ в небольшом загородном ресторанчике, мило стилизованном под богатую русскую избу начала восемнадцатого века.

— Ну, и чем я должен расплачиваться за невиданную щедрость молодой прекрасной женщины?

Я удивленно подняла брови.

— Только не делай вид, что я избавлен от пытки полуфабрикатами за красивые глазки. Холодный свекольник в жару надо отрабатывать, так что жду вопросов.

Я рассмеялась:

— Ладно, я действительно хотела поговорить, но привела тебя сюда не для того, чтобы задобрить, а просто потому, что уже сама не могу смотреть на свою стряпню. А вопрос у меня к тебе самый простой: что удалось узнать про Олега?

— Ты думаешь, если я молчу, значит, забыл? — надулся Ариша. — Просто этот твой Олег на редкость невыразительная личность, ни одного скандала, никаких девиц легкого поведения, просто идеал, даже не по себе как-то. Словно забросили пришельца, наделили идеальной внешностью и характером и ждут, когда он начнет завоевывать Землю.

— Фантастики насмотрелся? — фыркнула я.

— Не насмотрелся, а начитался. Это ваше поколение все меряет мультиками и фильмами, а в наше время еще умели читать книги.

— Ладно, сдаюсь. Так что конкретно?

— Прибыл к нам из столицы два года назад для открытия филиала крупной компании. За это время успел не только открыть, но и организовать все так, что сейчас его филиал считается самым успешным в России. Женат не был, в Москве имеет недвижимость, по слухам, скоро собирается возвращаться в столицу, по крайней мере, подыскивает на свое место толкового директора. У юноши весьма неплохие перспективы, при условии, что он останется работать на компанию, а если решит организовать свое дело, то перспективы еще лучше. Кстати, именно в этом возрасте успешные предприниматели обзаводятся семьей, а невеста из провинции, да с потенциалом — это просто находка.

— Опять меня сватаешь?

— Отнюдь. Намекаю на то, что в качестве жены ему Ольга очень бы подошла. Умна, умеет себя вести, обладает врожденным аристократизмом, а если вложить деньги в ее талант, то в будущем еще и принесет невиданный доход вкупе с пиаром. Понимаешь, к чему клоню?

— К тому, что Олег вовсе не злодей и действительно собирается честно жениться на Ольге? Да, по логике все складывается в красивую и правильную картинку. Только в этой истории логики мало. Слушай, а администратор джаз-клуба в «Крестовый король» не захаживает?

Я назвала ему фамилию администратора. Дед задумался, потом хлопнул себя рукой по лбу и грустно констатировал:

— Я — старый дурак. Этот тип чуть ли не каждую ночь ошивается в казино, я прекрасно его знаю. Знаю и терпеть не могу. Недавно пришлось достаточно жестко попросить его, чтобы не стоял у меня за спиной, когда я играю. Кстати, он не обижается. Скользкая личность.

— Не поняла, почему «старый дурак»? Ну, знаешь, и хорошо. Чего так переживать-то?

— А то, что некоторое время назад этот тип сильно напился и потерял над собой контроль. В ту ночь он проиграл немалую сумму и все кричал: «Бог дал — бог взял, не жалко». Знаешь, за что он получил деньги?

— За то, что подставил Ольгу?

— А как ты догадалась? — Торжествующее выражение на минуту сползло с лица деда.

— А какие были варианты? Так он упоминал имя Ольги?

— Нет, конечно, просто говорил, что помог одному влиятельному человеку и тот хорошо ему заплатил. Туманно намекнул и на суть помощи, сказал, что теперь одной певичкой будет меньше.

— Значит, все-таки Олег, — констатировала я, — так ты говоришь, что этот Мельник азартный игрок и не прочь «заложить за воротник»?

Тогда я знаю, как заставить его открыть имя заказчика. Если это действительно Олег, Катерина была права — он заслуживает не просто ненависти.

* * *

Теперь я знала, как заставить разговориться администратора джаз-клуба. Он игрок и играет на деньги, которые ему платят за подлость? Тогда я сделаю ставку на него. Мы проиграем его в карты. Посмотрим, насколько ему это понравится.

Я отвезла Аришу домой и направилась на старое кладбище к своим старым приятелям, бомжам Люсе и Васе. Когда-то они здорово выручили меня, и с тех пор охотно выполняют всякие мелкие поручения. Люся и Вася в душе — артисты, поэтому особенно удаются им дела, требующие не механического выполнения работы, а импровизации.

Люся и Вася встретили меня приветливо, пригласили за полуразрушенную часовенку, где у них было хозяйство: собранные на помойках предметы обихода под коряво сделанным навесом из пленки. Глядя на это подобие дома, я вспомнила, как мы с ребятами из нашего двора в дошкольном возрасте любили делать шалаши и даже мастерили из картонных коробок что-то похожее на мебель. Да, эти люди навсегда остались детьми. И дело даже не в том, что злая судьба или собственные пороки лишили их крыши над головой, я неоднократно предлагала устроить их в весьма неплохой социальный приют, нет, им больше нравилась жизнь на воле.

— Люся, а что с палаткой, которую я вам подарила? Украли?

— У нее украдешь, как же! — хихикнул Вася. — Это она сама ее, того, кирдык.

— А чего он ночевать перестал домой приходить? — заголосила Люся, — психическое заболевание у него, со стенками спать не может! Знаю я, какая это стенка виновата, Верка с Южной помойки! Зато как палатку спалила, сразу отвадила по ночам шляться! Понял, вражина, что я психованная!

— Тут много ума не надо, чтобы понять, — довольно объяснил Вася. — Сказала, что сначала палатку, а потом меня спалит. Эта может, эта из-за любви и не на такое пойдет!

Интересно, как она ухитрилась сжечь палатку, покрытую защитной пленкой от возгорания? Действительно, любовь — великое чувство! Я рассказала ребятам, что от них требуется, и поехала в пункт проката автомобилей. Моя машина слишком приметная, а я была заинтересована в том, чтобы моя жертва никогда обо мне не узнала.

* * *

Ариша обещал, что как только Мельник направится к выходу, он позвонит мне и сбросит вызов. Физиономию администратора он описал очень художественно, к тому же этот тип был пижон и носил пиджак канареечного цвета. Раньше двух ночи игра обычно не заканчивалась, поэтому я с Люсей и Васей на заднем сиденье подъехала в начале третьего. Так как изображать мне предстояло водителя такси, я загримировалась под юношу — получилось не очень убедительно, но в темноте, да под градусом никому и в голову не придет размышлять: очень похож водитель такси на мужчину или не очень. Люся и Вася, увидев меня в этом виде, сначала испугались. Я резко затормозила перед двумя одинокими фигурками, стоящими возле кладбищенской ограды, и молча распахнула дверь.

— Вась, чего это он? — удивилась Люся.

— Ну-ка вали, парень, пока мы тебе ноги не выдернули и супец из них не забабацали! — бодро рявкнул Вася.

Странно, чем беззащитнее человек, тем убедительнее он выбирает выражения, если хочет напугать. Комплекс Моськи?

— Что, непонятно? Эй, братва, окружай машину, сейчас кое-кого резать будем! — веселился Вася.

— Да, окружай, — помогла ему Люся, — будем веселиться!

Мне надоело куражиться над ними, и я раскрыла свое инкогнито. Когда Вася и Люся поверили, что это на самом деле я, на них напал такой заразительный хохот, что остановить его смогла только икота, напавшая на Люсю. Наконец все уселись в машину, и я направилась в город. Вот чего я не смогла предусмотреть, так это вони, которая сразу заполнила автомобиль. Не помогали даже открытые окна. На воздухе ветерок разгонял это специфическое амбре, сейчас же оно прочно засело в салоне. Ничего, потерпим, это не самое страшное в моей профессии.

Мельник не заставил нас долго мучиться, уже через полчаса дед подал мне сигнал, и из дверей казино вывалился тип в канареечном пиджаке. Администратор казино больше походил на конферансье заштатного дома культуры — прозрачная прядь, зачесанная на лысину, усы, пивное брюшко. Учинять допрос такому будет — одно удовольствие. Не успел он взмахнуть рукой, как я резко тронулась с места и услужливо распахнула переднюю дверь. Люся и Вася по-партизански легли на своем заднем сиденье, хотя Мельник был в таком состоянии, что вряд ли обратил бы внимание на то, что в машине он не единственный пассажир. Администратор назвал адрес, я поехала совершенно в другом направлении, к кладбищу. Мой пассажир все-таки обратил внимание на амбре, исходившее от прячущихся на заднем сиденье бомжей: он недовольно поводил носом, чихнул, поерзал на сиденье, но вопросов задавать не стал: уютно устроился в кресле и почти сразу уснул. Хорошо, что Ариша смог так хорошо накачать его спиртным, иначе мой пассажир всю дорогу так уютно не похрапывал бы и вполне мог бы начать искать источник запаха.

Я остановила автомобиль прямо перед дырой в заборе, Вася вытащил сонного Мельника, Люся услужливо подставила свое плечо, и они поволокли его на кладбище. Уже возле дыры администратор начал приходить в себя, а ближе к часовенке он даже начал предпринимать попытки сопротивления.

— Куда? Мы куда? Я не тут живу, я на Мориса Тореза, дом шесть «а», квартира восемнадцать, первый этаж, квартира прямо.

— Домой, домой, миленький, тут теперь твой дом.

Мельник попытался дернуться, но Вася ловко, словно занимался этим всю жизнь, прищелкнул его наручниками к могильной оградке. Администратор медленно приходил в себя, удивленно оглядывая пространство и две гротескные фигуры перед ним.

— Где я? — наконец родил он.

— Дома, на кладбище, — терпеливо объяснила Люся.

— Я умер?

— Что ты, тебе умирать нельзя, тебе еще долг отрабатывать, — поддержал подругу Вася, — вот отработаешь, тогда умирай, сколько захочешь, а раньше — ни-ни, даже и не пытайся.

— Отпустите меня! — истерично взвизгнул

Мельник, — у меня связи! Я вас всего лишу! Вы у меня на паперти стоять будете!

— Слышь, Вась, а может, отпустить? — засомневалась Люся. — Говорит, связи, на паперть устроить может. Давно туда прорваться пытаюсь, только без связей не пускают, элитное место.

— Отпустим, — решил Вася, — только через годик-другой, как вести себя будет. А пока пусть послужит у тебя мужем, как я и обещал. Карточный долг — дело святое, проиграл тебе сытого и с усами — получите, пожалуйста, пользуйтесь на здоровье.

— Как проиграл? Как муж? — залепетал администратор. — Ребята, вы что? Я женат, у меня дети!

— Хорошие дети, не болезненные? — уточнила Люся.

— Да нет вроде, — не сообразил Мельник.

— Пойдет. От такого красавца мне детей и надо. Вот народим с тобой пару-тройку, отпущу. А может, и сам уходить не захочешь, я до любви жадная, не то, что ваши домашние курвы, что такое головная боль, не знаю, критических дней не боюсь. Только вот отстегивать тебя не буду, пока не приручу, уж не обессудь. А то в прошлый раз одного пожалела, так он убечь попытался, пришлось пикой от оградки в него запустить. Отдал концы, сердешный, а какой занятный был! Все книжки мне рассказывал. Спать в могилке будем, в ней теплее, не дует, и не подглядывает никто, только подслушивают все. Черви, правда, щекочутся, но они не ядовитые, не бойся, и сытые.

Я и не знала, какой талантище скрывается в простых кладбищенских бомжах! Когда Люся рассказала про сбежавшего невольника, я и сама на какое-то мгновение поверила в правдивость истории. Я стояла в тени, а они все оплетали и оплетали своего пленника жуткими историями и картинками его кошмарного будущего. Наконец, он взвыл уже совершенно трезвым голосом:

— Отпустите, любые деньги заплачу, только отпустите!

— Хорошо, — неожиданно легко согласилась Люся, — давай любые деньги и расскажи какую-нибудь занимательную книжку. А еще лучше, жизненную историю. Например, как одна девушка стырила деньги, а на самом деле она не тырила, а стырил совсем другой человек, а все свалили на нее, а тот, кто стырил на самом деле, остался ни при чем. Понял?

Я не поняла, сообразил Мельник, что от него хотят, или нет, но отреагировал он правильно: часто закивал головой и заговорил именно о том, что я хотела услышать.

— Я думал, это шутка, розыгрыш, сейчас это модно, устраивать всякие экстремальные розыгрыши, чтобы человек сначала испугался, а потом обрадовался. Поэтому и согласился. Он попросил, чтобы я повесил на нее именно три тысячи евро, это совсем несложно было сделать, эта дурочка даже не особенно и спорила. Если бы я сам не взял эти деньги, то точно бы решил, что взяла она. Надо же, дурнушка, а амбиции, как у королевы, типа, оправдываться — ниже ее достоинства. Вот и пусть теперь попробует гордой быть на зарплату учительницы.

— Ай, какой ты злой! — расстроилась Люся, — не пойду за тебя замуж. Отпущу, пожалуй!

— Ага, отпусти, зачем я тебе такой сдался? — обрадовался Мельник.

— Точно. Только сначала на лбу татушку сделаю: «Гад мерзопакостный», чтобы другая какая сдуру тебя не взяла. Вася, где у меня иголка была?

— Иголка? — отозвался Вася, с интересом наблюдая антрепризу своей подруги. — На кирпичике лежит, как обычно. Только она ржавая совсем и кончик у нее отломан, кожу не проткнет.

— Ничего, я ее пивом протру и молоточком потюкивать буду. Такую татушку забульбеню — все обзавидуются! Тащи!

На этой реплике наступил вынужденный антракт, так как администратор джаз-клуба вдруг тихо сполз на кладбищенскую травку. Вася подошел, потрепал его по щеке и констатировал:

— В обморок грохнулся. Вот ведь недоговорчивый какой попался, жениться он не хочет, татушку не хочет. Люся, между прочим, очень красиво их делает, и иголка у нее такая, как надо, с кончиком и не ржавая, это я пошутил, а он поверил.

Вид у него был несколько сконфуженный. Интересно, ему стыдно, что так перепугал этого мерзкого типа? Я поставила диктофон на паузу, вышла из тени и попросила Люсю:

— Заканчивай с ним. Потребуй три тысячи евро и отпускай. Только пусть сначала скажет имя заказчика, четко: имя и фамилию.

Тут Мельник зашевелился, я быстро скользнула в тень.

— Где я?

— Господи! Да сколько раз можно говорить? На кладбище ты, на кладбище! С первого раза непонятно?

Мельник помолчал, видимо, вспоминая все, что произошло за последний час, и пролепетал:

— Любые деньги, любые. Все, что с собой, отпустите.

— Ладно, любые так любые, — во второй раз согласилась Люся. — Сказочку ты уже рассказал. Сколько ты там у бедной девушки зажулил? Вот мне их и отдавай. У одной бедной девушки взял, другой отдал. Все по-честному, ты почти не вор.

— У меня с собой нет таких денег, — дрогнувшим голосом произнес Мельник.

— Ничего. Позвони начальнику, расскажи, как все было с этой девушкой, попроси взаймы. Он поймет.

— Вы что, хотите, чтобы я в воровстве и подлоге признался? Да у меня же репутация! Да меня потом ни в одно место не возьмут!

— А бедную девушку возьмут? — отпарировала Люся. — Звони!

— А, забирайте! — Мельник достал из кармана портмоне и зашелестел купюрами. — Специально с собой таскаю, чтобы жена не нашла. И в казино сегодня повезло.

Я вышла из тени и молча забрала у него все портмоне. Он отнял у Ольги больше, чем деньги, так что пусть не жадничает.

— Имя, — напомнила я.

— Да, кто тебе велел эту пакость состроить-то? — вспомнила Люся. — Я лучше его поймаю и татушку сделаю.

— Шлейко, — с пионерской готовностью отрапортовал Мельник, — директор мясокомбината.

Вот это номер! А как же Олег? Зачем отцу лучшей Ольгиной подруги понадобилось так жестоко наказывать девушку? А дело-то еще более запутанное, чем казалось. Вася завязал Мельнику глаза — тот достаточно протрезвел, чтобы запомнить дорогу и найти забытое кладбище. Мои приятели взяли его под руки и повели к машине. Мы отвезли администратора на хорошее расстояние, открыли дверцу, Вася придал ему ускорение мягким пинком. Я расплатилась с бомжами, довезла их до кладбища, поблагодарила.

— Да что уж там, — замялся Вася, — это вам спасибо. Люся всегда мечтала в театре выступать, а тут — такая возможность. Это еще мы платить вам должны.

Дома я пересчитала деньги: три тысячи евро, пара тысяч рублей, доллары. Небедно живут у нас администраторы ночных клубов! Или действительно всю заначку при себе держит, чтобы жена не отняла? Впрочем, задумываться об этом не было никакого желания, меня больше интересовал новый враг Ольги — директор мясокомбината Шлейко.

Глава 7

Наверное, сегодняшнюю вылазку можно было назвать безрезультатной: я искала надежные доказательства вины Олега, а нашла нового недруга Ольги. Мне очень хотелось продолжить чтение дневника девушки, но глаза слипались от усталости, пришлось отложить до утра. Надеюсь, утром мысли в моей голове немного улягутся, и я смогу придумать более или менее логичное обоснование ненависти, питаемой директором мясокомбината к певице из джаз-клуба.

Утром я первым делом сделала копию с диктофонной записи, убрав предварительно некоторые фрагменты, и отправила ее директору клуба: раз он так радеет за чистоту рук своих сотрудников, пусть сам с ними и разбирается. Если он человек порядочный, эта запись позволит ему восстановить справедливость и принести извинения хотя бы родителям Ольги, если не самой девушке.

Судьба Ольги волновала меня все больше и больше, эфемерный образ незнакомой мне девушки постепенно становился живым и реальным, и внезапно мне очень захотелось познакомиться с ней ближе: так ли она невзрачна, как считает сама и как говорят окружающие? То, что она не наивная простушка, а барышня тонкая и понимающая, было ясно из дневника. Решено, сегодня иду в больницу, а пока почитаю записи. Для экономии времени я решила просмотреть только те страницы, где упоминалось имя Олега. Интересно, как выглядят их отношения, с точки зрения Ольги?

* * *

Из дневника Ольги Камышиной:

«Я ощущаю себя пронырливой девицей из провинции, «хапнувшей богатенького Буратино». Как он не понимает, что просто воспользоваться его связями, его деньгами, его помощью для меня унизительно? Я всегда считала, что талант, если он

настоящий, не нуждается в активной поддержке и прямом спонсировании. Люди, занимающиеся шоу-бизнесом, прекрасно понимают, окупятся ли вложения, затраченные на нового исполнителя, или нет, так зачем им заниматься бездарью? Поэтому я хочу, чтобы меня послушал опытный продюсер. Послушал и сказал прямо, стоит ли мне заниматься этим дальше или остановиться на карьере учительницы музыки. А Олег смеется и называет меня наивной дурочкой. А я не наивная! Если я приму от него помощь, то уже не смогу избавиться от зависимости и всегда буду ощущать себя дешевой содержанкой».

Вот какие мы, значит! И словечками бросаемся из репертуара девятнадцатого века, и гордость у нас какая-то нездешняя, нерасчетливая и совсем несовременная. Неудивительно, что Олег ее бросил, современные мужчины нс привыкли к подобным церемониям и щепетильности. Читаем дальше!

«Сегодня он сказал, что я должна буду уехать с ним в Москву. Сначала станем жить гражданским браком, а когда моя карьера наберет серьезные обороты, оформим отношения. Олег предупредил, что это произойдет не скоро, зрителя привлекают свободные кумиры, так что придется подождать. Кажется, в его понимании это было предложение. Раньше мы не говорили о браке вообще, и вдруг — так просто, так уверенно. Он даже

не понял, из-за чего я разревелась. Разозлился, хлопнул дверью, назвал истеричкой. Потом вернулся, просил прощения. Не могла же я ему сказать, что меня никто еще не звал замуж, и представляла я себе это действо примитивно и пошло, но так, как представляют себе все девушки, будь они продвинутые интеллектуалки или глупые курицы: свечи, розы, музыка, мужчина на коленях, глаза в глаза... Решил, дурачок, что меня смущает гражданский брак. Будто не понимает, что для любящей женщины абсолютно неважен штамп в паспорте, важно лишь то, что в твоем присутствии у него бабочки летают в животе, и с лица сходит постоянно озабоченное выражение. А с чего он вообще взял, что я только и мечтаю о том, чтобы выйти за него замуж? Да, я хочу, чтобы он был рядом, но не так, как принято у нас в городке, я не хочу встречать его вечером с работы с тапочками в зубах с туповато-блаженной улыбкой, в моей жизни должно хватить места и для музыки. А место Олега будет вторым».

Да, что-то не очень похоже, чтобы эта девушка бросилась под колеса от любви. Кто-кто, а Каренина из нее никудышная, ради любви она способна далеко не на все. Но тем хуже для Олега: можно понять мужчину, решившего облагодетельствовать талантливую дурнушку и получившего столь высокомерный отпор. Это может довести до бешенства. К тому же Ольга не скрывает, что питает к нему самые нежные чувства.

Да, бедные мужчины! Несладко им с нами приходится.

— Полетт, у нас форс-мажор. — Мои размышления о страданиях худшей половины человечества прервало появление одного из ее представителей. — Какая-то дрянь паршивая испортила нам черепицу.

Я вышла в сад. Действительно, нарядная вишневая черепица на крыше была расписана стихами, выведенными белой краской:

Позволь прозрачным дуновеньем
Коснуться шелка твоих кос
И задохнуться от желанья,
Вдыхая аромат волос...

— Фи, что за моветон, — фыркнул дед, — какая пошлость — кос, волос. Еще бы срифмовали с «покос, берез, нос». Вот когда я был молодым, мы не такие стихи девушкам писали.

— Не завидуй, — заступилась я за неведомого Ромео.

Почему, кстати, неведомого? Только один мой знакомый был способен придумать и осуществить столь наивную романтическую глупость. Ну, ничего, во второй раз ему это так просто не простится. Теперь он у меня не просто отдраит свои письмена, но и почистит всю черепицу: я давно собиралась нанять рабочего для этой цели, так что романтический позыв Владимира очень кстати.

— Полетт, а ты заметила, песни нашей подопечной пользуются популярностью в Горовске!

— Откуда ты взял?

— Это четверостишие. Немного измененное, но все равно узнаваемое, оно же из песни Ольги с того диска, который оставила у нас ее мамаша.

— Ну, у тебя и память! С первого раза запомнить слова песен с совершенно нового диска? — поразилась я.

— Почему с первого? Да я практически не выключаю запись с того дня, как она ко мне попала. Знаешь, давно не слышал ничего более мелодичного и позитивного. Хочется слушать и слушать. У этой девочки мощная энергетика. Представляю, какое она производит впечатление, когда поет вживую.

Мы зашли в гостиную, дед нашел нужную композицию. Действительно, текст почти тот же:

Позволю вам лишь дуновеньем
Коснуться шелка моих кос
И задохнуться от желанья,
Вдыхая аромат волос...

— Как говорил Винни-Пух, это ж-ж-ж неспроста, — констатировала я, придется не просто подать в суд на хулигана, но самой попытать его с пристрастием. Конечно, не исключено, что он простой поклонник Ольги, но часто поклонники знают больше, чем близкие люди. Решено, еду в лес.

— Полетт, душечка, у тебя появился воздыхатель, а я об этом узнаю последним? — надулся дед.

— Прости, дедуля, не хотела тебя расстраивать. Просто это не совсем мой ухажер, я отбила его у Алины. И теперь не знаю, что делать. Лишиться верной подруги или этого перезрелого Ромео с задатками горного козла?

— Ну, этот вопрос нужно тщательно продумать, — расстроился дед, — с одной стороны...

— Я пошутила, — невежливо перебила я его, — я уже выбрала Алину. Тихая семейная жизнь с горным Ромео или перезрелым козлом не заменит мне бурного быта с подводными камнями, рифами и мелями, который сулит мне дружба с Алиной. Так что заставлю его отмыть крышу и отпущу обратно в прерию. Пусть пасется дальше.

Я быстро выпила кофе и поехала на стоянку скалолазов, решив на этот раз не баловать их и не тащить с собой полсупермаркета, а то у меня возникло вполне реальное опасение, что Владимир шел на прикорм, а не на мою неземную красоту. Красоты у Алины будет побольше, чем у меня, а на гречневой каше ни один спортсмен долго не протянет.

Подруга встретила меня голодным блеском в глазах.

— Ты еды привезла? — оттащила она меня за кусты, — не отдавай всю, давай отъедем, спрячем. А то мужики все вкусненькое съедают, а меня одной кашей с солью кормят.

Лицо подруги скривилось, на глазах показались слезы.

— Я уже видеть ее не могу, а кушать с каждым днем все больше и больше хочется, я даже добавки уже просить стала! Смотри, складка какая жировая выросла, это все от каши!

— Ничего, тебе так даже идет, — попыталась утешить ее я.

— Ты чего говоришь-то? Ты просто ничего не понимаешь! Этот спорт требует особого отношения скалолаза к своему телу. Каждый килограмм веса в общении со скалами приходится на самые кончики пальцев, поэтому в скалолазки только стройненьких берут. А какие нагрузки! Фитнес отдыхает, через неделю-две ты меня вообще не узнаешь. Только вот ногтями жертвовать приходится, смотри, отрезать пришлось, — Алина протянула мне руки, — ну, где еда-то?

— Алиночка, прости, сегодня ничего не привезла, — искренне расстроилась я.

— Ну, вот. А чего тогда приехала? Чтобы я завидовала, глядя на твою сытую морду? Вон, щеки какие красные!

Алина явно преувеличивала. Худобой модели я не отличалась, но и красными щеками похвастаться также никогда не могла. Внезапно я вспомнила про шоколадную плитку, которая валялась у меня в бардачке. Возить с собой шоколад приучила меня все та же Алина, на нее время от времени нападало что-то похожее на гипогликемию: если в определенный момент ей не дать шоколадку, настроение у нее неудержимо портилось, а значит, портилось и у всех окружающих, — моя подруга не могла позволить, чтобы всем было весело, когда она пребывала в печали.

— Шоколад? — оживилась Алина. — Раз нет колбасы, давай шоколадку. Что же делать, раз ты у меня такая недогадливая.

Пока подруга весело грызла плитку, откусывая от нее солидные куски, я исподтишка расспрашивала о ее романе с Владимиром.

— Знаешь, он, конечно, мачо, но я так долго не выдержу, — пожаловалась подруга. — Вот вчера вечером, после отбоя, я попросила отвести меня к заводи, чтобы искупаться при луне.

— Так незатейливо предложила ему романтическое купание? — хмыкнула я.

— Ничего подобного. Я план три дня разрабатывала. Сказать ему, что маньяков боюсь, — нельзя, скалолазка должна рвать маньяков, как Тузик грелку. Сослаться на всяких волков и медведей — тем более мы обязаны кормить их с рук, как Эйс Вентура. И знаешь, что я придумала? Никогда не догадаешься! Попросила его засечь, сколько минут я смогу не дышать под водой.

— Браво! А сколько ты можешь не дышать?

— Нисколько не могу, но это не важно. Слушай, что было дальше. Так как мы считаем себя детьми природы, я решила быть последовательной и разделась на берегу заводи до наготы. Представляешь, полная луна, тихая черная вода, тишина, лишь какие-то ночные птицы вопят, лунный свет мягко обтекает мое обнаженное тело, гуманно скрывая всякие ненужные выпуклости, целлюлит, морщинки, складочки. Я рассчитывала, что он тут же и набросится на меня, но Владимир грыз какую-то травинку и вообще смотрел в сторону, будто я какой-нибудь ассенизатор в комбинезоне. Пришлось эффектно встряхнуть распущенными волосами и вступить в воду. Холодная, зараза, но всякие ужимки испортили бы картину, поэтому в воду пришлось входить плавно и красиво, распугивая руками лунные блики и ядовитых змей.

— Алина! Ты зашла в воду, где кишели змеи?

— Конечно нет. Но ночью постоянно мерещится что-то страшное, поэтому я на всякий случай делала вид, что красиво разгоняю лунные блики, чтобы змеи, если они были, тоже разбежались. Сначала я подплыла к кувшинкам, сорвала несколько штук и вплела их в волосы, потом просто поплавала туда-сюда мимо Владимира, и знаешь, что произошло, когда я в очередной раз дефилировала мимо?

— Он сорвал с себя одежды и бросился в волны? — предположила я.

— Как бы не так! Он спросил, когда я нырять собираюсь, а то его комары закусали!

— Вот негодяй! — искренне возмутилась я. В конце концов, это было просто невежливо с его стороны, так безучастно наблюдать за стараниями девушки.

— Это еще ничего, на этот случай у меня был беспроигрышный вариант. Я сделала вид, что ушла под воду, потом вынырнула, и начала кричать: «Помогите, тону!»

— Помогло? — поинтересовалась я, уже понимая, что и этот план подруги провалился.

— Он сказал, что там воды по колено и утонуть невозможно, — всхлипнула бедная девушка. — А там не по колено было, а по грудь. Даже выше, мне на цыпочки вставать пришлось, чтобы было видно, какой совершенной формы у меня грудь и какие темные соски. Дурак!

Я помолчала. И чего это моя подруга вечно влюбляется не в тех, в кого надо? Хорошенькая, не совсем глупая, интересная, а все ее романы заканчиваются до обидного быстро, к тому же бросают почему-то ее.

— Полиночка, миленькая, поговори с ним, а? Расскажи, какая я замечательная, как за мной все мужики бегают. Он послушает-послушает и решится на более серьезные ухаживания. Я же чувствую, что он по мне сохнет, просто никак не признается. Скалолазы люди мужественные, но робкие в проявлениях чувств.

Я молчала. Чего-то не очень нравилась мне эта ситуация. Хотя поговорить с Владимиром, наверное, было надо. Алина принимала муки жизни на природе только ради того, чтобы быть рядом с предметом своей страсти, а если этому предмету совершенно не нужна эта жертва, так зачем же мучиться дальше? Кстати, подруга сама давала мне прекрасный повод для общения. Я оставила ее расправляться с шоколадкой и выбралась из убежища. Владимир ждал неподалеку.

— Что, нажаловалась? — кивнул он в сторону кустов, из которых отчетливо слышался хруст фольги.

Меня возмутил его тон. Значит, он прекрасно понимает, что Алина пытается завоевать его внимание, и говорит об этом таким снисходительным тоном, будто моя подруга непроходимая дурочка?

— И не говори, — поддержала я его, — прекрасно тебя понимаю! Когда человек, который тебе неприятен, пытается тебе понравиться, это вызывает раздражение и жалость. Как люди могут не понимать таких простых намеков?

Владимир бросил на меня долгий взгляд, я его выдержала.

— У меня для вас опять есть работа, — продолжила я, — какой-то проходимец испортил крышу моего дома пошленькими стишками. Надо отмыть.

— Чем платите, госпожа? — не удержался от сарказма он.

— Молчанием. Обещаю не рассказывать вашим друзьям о романтическом позыве их предводителя. «Коснуться шелка ваших кос». Где вы в наше время косы нашли, горе-Ромео?

— Между прочим, это строки из песни, в музыке они звучат гораздо красивее, — обиделся, наконец, он.

— Попсой меня потчуете? И кто же исполнитель?

— Не совсем попсой. Исполнительница — молодая певица, а стихи действительно мои.

Это уже интересно. Владимир знаком с Ольгой? Он сочиняет стихи для ее песен? Кажется, я слышала, что она сама пишет свои песни. Изображать заинтересованность мне не пришлось, Владимиру польстило мое внимание, поэтому на мои вопросы он отвечал охотно.

Оказалось, что с Ольгой они дружат чуть ли не с детского сада, лидером в их компании всегда была Лика, а Олечка и Вова с младенчества смотрели ей в рот и играли по ее правилам. С возрастом дружба стала ослабевать, но друзья иногда встречались, и, когда Ольге понадобилась песня, Вова робко предложил ей тетрадку со своими стихами. Ольга выбрала несколько, положила их на музыку и включила в свой репертуар. На почве любви к искусству старая дружба возобновилась, но так и осталась в разряде дружбы. Вскоре Ольга сама стала сочинять тексты к своим песням, и тетрадка Владимира отправилась на свое законное место — антресоль в прихожей.

— Я слышала, ей не повезло в личной жизни?

— Ольге? — уточнил Владимир. — Всем бы девушкам так не везло! Олег носился с ней как с писаной торбой, предупредительный, корректный, ни грамма хамства или неуважения. Между прочим, хотел заняться ее продюсированием. Думаю, у них получилось бы. Парень деловой, обеспеченный, со связями, жилье в Москве есть. Для начала карьеры продюсера такой бриллиант, как Ольга — вариант беспроигрышный. Он был заинтересован в ней не меньше, чем она в нем. Не понимаю, почему он так резко и грубо ее бросил? Неужели все эти муси-пуси были лишь маской?

— Резко? — переспросила я. — Он что, скандал устроил?

— В том-то и дело, что поступил как последний трус. Мы с Ольгой как раз оттачивали один текст, когда ей пришло сообщение на электронную почту. Открыла она его при мне, я не удержался и бросил взгляд ей через плечо. Знаешь, такие грязные выражения... я вообще не слышал, чтобы так выражались в присутствии женщины. Обвинил ее в распущенности, назвал страхолюдиной и дешевкой. Естественно, я смягчаю выражения. Она при мне занесла его номер в телефоне в черный список и попросила родителей не подзывать ее к телефону. Плакала, но им объяснять ничего не стала.

— И вы так просто рассказываете эту историю постороннему человеку? Если Ольга даже маме не захотела открыть истину, неужели вы думаете, что ей было бы приятно знать, что вы треплете ее имя и болтаете о ее боли первому встречному?

— Вы — не первая встречная, — ответил он, — а вообще, вы правы. Я скотина, не меньшая, чем Олег. Они постоянно спорили, из-за щепетильности Ольги, я ее поддерживал, соглашался с тем, что девушка не должна сидеть на шее у мужчины, не являясь его женой. Я дурак? Ведь он предлагал ей не шубы и трюфеля на завтрак, он хотел сделать из нее звезду.

— Кстати, о скотине, — прервала я его излияния, — мне не нравится, как ты поступаешь с моей подругой. Алина искренняя и наивная, а ты играешь. Слабо расставить точки над «i»? И второе, завтра утром черепица на крыше должна сиять девственной чистотой. И мой сон ничего не должно потревожить.

Со стоянки скалолазов я, не заезжая домой, отправилась в больницу. К Ольге меня не пустили, она все еще находилась в реанимации. Главврач принял меня радушно, но по поводу Ольги обнадеживать не стал: девушка до сих пор не пришла в сознание.

— Знаете, как внучке Аристарха Владиленовича, скажу: не хочется ронять тень на наших
хирургов, но случай очень тяжелый. Родителям
я этого не говорю, люди они скромные, оплатить приезд нейрохирурга мирового класса и
операцию не смогут, вот я и не рву им душу.
К тому же врач все равно не сможет приехать
быстро, все операции у них расписаны, и все,
как вы понимаете, срочные.

— О какой сумме идет речь?

Доктор назвал цифру, я присвистнула: надеялась, что три тысячи евро, отобранные у администратора, очень пригодятся родителям
Ольги, но оказалось, что эта сумма просто ни-
чтожна. Да, родители Ольги ее не потянут.

— Я могу заглянуть к ней?

Медсестра проводила меня к палате, в которой находилась девушка. На мое счастье, родителей Ольги в больнице не оказалось, мне не хотелось бы сейчас смотреть в глаза ее матери.
Я подошла к больничной койке: белое лицо в
обрамлении бинта, капельница, безжизненные
руки. Кто сказал этой девочке, что она некраси-
ва? Хрупкая, прозрачная, как эльф, нежные губы, идеальный овал лица. Редкая женщина в такой ситуации не будет выглядеть жалкой. На
Ольгу же хотелось смотреть и смотреть. Эх, ей
бы грамотный макияж, Ума Турман сделала бы
себе харакири от зависти! Понятно, почему Олег
так держался за нее. Как умный и наблюдатель-

ный человек, он видел, какой потенциал в ней. И она должна умереть из-за того, что не хватает денег на грамотного специалиста?

Когда я вышла из палаты, ко мне бросился молодой человек.

— Как она? Ей лучше? Можно ее увидеть?

Близко посаженные глаза, узкий подбородок, щупловатое телосложение. Ощущение породистости. Ариша хорошо описал мне Олега. Вероятно, он принял меня за медсестру.

— Ольга все еще в коме. Шансов у нее почти нет. Если бы в жизни ее что-то удерживало, она могла бы бороться, но пациенты, кончающие жизнь самоубийством, редко хотят жить.

Неважно, в каком из слезливых сериалов я подцепила эту фразу, важно то, что на Олега она подействовала безотказно. Он посмотрел на меня пустыми глазами и шепотом, не видя меня, произнес:

— Я ничего не понимаю. Мне никто ничего не говорит. Девушка, я заплачу любую сумму хотя бы за информацию, возьмите визитку, если понадобится помощь деньгами или лекарствами, звоните в любое время. Я отблагодарю.

Визитку я взяла, обещать ничего не стала. Либо он прекрасный актер, либо не законченный мерзавец. Я уже вышла из больничного корпуса, когда будто что-то встало на моем пути. Нет, я не могу уйти так просто. Не могу, и все. Я опять постучалась в кабинет к главврачу:

— Вы хотите сказать, что существует своеобразная очередь на операции?

— Увы, да.

— Тогда оформляйте заявку, или как у вас там это называется. Деньги на операцию будут.

Не знаю, каким образом, но деньги на операцию этой девочке найдутся. Она еще не реализовала свой талант полностью, значит, в хор ангелов ей рановато. А деньги имеют особенность возникать из ниоткуда и уходить в никуда. Второе, правда, до обидного чаще.

Глава 8

Из дневника Ольги Камышиной:

«Это был не Олег, он не мог написать мне ТАКОЕ. Эти слова... эти гадости... почему он не захотел расстаться по-человечески? Я никогда ни в чем не упрекнула бы его, не стала плакать, удерживать. Другая девушка. Откуда у него другая девушка? Может, она из тех, которые становятся твоими в первый же вечер? Может быть. Но ведь и я не томила его долго, поняв, что люблю, не посчитала нужным требовать штампа в паспорте. Жаль, что не смогла удержать эмоции и слезы при Вовочке, он хороший человек, но совершенно не умеет скрывать свои чувства, теперь при встрече смотрит на меня как на брошенную дворнягу. А я даже Лике не показала это письмо.

Мне кажется, что я грязная. И окружающие смотрят на меня с чувством брезгливости».

«Лика прилетела красная, глазищи в пол-лица: «Это правда? Он тебя бросил?» Как быстро разлетаются дурные вести! Интересно, это Вовочка проболтался или Олег не удержался? В комнату заглянула мама: «О чем вы, девочки?» Пришлось все рассказать, смягчив, естественно, текст письма. Лика просто бурлила эмоциями: «Я давно подозревала, что он такой, только не говорила тебе. Надеюсь, ты теперь даже не захочешь с ним разговаривать? Разве можно простить такое? Ничего, мы тебе нового найдем, порядочного, у папы директор сосисочного цеха неженатый пропадает». Лика немного рассмешила меня этим сосисочным женихом. Хорошая она, хоть и суматошная».

Судя по записям дневника, Лика не просто «веселила» Ольгу, но и рассказала ей несколько нелицеприятных фактов, обличающих ее бывшего жениха. Оказывается, она точно знала, что фонограммы подменил Олег. После концерта Лика нашла звукооператора, прижала его к стенке, и тот рассказал, что видел, как Олег ставил другой диск. Лика назвала имя парнишки и предложила подруге встретиться, чтобы из его уст услышать всю правду о злодее, но Ольга отказалась. После письма, которое прислал ей «нежный» возлюбленный, она уже ничему не удивлялась.

«Значит, это месть за мой отказ принять его поддержку. Но почему? Он же знал, что я люблю его, просто я не хотела терять свою независимость. Ему трудно было подождать, когда я встану на ноги и стану равной ему? Он обязательно хотел, чтобы я всю нашу дальнейшую жизнь чувствовала себя обязанной?»

А у девочки, кажется, комплексы и немалые. Кто же так допек ее своей опекой? Почему она так боится быть обязанной? Впрочем, это вторично. Первое же, что я должна предпринять сегодня, это встреча со звукооператором. Ольга любезно предоставила мне информацию об имени и месте работы парня. Я его знала, это был тот самый Андрюсик, с которым я уже встречалась и который действительно называл имя Олега. Но уже тогда тон его показался мне фальшивым, и если бы я была уверена в виновности Олега на все сто, я и не вспомнила бы о нашей встрече. После прочтения дневника Ольги мне захотелось кое-что уточнить. Слишком уж гладко все получалось: Олег подменил фонограммы, Олег написал пакостное письмо, Олег... вернее, уже не Олег подставил ее в клубе. И не Олег подменил фонограммы. Остается письмо? С письмом тоже разберемся, а пока прижмем Андрюсика. Только вот как его прижать? Связать и щекотать крысиным хвостом в носу? Отправить к Люсе в качестве очередного жениха? Приковать к батарее и фальшиво петь, пока ему плохо не станет? Надо искать его болевые точки. Было уже поздно, но тянуть до завтра не хотелось, к тому же моя подруга обычно со мной не церемонилась. Я похлопала мини-купер по капоту и повернула ключ в замке зажигания.

В лагере скалолазов было тихо. Звучно потрескивал костер, в черном от копоти котелке подсыхали остатки гречневой каши. Помня о выволочке, которую устроила мне Алина, по дороге сюда я завернула в супермаркет. Кстати, прекрасная причина для визита — спасти умирающую от голода. Скалолазы мне не удивились, кажется, меня тут уже принимали за свою. Не удивились, но машину из поля зрения не выпускали, особенно внимательно наблюдая за мной, когда я приближалась к багажнику. Я немного помучила этих фанатиков и сжалилась — достала пару объемистых пакетов и отдала их Алине, не тронув третий, маленький, со сладостями и сыром лично для нее.

— Кашу хочешь? — предложила подобревшая Алина, — только ее уже нет. Но можно по стенкам нашкрябать, если ты очень голодная.

— Я очень голодная, но шкрябать по стенкам доверяю тем, кто недоедает хронически. Судя по тому, что колбасу вы ломаете руками и откусываете прямо от палки, недоедают у вас все.

— Это точно, — согласилась Алина. — А ты попробуй, так гораздо вкуснее! И чего это я тратила время на нарезание бутербродов? Столько часов угрохала! Еще курсы сандвичей и канапе посещала, дурында. Самое лучшее канапе — палка полукопченой в одной руке и французский батон — в другой! Как неожиданно порой нас посещают откровения!

Когда Алина насытилась окончательно, мы взяли пакетик с десертом, термос с кофе, который я предусмотрительно захватила из дома, и удалились от алчных мужских глаз. Этим дикарям все равно недоступно удовольствие, получаемое от дор-блю и настоящих трюфелей!

Мы сидели на высоком откосе, пили превосходный кофе и смотрели, как садится солнце. В этот момент я поняла Алину: ради такого вечера вполне можно пожертвовать удобствами цивилизации. И дор-блю с трюфелями прекрасно вписывались в наше первобытное настроение.

— Из-за чего вы расстались с Андрюсиком? — спросила я без предисловий. В этой обстановке реверансы и подходы все только бы испортили.

— И ты на него запала? Это хорошо. А то я было подумала, что ты из-за Владимира ко мне зачастила. Конечно, ты мне не соперница: на спуске опозоришься, да и грудь у тебя меньше, но все равно неприятно.

Ох уж мне эта женская интуиция! И как это она почувствовала мой интерес к ее идейному вдохновителю? Пусть интерес, далекий от романтического, но все же!

— Ты Андрюсику понравишься, он во всех подряд влюбляется. Только накрасься поярче, а то без макияжа ты, как моль, бледная, прости за правду. Да, забыла предупредить, будете встречаться, постоянно оглядывайся, а то у него не жена, а торпеда, чуть что — в волосы вцепляется. Даже если просто рядом с ним стоишь, все равно дерется.

— Ты не говорила, что он женат.

— По залету в восемнадцать лет женился. Она вообще тогда несовершеннолетняя была, так что ему срок грозил, пришлось срочно бежать в загс. Девица мелкая, что в высоту, что в ширину — одинаковая, но прыгает высоко. Эх, и бьет она его! И дочка у них такая же мерзкая, отца выслеживает, а потом шантажирует. Да, тяжелая у парня жизнь. Он поэтому и мечется: ласки-то хочется, а дома одни побои.

Прекрасненько! Рычаг давления на Андрюсика найден! Очень действенный рычаг давления. Я узнала у Алины подробности: имя вздорной супруги и вредной дочери моей жертвы, мы еще немного поболтали, и я засобиралась домой. Время пролетело незаметно, и я неожиданно поняла, что стоит уже глубокая ночь. Лес, такой светлый и дружелюбный днем, теперь казался мрачным и враждебным. Ехать одной, даже и в машине, было как-то неуютно. Я не считала себя трусихой, способной потерять сознание от вида корявой ветки, но уходить от костра не хотелось. Алина почувствовала мою нерешительность:

— Полинка, оставайся ночевать с нами. У меня отдельная палатка, места хватит. Мы с тобой еще не наговорились, я кофе ведро выпила и теперь все равно не усну. А если ночью в лесу не спать, то ужасно жутко становится: ветки хрустят, кто-то дышит, гиены какие-то орут, сразу все ужастики вспоминаешь. Нет, раз из-за твоего кофе я буду вынуждена мучиться всю ночь, то и ты со мной мучайся! Это будет по-честному.

Я не заставила себя долго уговаривать, позвонила Арише и села перед костром. Странно, среди Алининых скалолазов почему-то не было Владимира.

— Уже не первую ночь пропадает, — шепнула мне она, словно прочитав мои мысли. — Я его даже выслеживать пыталась и тонко выведывала, куда он по ночам шляется. Хмыкает в бороду и отшучивается, паразит такой! Может, мне в Славика влюбиться, а? Он вчера так нежно на меня посмотрел...

Алина уютно бормотала мне в ухо, Слава лениво, но музыкально перебирал струны гитары, дрова в костре время от времени издавали треск и взрывались маленькими фонтанами искр. Было так просто, искренне, тепло, что казалось, в мире не существует интриг, зависти и подлости. Жаль, что это только казалось. Ночью меня действительно будили какие-то вздохи и шорохи. Будь я одна в палатке, мне было бы очень не по себе. Уважаю мою Алину, которая, несмотря на свой чисто женский характер, идет ради любви на такие жертвы.

Проснулась я от восхитительного аромата свежесваренного кофе. Открыла глаза: рядом со мной, прямо в палатке, стояла эмалированная кружка с выщербленным краем. Я взяла ее в руки и вылезла из палатки. Еще окончательно не рассвело, на траве лежала роса, было прохладно, но непрезентабельная кружка с кофе грела руки, отчего мир казался гораздо лучше, чем он есть на самом деле. Кто-то развел костер, и вода в котелке уже начинала подергиваться дымкой пара. Интересно, как этот кто-то ухитрился сварить кофе на костре?

— Ой, мамочки, — услышала я за спиной голосок Алины, — красота-то какая!

Я обернулась. Алинка, несколько помятая и сонная, уже выбралась из палатки, но внимание мое привлекла не она. Липа, росшая рядом с нашей палаткой, за ночь преобразилась до неузнаваемости. Среди ее листьев дивным образом распустились анютины глазки, ветки спускались под тяжестью красных неместного вида яблок, одна ветка поднатужилась и родила некрупный ананас. Я рассмеялась.

— Тихо ты, — шикнула на меня Алина, — весь романтический настрой своим ржанием спугнешь. Может, он мне сейчас предложение делать будет. Это у тебя кофе? Дай сюда, мне срочно проснуться надо.

Я с сожалением выпустила из рук кружку. Не драться же с лучшей подругой из-за глотка коричневой бурды!

— И вообще, уйди в палатку. А то он сидит в кустах в веночке, как ду́рак, и выйти стесняется.

Я не стала с ней спорить, но в палатку не пошла, а взяла полотенце и отправилась к заводи купаться. Вода, по сравнению с воздухом, была удивительно теплой, купальника у меня с собой не было, поэтому удовольствие от утреннего купания я получила полное. Стыдливость мою смутить ничто не могло: ребята еще спали, бедный Владимир скорее всего действительно сидел в кустах и не мог пройти мимо бдительной Алины. Когда я вернулась, картинка лагеря несколько изменилась: возле липы прохаживались озабоченные скалолазы, надутая Алина куксилась возле костра, Владимир засыпал гречку в булькающий котел. Я не стала дожидаться развязки истории, поблагодарила лесных жителей, чмокнула Алину.

— Вот ты вылезла, он застеснялся, а потом не успел — все проснулись, — с укором бросила она мне.

— Ты не права, Алиночка, Владимир — романтик до мозга костей, он не будет идти напролом. К тому же в один день выдавать все сюрпризы слишком расточительно. Сегодня — подвиг юного мичуринца, завтра — песня Леля, послезавтра — венчание пред ликом Ярила.

— Да? Тогда ладно. Приезжай почаще, ты на него хорошо влияешь. Наверное, он нас сравнивает и видит, какая я на самом деле прекрасная и соблазнительная!

Алина никогда не относилась ко мне как к возможной сопернице. Внешность у меня неброская, я из тех, с которыми прическа, макияж и одежда творят чудеса. При желании могу превратиться в замухрышку или стать знойной красоткой. Это очень удобно в моей работе и выручало уже не раз, в моем арсенале имеется с полдюжины париков, набор профессиональной косметики, несколько пар цветных линз. В прошлый раз для встречи с Андреем я использовала кричащие бирюзовые линзы и платиновый парик, сегодня добавим бьющей через край сексапильности, и парень у нас в кармане. Утро только начиналось, звукооператор наверняка вел полубогемный образ жизни и досматривал последний сон, поэтому у меня было немного свободного времени. Я поднялась к себе и раскрыла дневник. Я искала глазами имя Олега, а наткнулась опять на Лику:

Из дневника Ольги Камышиной:

«Зачем только я ей все рассказала? Теперь мне хочется, чтобы о моем позоре никогда никто не узнал, но приходит лучшая подруга и сочувствует твоему падению, словно о нем написали все утренние газеты. «Не переживай, никто не поверит,

что ты смогла украсть эти деньги!» — заявила она с порога. Пришлось утащить ее в свою комнату, чтобы мама не услышала. Мне не хотелось вообще говорить на эту тему, но Лику было не остановить. Еще бы! Это же так интересно! У тебя под боком всю жизнь спокойно себе жила воровка! Лика одну за другой выдвигала версии, я плохо ее слушала, мне было неинтересно. Что бы ни случилось, правоту свою доказать я не могу и не хочу, а попусту болтать на эту тему... Услышала я ее болтовню лишь тогда, когда прозвучало имя Олега: «Я считаю, ты не должна сердиться на него. На что ни пойдет мужчина для достижения своей цели! Ты отказалась от его помощи и смогла заработать деньги сама? Он сделал так, чтобы ты стала нуждаться в нем. Знаешь, это даже както по-мужски. Он поступает с тобой как умный господин с зарвавшейся рабыней, это так возбуждает! Я тебе завидую!»

Я сначала не поняла, о чем она, а когда до меня дошло... Наверное, на лице у меня было написано все, что я думаю, по крайней мере, Лика испугалась. Я потребовала, чтобы она рассказала обо всем, что знает, она стала отнекиваться, говорить, что это только слухи, предположения, что точно она сказать мне ничего не может. Господи, какая глупость! Олег не мог так поступить, он не такой, он уважает меня. Надо обязательно поговорить с ним. Легко сказать! Интересно, как он на меня посмотрит, когда я начну нести эту чушь? Нет, ничего говорить ему не буду. Глупости все это. У Лики богатая и немного испорченная фантазия, а я смотрю на вещи реально».

* * *

Если бы эта запись попалась мне на глаза раньше, я непременно вцепилась бы в версию, что именно Олег подстроил подставу с деньгами. Но в данный момент я владела информацией о причастности к этому Анжеликиного папаши. Отец мог действовать у дочери за спиной? Не факт. Судя по тому, как настойчиво пыталась та убедить подругу в виновности Олега, она прекрасно знала, где собака зарыта. Попались, голубчики! Теперь мне почти ясно, что в половине бед, случившихся с Ольгой, виновата ее лучшая подруга. Правда, они могли действовать с Олегом сообща. Спелись за спиной у Ольги и творили пакости. Этакая сладкая парочка: колбасная принцесса и начинающий бизнесмен. Осталось тряхнуть Андрюсика, и все виновные в этой трагедии будут определены. А уж тогда и начнется настоящая работа.

Собственно говоря, можно было бы уже сейчас заняться Ликой и ее отцом, но мне хотелось, чтобы все винтики, задействованные в этом грязном деле, не смогли уйти от возмездия, чтобы каждый, совершивший маленькую или большую пакость, на своей шкуре испытал, как больно и неприятно, когда тебя загоняют в западню. К тому же я считала, что если хотя бы один кусочек в этой мозаике не находит своего места, то у виновного может быть шанс на оправдание. Я никак не хотела превращать свое расследование в формальность — я не простила бы себе, если бы из-за моей небрежности пострадали невиновные. Поэтому часто период подготовки длился дольше, чем реализация задуманного.

Не откладывая дела в долгий ящик, я набрала номер Андрея:

— Это Даша, мы договаривались о записи, — манерным голосом проворковала я. — Ты говорил, что студия у тебя дома? Когда я могу подъехать?

— Помню, — оживился он. — Вообще-то у меня запись на месяц вперед, а ты так и не сказала, согласна ли на мои условия. Поэтому давай запишем тебя на начало следующего месяца.

Набивает себе цену, засранец. Нет у него никакой студии.

— Ну, Андрю-ю-юшечка, ну ми-и-иленький, — просюсюкала я, — я не могу ждать месяц, мне надо срочно-срочно, я отблагодарю!

— Отблагодаришь? — хмыкнул он. — Ладно, давай прямо сейчас, посмотрим, что там у тебя за данные, тогда и определимся со временем конкретно. Я как раз сегодня свободен, и же... и дома никого нет, все на даче.

Я почти искренне взвизгнула, чмокнула

трубку и узнала адрес. Экипировка была готова, полчаса ушло на сборы, и уже скоро я гнала по улицам города. Так называемая студия Андрея располагалась в старой хрущевке на первом этаже. Как я и предполагала, это оказалась обычная квартира, самая маленькая комнатка которой была заставлена громоздкой и не вполне современной аппаратурой. Да, высококачественные записи здесь делаются вряд ли, но мне это не важно, главное, в этом хламе вполне можно пристроить камеру. Я пожаловалась на сухость в горле и попросила глоток чая. Пока Андрей возился на кухне, я установила на одной из колонок видеокамеру, накрыла ее грязной майкой, валявшейся там же, и включила запись.

— У тебя авторская песня, или что-то из готового петь будешь? — вернувшись с сомнительного вида чашкой, спросил он.

— Как это? — захлопала ресницами я.

— Господи, какой народ бестолковый пошел! — картинно вздохнул он. — Ты записываешь уже известную всем песню из репертуара Зыкиной, например, или сама сочинила?

— Нет, — желая показать себя еще более тупой, ответила я.

— Чего «нет»? — начал злиться Андрюсик.

— Мне Зыкина не нравится, а песни писать я не пробовала. А что, можно?

— Нельзя! Тебе — нельзя! Что петь будешь?

— А у тебя караоке есть? Я много чего могу!

Я предполагала, как может озвереть профессиональный звукооператор от волшебного слова «караоке», но не думала, что это будет выглядеть столь забавно. Андрей довольно чувствительно стукнулся головой о стенку и прошипел:

— Какое караоке? Ты зачем сюда пришла?

Прекрасно, отрицательные эмоции легко переходят в положительные, не меняя при этом интенсивности, так что с первой частью закончим, перейдем ко второй:

— Андюшечка, не ругайся, я ничего в этом не понимаю, вот и обратилась к тебе, как к лучшему звукооператору в городе и просто симпатичному парню. Объясни мне по-хорошему.

Парень проглотил мою лесть и прочитал мне краткую лекцию на интересующую меня тему. Все это время я отчаянно хлопала ресницами, издавала восторженные возгласы, всплескивала руками и взирала на него, как на божество. Под конец лекции он перестал злиться и смотрел на меня с отеческим снисхождением. А вот этого нам не надо, ничего отеческого! Прервав его на полуслове, я плюхнулась ему на колени, звонко чмокнула в губы, потрепала по щечке:

— Ты не просто умный, ты еще и душка, все так понятно объяснил! Пойдем записывать? Я буду петь песенку трех мушкетеров.

Я дождалась, когда глазки парня залоснятся и рука его ляжет на мое бедро, обтянутое тонким капроном, и только после этого спрыгнула с его колен. Пара удачных кадров у меня уже была. Андрей нашел нужную фонограмму, провел краткий курс основ звукозаписи и надел на меня наушники. Вокальным талантом я не обладала, но промурлыкать себе под нос какой-нибудь шлягер могла чисто и достаточно звонко, чегочего, но медведь мне на ухо не наступал, спасибо саксофону. Я бодро исполнила песенку мушкетеров, Андрей объяснил мне ошибки, я спела во второй раз, нарочно игнорируя его замечания, но добавив драйва и активно пританцовывая, он попытался показать на деле, как надо петь, я расшалилась вовсю, перебивая его и дурачась. Он сначала злился, но кривлялась я, видимо, талантливо и, в конце концов, заразила и его. Юноша не выдержал, вступил вторым голосом, и вскоре мы уже распевали во всю глотку, забыв и про запись, и про время. Запыхавшись, я плюхнулась на диван, Андрюсик упал рядом, и, не дав мне отдышаться, полез с поцелуями. Я позволила один неловкий чмок, потом вскочила с дивана и промурлыкала:

— С тобой так здорово! А точно никто не придет? У меня в сумке в коридоре пиво, принеси!

Парень вышел в коридор, я вынула кассету из камеры и, убедившись, что окна квартиры выходят в заросший и безлюдный скверик, бросила кассету в окно и включила диктофон. Почти сразу вернулся Андрей с двумя бутылками пива.

— Это тебе, — уже без всякого жеманства произнесла я, — я пиво не пью. Терпеть не могу этот напиток студентов и работяг.

Не глядя на него, я достала камеру, положила ее в сумочку и стала собираться.

— Ты чего? — не понял он, — зачем камера-то?

— Клип снимаю. Про мушкетера, который в отсутствии Констанции развлекается с первой встречной девицей. Потом Констанция вернется, кастрирует своего милого, и они заживут лучше прежнего, потому что думать он уже будет только о работе, отвлекаться на пустяки ему не придется, и польется в их семью бурным потоком счастье и деньги. Как тебе трактовочка?

— Шутишь? — все еще не верил он. — В «Трех мушкетерах» этого не было.

— Сейчас модно снимать ремейки, — пожала я плечами, — ты ведь не хочешь, чтобы тебя считали отставшим от моды?

Я бросила сумку с камерой на плечо и направилась к выходу. Кажется, до него стало что-то доходить. Он бросился ко мне, вырвал сумку, вытряхнул из нее камеру, открыл кармашек для кассеты.

— Она у тебя пустая!

— Конечно, пустая. Стала бы я рисковать! Кассета у моего приспешника, здоровенного амбала, который все это время курил под окном.

Ой, пусти, надо забрать у него кассету, пока он ее не просмотрел. Страшно подумать, во что он тебя превратит, если увидит, что ты делал с моим невинным телом. Месть твоей Констанции — сущие пустяки по сравнению с яростью моего мавра!

— Так он еще и негр?! — схватился за голову Андрюсик.

Негр? А почему бы и нет? Если Андрюсик читал Шекспира, он должен знать, как не любят представители этой расы своих соперников.

— Чего вы хотите? Денег у меня нет, все эта кобра отбирает.

— Констанция? — уточнила я.

— Ага, видела бы ты ее! Позарился, дурак, в свое время на пухлые ножки, теперь живу со свиноматкой. Знаешь, как грустно спать с некрасивой и злобной женщиной?

В этот момент я чуть было не поддалась жалости, но быстро взяла себя в руки.

— Сам виноват. Головой надо думать, а не этим местом. Ладно, в порядке исключения денег я с тебя брать не буду, заплатишь информацией. Быстро говори, кто заказал тебе сорвать выступление Камышиной?

— Я ничего не срывал, это все ее хахаль, — заученно залепетал он.

Вполне вероятно, что парень действительно был ни при чем, но я должна была в этом убедиться. Я подошла к окну и зычно крикнула:

— Мамаду, дуй в лабораторию, делай снимки с самых пикантных мест. Только умоляю, глаза не открывай, а то я за тебя не ручаюсь.

Как на грех, мой крик спугнул жирного котищу, сидящего в кустах, тот ломанулся сквозь заросли, топая, как молодой жеребенок. Почти одновременно прозвучал телефонный звонок: Андрюсик дернулся, побледнел, снял трубку.

— Да, зайка... конечно, дома, ты же знаешь... супчик варю... один... обижаешь, зайка, ты же у меня самая нежная, самая любимая, самая хозяйственная... что?

На лбу парня выступила испарина, а у меня в душе величаво зареяло знамя гордости за наш слабый пол. Какой же великой надо быть женщиной, чтобы внушать столь священный ужас этому не самому глупому и вполне мускулистому парню! Он положил трубку и обратил на меня свой невидящий взор:

— У ребенка животик заболел. Их тесть везет с дачи. Через десять минут будут дома. Господи, я же сказал, что супчик варю! А у меня даже кастрюли на плите нет!

— Спокойно, Маша, я Дубровский, — отреагировала я, — открывай окно и быстро на кухню, кастрюлю, луковицу, морковину, пару картошек. Я варю суп, ты рассказываешь мне всю правду о подмене фонограмм. Да не смотри на меня так, я вовсе не хочу тебя погубить, просто мне очень нужна эта информация.

Как я уже говорила, повариха из меня никудышная. Но это и к лучшему, ведь сотвори я кулинарный шедевр, монстриха Андрюсика заподозрила бы неладное. Я покидала в кастрюлю грубо порезанную морковку, целую луковицу, куски картошки, булькнула сверху пару бульонных кубиков и горсть макарон — пойдет. Все это время Андрей, заикаясь и перескакивая с одного события на другое, говорил:

— Я Лику давно знаю, тусовочная девочка, клевая, только петь зря лезет, все равно без фанеры ее слушать невозможно. Она сказала, что сюрприз хочет сделать, на диске фонограмма новой песни, Ольга давно хочет спеть ее на зрителя, но стесняется. Я не знал, что там, честно не знал! А когда понял, уже поздно было. Лика сказала, что мне ничего не будет, надо только всем говорить, что возле аппаратуры крутился Олег, все знают, что они с Ольгой в ссоре, легко поверят, что это он ей отомстил.

— Она тебе заплатила?

— Как ты такое могла подумать!

Я подхватила кастрюлю с закипающим супом и наклонила ее над полом.

— Пять штук. Она сказала, что это за моральный ущерб и чтобы я не трепался про нее, — быстро поправился Андрюсик.

Я поставила кастрюлю на место и вышла в комнату. В дверях прихожей заворочался ключ, я вскочила на подоконник и выпрыгнула в окно.

Оно находилось низко, это я оценила еще тогда, когда выбрасывала кассету, только я никак не могла подумать, что меня поймают сильные руки.

— Владимир?

Ничего не отвечая, он протащил меня сквозь заросли сирени, отнес в мини-купер и посадил на пассажирское сиденье.

— Кассета, — заикнулась было я.

Он молча достал из кармана джинсов видеозапись, завел двигатель и выехал со двора.

— Зачем ты здесь?

— Я решил, что тебе необходима помощь, — лаконично ответил он.

Господи, избавь меня от непроходимых романтиков! Опасность мне не угрожала, прыжок из окна я осилила бы и без него, но не расстраивать же парня. Я предпочла не вступать в дебаты, уютно расслабилась на своем сиденье и подвела итоги: Андрюсик не заподозрил ничего плохого. Отвалили ему кругленькую сумму, вот он и притих. Следовало вздуть хорошенько этого лицемера, но я вспомнила холодный пот на его бледном лбу и решила, что парень и так достаточно наказан жизнью. Пусть дальше живет и мается, хуже, чем жизнь с его супругой, с ним уже ничего не случится, а какая-нибудь моя мелкая пакость только отвлекла бы его от его несчастья, такой милости он не достоин! А шутники, однако, Лика и ее папаша! Просто в цирке выступать семейной труппой! Мельнику сказали, что это розыгрыш, Андрюсику тоже лапши на уши навешали. Мне это нравится. Сама я человек веселый и шутить люблю не меньше.

Глава 9

Молчали мы до ворот моего дома. Вспомнив свой ультиматум, я бросила взгляд на крышу. Чистая черепица сверкала на солнце, от вчерашних стихов не осталось и следа. Получается, этой ночью Владимир превратил липу в селекционное чудо, довел до совершенства крышу и с самого утра следил за мной? Когда он успел ночью попасть в город и вернуться? Какую клумбу лишил растительности? Такая бурная деятельность начинала меня пугать.

— Володя, давайте поговорим начистоту, — вздохнула я, — дело в том, что мы никогда не сможем стать с вами даже друзьями, не говоря уже о более близких отношениях. Это не подлежит сомнению, обсуждению, пересмотру. Я ясно выражаюсь?

— А откуда вы взяли, что я рассчитываю на близкие отношения?

Вот это номер! Парень, оказывается, просто от скуки украшает мою жизнь, а я делаю ему грязные намеки? Не люблю попадать в дурацкие ситуации, а сейчас я по его милости чувствовала себя полной дурой.

— Простите, если доставил вам несколько неприятных минут, — прервал тишину предводитель скалолазов.

Он вышел из машины, мягко закрыл дверцу и направился к выходу из коттеджного поселка. А люди еще удивляются, что я до сих пор не замужем. Ничего не понимаю в мужчинах!

Дома я первым делом набрала номер электронщика Вити Шилова:

— Витя, нужна консультация. Скажи, возможно ли влезть в чужую почту и отправить сообщение так, чтобы хозяин не узнал?

— Легко! Для этого даже не надо быть хакером. Любой мальчишка, абсолютно незнакомый с программированием, может это сделать.

— Интересно, как?

— Например, отправив письмо в администрацию с просьбой напомнить пароль. Ну забыл человек пароль, с кем не бывает? Достаточно более или менее знать хозяина ящика, чтобы ответить на вопросы администрации и получить пароль. Отправляешь свое сообщение, потом удаляешь его из папки «отправленные», и все шито-крыто! Хозяин не в курсе, ты спокойно шуруешь в его ящике. Главное, успеть перехватить письмо с паролем. Есть более сложные способы, здесь уже необходим хотя бы низший уровень знания программирования.

— Понятно. Второй вопрос: могу ли я узнать, копается кто-то в моей почте или нет и с какого компа это делается?

— Возможно все, но для этого нужна помощь спецслужб или сильный хакер.

— Берешься?

— Обижаешь!

— Когда могу подъехать?

— Сейчас некогда, программку интересную ломаю, никак не дается, зараза, — пожаловался Витя.

Без лишних уговоров я назвала сумму, Шилов, больше не раздумывая, рявкнул: «О'кей!» Если выяснится, что письмо с «отставкой» Ольге отправлял не Олег, он будет полностью реабилитирован, и тогда его можно брать в союзники. Даже если он решит порвать отношения с девушкой, в чем лично я сомневаюсь, обелить свое честное имя не откажется ни один честолюбивый бизнесмен. В захламленной до абсурда комнатушке Шилова я передала ему визитку Олега и аванс, а также вкратце рассказала о содержании письма, которое было отправлено с его ящика. Что мне нравится в Вите — так это полное отсутствие любопытства. Кажется, вся его жажда познаний полностью сосредоточена в одной сфере, и простые человеческие радости и печали ему совершенно неинтересны. Шилов никогда не задает вопросов, если они не могут помочь ему в работе.

— Если сделаешь в ближайшие два дня, плачу еще двадцать процентов от суммы, — пригрозила я.

Уши Вити покраснели от удовольствия, пальцы забегали по клавишам. Я для него в ближайшее время перестала существовать. Интересно, что он купит на гонорар? Очередную охапку железа? Не сомневаюсь. Я окинула взглядом горы мониторов, системных блоков, переходников, микросхем и прочей фигни и передернула плечами. Упаси боже от такого спутника жизни! Уж лучше предводитель скалолазов и перезрелый романтик Владимир. Не отвлекло Шилова от работы и внезапное треньканье телефона, раздавшееся у меня в сумочке. Звонил журналист Ярцев.

— Полина, помнишь, ты просила меня узнать имя заказчика разгромной статьи о выступлении Камышиной? С тебя корочка хлеба.

— Не томи, будет тебе и корочка, и кофе с какавом, — поторопила я.

— Не поверишь. Это директор нашего мясокомбината. Некий Шлейко. Ну и фамиличку бог послал!

— Да, с такой фамилией остается только мелко пакостить, — поддержала его я и бросила взгляд на сутулую спину Шилова.

Спорим на три корочки хлеба: компьютерным шалуном окажется тот же тип с забавной фамилией.

Дома меня ждал сюрприз, из кухни доносился запах съестного, на кресле гостиной грудой валялись не слишком чистые и довольно потрепанные вещи: джинсы, ветровка, майка, носки. Женского размера. Дедуля решил откормить бродяжку? То, что это не леди, было понятно не только по гардеробчику, но и по аромату, тянущемуся из кухни: может, кто-то и любит шкварки, но меня воротит от одного только запаха жареного сала. Я осторожно заглянула в дверь. В кухонном кресле сидела дама в моем купальном халате и с полотенцем на голове. Перед дамой располагалась сковорода с глазуньей, тарелочка с колбасой, полбуханки хлеба, миска с салатом, множество баночек с кетчупом, горчицей, хреном, соевым соусом и майонезом.

— Алина, — ахнула я, — ты как сюда попала?

— В твой дом или в цивилизацию? — уточнила подруга.

— Ну, для начала, в мой дом. Забралась через каминную трубу?

— Вот еще. Там грязно, — фыркнула она. — Ариша меня пожалел и пустил, а сам куда-то улетел. По виду, на свидание, очень уж расфуфырился. Сначала хотел от меня избавиться, но тогда я сказала, что буду сидеть на земле возле ваших дверей и позорить ваше честное имя. Он решил, что безопаснее скрыть меня от соседских глаз внутри.

— Понятно. Ты выходишь замуж?

— Бог с тобой, никогда больше не буду связываться с мужчинами! — пытаясь прожевать кусок бутерброда, ответила моя подруга. — Чуть с голода не умерла в этом лесу! А откуда ты взяла?

— Ты всегда говорила, что начнешь толстеть сразу, как выйдешь замуж. Кажется, сейчас ты именно этим и занимаешься. Я имею в виду прощание со стройностью.

— Какая стройность! Или у тебя весы в ванной врут, или я три кило набрала! Вот сейчас отъемся, отосплюсь и бегом в тренажерный зал. И не мотай мне нервы! А то и тебе попадет.

Я сварила кофе, вскрыла упаковку с вишневым пирогом, дождалась, когда моя сибаритка и эстетка Алина доест яичницу с салом, соберет остатки жира со сковороды мякишем и отвалится в кресле.

— Хорошо! Боже, как хорошо быть человеком, а не скалолазом! — выдохнула она и выжидательно уставилась на меня.

Нет уж, теперь я ее помучаю, пусть думает, что мне совершенно не интересно, что произошло в лесу и почему она сбежала.

— Ну, Полинка, спрашивай, у меня язык чешется, — жалобно попросила подруга.

— Спрашиваю. Как тебе удалось сбежать от твоих хоббитов?

— С трудом, — вздохнула Алина. — Пришлось бросить все, даже косметичку. Хотя за ней мы с тобой вернемся, когда все утихнет. Я ее не в палатке прятала, а в овраге под камушком.

— Все утихнет? — вычленила я из потока информации самое интересное.

— Ну, да.

Оказалось, Алина устала ждать милости от природы и решила брать Владимира тепленьким, без шума и пыли. А как, по мнению романтично настроенной девушки, можно покорить предмет своих воздыханий? Спасти его от гибели, разумеется. Чего проще, если ты живешь в тренировочном лагере скалолазов. Правда, это правило срабатывает в случае, если скалолаз спасает скалолазку, но моей подруге было не до тонкостей. Время шло, сезон заканчивался, а они даже еще ни разу не поцеловались. Алина изучила график тренировок, узнала, когда она идет в связке с Владимиром, и приступила к подготовке.

Вечером, когда лагерь затих, Алина добралась до снаряжения и слегка подпортила страховочную веревку. Вопреки правилам, они все-таки пользовались кое-каким снаряжением. Предполагалось, что веревка Владимира оборвется, и он повиснет на той, что будет соединять его с Алиной. Алина не знала, сможет ли удержать его, и решила заблаговременно как-нибудь дополнительно укрепить свою веревку. В общем, она его спасает, потом спускается сама, тут силы ее оставляют, и она падает на руки благодарного, живого и невредимого Владимира. Он издает звериный рык страсти и уносит ее в свою пеще... палатку. Истинные самцы всегда после стресса испытывают сексуальное возбуждение, это только неистинные просят валерьянки.

Веревка была добротная, динамическая, маникюрные ножницы только слегка махрили ее, не причиняя ровно никакого вреда. Один раз ножницы сорвались и больно ткнулись острыми концами Алине в ладонь. Девушка ойкнула. Тут же за ее спиной хрустнула ветка. Алина резко обернулась и увидела Владимира. Если бы он ругался, кричал, бросал ей в лицо обвинения, было бы не так страшно, но он зловеще молчал. Возвышался горой на фоне темно-синего неба и молчал. Алинка наслушалась баек о том, что делают скалолазы с предателями, и сейчас эти байки роем вились у нее в голове, рисуя картины, одну страшнее другой. Владимир молчал. Алина медленно, до боли в мышцах, встала, сделала шаг в сторону. Что он предпримет? Бросит лассо? Швырнет ледоруб? Замахнется ботинком с металлическими шипами? Или все-таки закричит? Владимир не шевелился. Алинка сделала еще несколько шагов и шмыгнула в палатку. Ночь она не спала, прислушиваясь к каждому шороху за ненадежным брезентом, а как только забрезжил рассвет, выбралась на дорогу, поймала попутку и вернулась в город.

— Это плохо, что он не убил меня прямо в палатке, — сказала она задумчиво, — значит, будет суд. Черт! Бум!

Поймав мой удивленный взгляд, пояснила:

— Это наши так о разнице между игроком в гольф и скалолазом говорят. Игрок в гольф: «Бум... Черт!», скалолаз: «Черт!.. Бум».

— Алинка, прекрати потчевать меня мужским юмором, — попросила я, — давай забудем эту историю, как страшный сон, и ты опять превратишься из скалолазки в светскую львицу и женщину.

— Не получится, — вздохнула она, протянув руку за очередной порцией пирога, — я безвозвратно потеряла форму, а еще у меня сценариевгорофилия.

Я с состраданием посмотрела на подругу. Диагноз звучал так, словно у нее завелись какие-то редкостные и прожорливые гельминты.

— Это болезнь такая, патологическая любовь к горам. Я теперь без гор — никуда. Поэтому и приехала к тебе жить. У тебя всего два этажа, а я могу себя не контролировать и куда-нибудь полезть. Если я со второго этажа упаду, то выживу, а если со своего шестого — могу и калекой, чего доброго, остаться. К тому же скалолазы будут искать меня дома, а твоего адреса никто не знает. Они поищут и успокоятся, а потом и вовсе обо мне забудут.

Я промолчала. Конечно, Алина гость беспокойный, но с другой стороны, из ее присутствия при моем умелом руководстве можно извлечь максимум пользы. Я придвинула к ней домашний телефон:

— Согласна до посинения кормить тебя шкварками и укрывать от суда скалолазов при условии, что ты будешь день и ночь собирать мне все городские сплетни, касающиеся Камышиной и семейства Шлейко. За интересные сведения дополнительная оплата.

Глаза подруги загорелись алчным огнем, она по памяти набрала номер:

— Катя? Привет, это я. Да, только что приехала из Турции. А что тут у вас новенького? Да ты что? А он что сказал? А ты?

Я вышла из кухни. Если Алина села на телефон, это надолго. Ничего, пусть работает, может, узнает для меня что-то важное.

* * *

— Адрес электронной почты с визитки, как ты понимаешь, не единственный адрес этого пользователя, — отчитывался Шилов. — Как и следовало ожидать, это ящик для деловой переписки. Я его вскрыл, а в адресной книге объекта обнаружил второй контакт, личный. Оба посещаются двумя пользователями. Деловой навещают из офиса головной московской компании, скорее всего, обычный контроль за подчиненным, это сейчас практикуется. А вот второй, личный адрес, контролируется сравнительно недавно. Второй посетитель наш, горовский. Вернее, не посетитель, а посетительница.

Витя сделал эффектную паузу:

— Никогда не догадаешься, кто это.

Жаль было разочаровывать парня, но уж больно захотелось щелкнуть его по носу:

— Лика Шлейко, колбасная принцесса, — равнодушно уронила я.

— Ну, если сама все знаешь, зачем меня от дела отрываешь? — буркнул обиженный Витя.

— Не знаю, а предполагаю, — призналась я. — Ты мне очень помог, Витя. Скажи, а я могу при желании отправить с ящика Олега сообщение?

— Элементарно. Пароль у меня. Я же говорил, что узнать его — плевое дело. Вот вычислить того, кто роется в его почте, было действительно сложно.

— Я заеду, завезу гонорар и заберу пароль. Еще раз спасибо!

Ну, вот и все. Ольгу действительно довели до самоубийства, только не бизнесмен Олег Пахомов, а лучшая подруга со своим папашей. Смысл? Попытка отбить завидного кавалера? Возможно. Провинциальные принцессы, не раздумывая, меняют свой простенький трон на роль фрейлины-кастелянши в столице, а Олег имеет достаточно большой потенциал для того, чтобы его жена выбилась из кастелянш в подавательницу веера.

Интересно, что она предпримет дальше? Соперницу устранила, Ольга сама отказалась от Олега, к тому же неизвестно, к какому результату приведет ее травма. Редко встречаются мужчины, способные жениться на инвалиде. Значит, рано или поздно Олег откажется от борьбы за Ольгу: Мне остается только соблазнить бывшего жениха подруги. Чем его можно взять? Лика — яркая девушка, но и Олег не так прост, длинными ресницами и здоровым цветом лица его не купишь. Доброе сердце? Бескорыстие? Талант? То, что так привлекало его в Ольге...

Из кухни опять потянулся жуткий запах сала с яичницей. Нет, это когда-нибудь закончится?

— Алина, если ты немедленно не прекратишь это безобразие, я отвезу тебя в лагерь, прикую к скале, как Гефест Прометея, и позволю скалолазам клевать твою печень. Где ты только эту гадость находишь?

— Во-первых, не скалолазам, так нас называют люди безграмотные и некомпетентные, а скальникам, а во-вторых, не позволишь, — весело ответила Алина, — потому, что тогда не узнаешь кое-что интересное. Сама подумай, как я смогу рассказать тебе о Лике Шлейко, если мне будут клевать печень? Скорее, я стану плакать и умолять отпустить меня на волю!

— С этого и надо было начинать. — Я решила потерпеть временный дискомфорт. — Рассказывай.

— Я обзвонила половину города. Сведения у всех разные и противоречивые, поэтому я провела анализ, выкинула лишнее, сопоставила факты и подготовила краткое резюме. Начинать с Камышиной или Шлейко?

— С Камышиной.

— Ольга еще в больнице, говорят, лежит в коме, и неизвестно, придет ли когда-нибудь в себя. Олег пока ее не бросил, даже в компании нечасто появляется, почти все время в больнице, хотя родители Ольги его гонят и всячески оскорбляют. Упорный тип попался. На конкурс она не едет из-за болезни, к тому же непонятно, восстановился ли у нее голос. Пока она в коме, выяснить это почти невозможно.

— Это тебе доложили или сама додумалась?

— Конечно, сама. Что я, по-твоему, такие простые выводы не в состоянии сделать? Теперь про Лику. Она ведет себя достойно, навещает подругу, поддерживает ее родителей, утешает жениха. Более того, Лика согласилась заменить Ольгу на конкурсе. Понимаешь, оказывается, это очень престижный конкурс, и мэр сильно шумел, когда узнал, что город потерял шанс прославиться.

— Лучше бы он пошумел, когда Ольга собирала деньги на участие, — пробормотала я себе под нос.

— Совершенно с тобой согласна, — поддержала меня Алина. — Где это видано, чтобы в подобном случае не обращались к спонсорам? Так вот, ей срочно стали искать замену.

— Подожди, не части. Как я понимаю, участие в этом конкурсе не зависит от места жительства? В нашем Горовске, например, может оказаться хоть пять талантов, а в столице, положим, всего один?

— Это так, но мэра просто заклинило на участии в конкурсе представителя нашего города. И мэра, и видных горожан, предпринимателей там всяких. Поэтому город собрал средства и подобрал замену, сейчас идут переговоры с оргкомитетом. Говорят, загвоздка может выйти только с одной дамой, некой Ольгой Ильиничной, ух и вредоносная же тетка, доложу тебе! Еще никому не удавалось купить ее или хотя бы договориться. Нравится ей участник — диплом у него в кармане. Не нравится — хоть озолоти, хоть пытай, — дохлый номер.

— Насколько мне известно, подобные конкурсы подразумевают именно живое исполнение? А Лика поет только под фонограмму.

— Так в этом-то собака и зарыта! Думаешь, ничего нельзя подстроить? Главное, понравиться Ольге Ильиничне, а там можно простудиться, сорвать голос, потерять минусовку, да мало ли чего! Она все равно будет голосовать за тебя. Ты не представляешь, какая возня по этому поводу идет сейчас в городе.

— Представляю. Что не сделает папочка ради своей принцессы, пусть даже и колбасной.

Так вот второй пазл мозаики, после Олега. Конкурс! Эфемерный, но шанс мелькнуть на большой сцене, заинтересовать Пахомова. Ай да Лика, ай да расторопная девочка! Как ладненько все у нее получается! Как приятно будет ломать собранную ею картинку.

Глава 10

Из дневника Ольги Камышиной:

«Лика так искренне рада за меня. Другая бы завидовала, старалась лишний раз не говорить на больную для нее тему. Она же постоянно расспрашивает про конкурс, про условия, про состав жюри и отборочного комитета, про программу, даже записывает что-то. Я ее спросила, зачем, она ответила, что попытается найти выходы на комитет. Наивная, думает, если колбаса с завода ее папаши поставляется в столицу, то можно купить всю Москву? К тому же я никогда не приму такую помощь, иначе всю жизнь буду чувствовать себя ущербной».

И чего это порядочные люди такие наивные? Почему нельзя быть одновременно чистым и объективным? Будь девушка немного глазастее, давно бы поняла, что ее лучшая подруга всю жизнь старалась быть на шаг впереди нее.

В чем-то ей это удавалось, но талант не купишь ни за какие деньги, да и любовь — штука непредсказуемая. Славу Ольги в черте города Лика еще как-то терпела, но как только у Камышиной появился шанс стать звездой российского масштаба, да еще и с мощной поддержкой в лице Пахомова, Лика пошла ва-банк. Медлить здесь действительно было нельзя.

* * *

Алина категорически отказалась спать в гостевой комнате. Кажется, она действительно боялась мести скалолазов. Пришлось положить ее в моей. Полночи она болтала, потом неожиданно на полуслове уснула. Проснулась я рано, сведения, полученные вчера, не давали мне заснуть, я все думала, открывать ли глаза на правду Катерине или предоставить ей готовый результат уже после завершения работы? Уж очень ей хотелось видеть виновным во всех грехах именно Олега. Что это? Материнская ревность? Или ревность женщины, привыкшей считать дочь невзрачной гусеницей и вдруг понявшей, что гусеница превращается в бабочку? Ну и что, что мать. Бывает и такое. Кажется, отец у Ольги человек тихий и незаметный, да и жизнь их прошла в черно-белом цвете, а у Ольги впереди такое цветное будущее!.. Из дневника Ольги я поняла, что она чертовски устала от чрезмерной опеки и ощущения, что она всем чем-то обязана. Может, это чувство и было выпестовано в ней матерью? Нет, Катерине пока ничего говорить не будем, а вот Олегу, пожалуй, можно и открыться. Хватит держать парня в неведении, он и так места себе не находит. Сегодня узнаю, как движется очередь на операцию Ольги, если деньги нужны срочно, озвучу эту проблему Олегу. Заодно и проверим, насколько дорога ему его подруга.

За окном что-то неприятно зашуршало, и я открыла глаза. Несмотря на то что утро было в разгаре, в комнате стоял сумрак. Я взглянула в окно — все его пространство закрывали разноцветные воздушные шарики, накачанные гелием. Интересно, что там у романтиков идет дальше по списку? Рекламный щит с фотографией любимой возле дороги? Полет на воздушном шаре с разбрасыванием листовок? Печать моего нежного лика на обложке рулона туалетной бумаги? Как скучно...

Я подошла к окну и проткнула булавкой яркий желтый шар. Он оглушительно хлопнул, и за спиной у меня раздался легкий вскрик. Я совершенно забыла про Алину!

— Стреляют? Скальники?

— Никто не стреляет, успокойся. Это мой неведомый поклонник шарики подвесил, — не вдаваясь в долгие объяснения, призналась я.

— Я тоже хочу шарики и неведомого поклонника, — протерла глаза Алина. — Мне еще никто шарики не дарил. А как он смог так высоко забраться? Так высоко только наши могут. Может, это кто-нибудь из наших? Может, Славик? Он тайно в меня влюбился и решил сделать мне приятное. Он милый, он может.

— Ты забыла? Ваши теперь не имеют права в тебя влюбляться, они имеют право только на месть. Нет, это точно не ваш, скорее всего какой-нибудь богатый бизнесмен, он для этого людей нанял.

— А ты уверена, что все старания ради тебя?

— Конечно. Это ведь окно моей спальни, — продолжала я поддразнивать подругу.

— Надо проверить. Должна же быть там какая-нибудь записка или коробочка с подарком. Давай посмотрим?

Алина бесстрашно спрыгнула с кровати и подбежала к окну. Связка шариков была привязана к подоконнику, а к ним, посредством тонкой, но прочной веревки, действительно что-то крепилось. Что-то, никак не напоминающее записку или перстень со скромным бриллиантом. Сгорая от любопытства, мы втянули в комнату нашу добычу. Это оказался узел, крест-накрест перевязанный веревкой. При первом взгляде на него Алина побледнела.

— Все. Мне конец. Они нашли меня.

Я тоже догадалась, чем в этот раз одарил меня Владимир. Алинкины вещи. Одежда, ботинки, даже косметичка, которую она прятала в овраге под камушком.

— От них нигде не скрыться! Это черная метка! Они пришли за мной!

— Алина, прекрати нести чушь! — рассердилась я. — Ты путаешь мирных спортсменов с пиратами Карибского моря. Ребята благородно избавили тебя от необходимости возвращаться в лагерь и объяснять свой дикий поступок, а ты вместо благодарности обвиняешь их во всех смертных грехах.

— Ты думаешь? Ты считаешь, что он так просто простит мне предательство? Ты предполагаешь, что мой возлюбленный — тряпка? Я от тебя этого не ожидала.

Я глубоко вздохнула. Спорить с Алиной — дело неблагодарное. Я загрузила ее добро в стиральную машинку и отправилась на кухню варить кофе. Может, Владимир одумается и влюбится в мою подругу? Им было бы так весело вдвоем. А может, он уже близок к этому? Алина с самого начала выбрала неверный путь к завоеванию его сердца: мужчинам неинтересны покладистые подруги, смотрящие им в рот и ловящие каждое слово. А вот после того, как она коварно пыталась лишить его жизни, он может всерьез обратить на нее внимание. Подобная страсть заслуживает пристального интереса, хотя бы ради сохранения собственной жизни.

Кофе в джезве уже начинал дышать, когда

зазвонил мобильник. На экране высветилось имя корреспондента газеты «Горовск сегодня».

— Полина, ты читала наш сегодняшний выпуск?

— Нет, конечно, ты же знаешь, не испытываю любви к провинциальной прессе.

— Ну, и зря! Очень советую репортаж «Подвиг дружбы».

— Твой новый шедевр? Утопающий мальчик вынес из пожара отравившуюся одноклассницу?

— Хуже. И не мой. А того козла, который писал гадости о Камышиной. Пересказывать не буду, читай сама.

Я поблагодарила Антона и дошла до киоска, который располагался возле небольшого продуктового магазинчика в нашем поселке. Статья хоть и не являлась передовицей, была ярко анонсирована. Я, не доходя до дома, развернула газету и пробежала глазами текст:

«Подвиг каждый понимает по-своему. Можно спасти погибающего, можно сказать правду в лицо влиятельному человеку, а можно прикрыть собой друга. Прикрыть, как в физическом смысле, так и в моральном. У всех еще сохранилась в памяти грустная история со скандалом, связанным с именем молодой певицы Ольги Камышиной, так вот, эта история имела продолжение. Уже не секрет, что наш город удостоился чести представить свои таланты на Всероссийском вокальном конкурсе. По злой иронии судьбы, жребий пал на кандидатуру Камышиной. Но как возможно отправлять эту девушку на суд столичных судей после того, что произошло? Честно ли это в отношении других начинающих исполнителей нашего города? Жаль, что Камышина сама об этом не подумала. Зато подумало провидение. Так случилось, что Ольга физически не может поехать в Москву. Так случилось. Что же поделаешь? Все под богом ходим. И тогда спасти репутацию нашего города, а заодно и самой Камышиной решила ее верная подруга, не менее талантливая, но пока не раскрученная певица Лика Шлейко. Чувствуете, как звучит? Сколько шарма в этом звуковом сочетании! Почти все наши эстрадные дивы вынуждены менять свои простенькие и незапоминающиеся имена, Лика же избежит этой жалкой участи. И это знак. Звучное имя... Спасение репутации подруги... Прекрасное начало!»

В общем, информация для меня не новая, но какой же гад этот писака! Я прочитала его имя в конце статьи. Надо же, ворчит на эстрадных звезд, а сам использует скромненький и невыразительный псевдоним «Спайс». Понятно, что журналистика априори продажна, но не до такой же степени! Он мог возвышать Лику, но не трогать Ольгу. Ничего, с этим мы разберемся быстро и просто. Любишь выставлять людей дураками? Попробуй побыть на их месте. Затевать серьезную возню из-за этого мелкого пакостника не было времени, поэтому поступить с ним я решила простенько и незатейливо.

Я добралась до дома, вышла в Интернет, зарегистрировала новый почтовый ящик, использовав имя известнейшей и раскрученной столичной желтой газеты, и отправила на адрес «Горовска сегодня» официальное приглашение корреспонденту Спайсу на вакантное место в штате. Естественно, не поскупилась на несколько льстивых эпитетов в его адрес и туманные обещания блестящих перспектив. Спайс ответил сразу, и несколько часов я занималась переговорами: торговалась по поводу зарплаты, расписывала жилье, которое «мы» за символическую плату предоставляем иногородним сотрудникам, обещала прописку, льготные путевки, загранкомандировки... Не клюнет, так помечтает. Корр., кажется, клюнул.

Уже через полчаса мне позвонил Антон Ярцев и, захлебываясь от профессиональной зависти, выложил мне эту новость, несколько приукрашенную и сдобренную хорошей порцией неласковых слов. Спайс не терял времени: он успел подать заявление об уходе, поссориться со своей девушкой, договориться о сдаче квартиры на год, рассказать всем сотрудникам газеты, включая главного редактора, что он о них думает, и заказать билет в Москву. Приятно работать с такими людьми! Я не стала открывать

Антону глаза на правду: журналисты — люди эмоциональные, не удержится, расскажет кому-нибудь, и план мой сорвется. Хорошо, что я вовремя подключила Интернет и к сотовому, можно оставаться на связи и не быть привязанной к компьютеру.

Забегая вперед, скажу, что в течение дня Спайс все-таки ухитрился купить билет на завтрашнее число. «Мы», угрожая потерей вакансии, требовали именно срочного выезда на новое место работы. Так как «газета» не могла предоставить своему новому спецкору отпуск на ближайшее время, собраться, решить все дела, сдать квартиру следовало немедленно. У этого пройдохи энергия била через край, а эйфория от столь завидного предложения лишила его остатков осторожности: чего стоило купить газету и выйти на официальный сайт? Или созвониться с главным редактором?

Наверное, этот день по моему гороскопу был отмечен как день неожиданных телефонных звонков. Второй звонок был от главврача больницы, где лежала Ольга.

— Полиночка, я попрошу уточнить, насколько серьезно ваше заявление о том, что деньги на операцию Камышиной будут выплачены. Понимаете, я держу в руках официальный отказ ее матери от платной операции. Это не шутки, это все очень серьезно. Мне стоило больших трудов уговорить светило медицины приехать в наш городишко, и вдруг — отказ. Как это понимать?

В голосе его звучало плохо скрываемое раздражение, и я прекрасно понимала гнев эскулапа. Я попросила ничего не отменять и выехала в больницу. Стоило лично встретиться с Катериной и узнать, что заставило ее принять такое решение.

Мать Ольги я нашла возле палаты дочери. Что-то за прошедшее время неуловимо изменилось в женщине, даже не внешне, а внутренне. Исчезла уверенность, пропала злость, окончательно потух взгляд.

— Катерина, что случилось? Почему вы отказались от операции? — присела я рядом.

— А мы и не давали на нее согласия, — тихо ответила она. — Мы никогда не найдем таких денег.

— Но можно занять. Я помогу, я найду спонсора, обещаю, не отказывайтесь от операции.

— Думаешь, таким, как мы, легко будет вернуть долг? — В глазах Катерины опять мелькнули злые искорки. — Живете, жируете! Не знаете, что делается за стенами ваших дворцов.

Я решила не спорить по поводу дворцов. Зачем? Сейчас не важно, как она относится лично ко мне.

— Я же сказала, я найду спонсора. Вам следует только подписать согласие на платную операцию.

— Вам бы только деньги содрать, — не слышала она меня. — Охотитесь за такими, как мы, наживаетесь на нашем горе. Не надо нам продажных докторов, есть еще честные люди в России и настоящие друзья. Нам уже обещали найти врача, который сделает операцию совершенно бесплатно.

— Кто обещал? — уже догадываясь, какой услышу ответ, спросила я.

— Шлейко. Он порядочный, хотя и богатый. И дочка у него не наживает состояние на чужом горе. Кстати, я отказываюсь от ваших услуг. И платить вам не собираюсь. Вы ничем не помогли мне, этот мерзавец не просто чувствует себя безнаказанным, но и смеет появляться мне на глаза и предлагать деньги на опрацию. А я не торгую своими детьми! Я не торгую своей совестью! Убирайтесь!

Так, надо искать Олега. Мать совершенно потеряла голову от горя, а Шлейко распоясались не на шутку. Я опять поднялась к главврачу и спросила его, что он думает по поводу бесплатной операции. Доктор поморщился:

— Это вам мамаша Камышиной рассказала? Даже не берите в голову. Хирурга, который, как она утверждает, берется делать операцию ее дочери, я не допустил бы и на вскрытие фурункула. Он уже год лишен права вести лечебную практику, что я считаю своей заслугой. Он действительно оперировал в нашей клинике, оперировал из рук вон плохо, но, к сожалению, даже в медпрактике нет статьи для увольнения на основании того, что человек работает непрофессионально. Я терпел его, пока он не явился на операцию в нетрезвом виде. Спасибо сотрудникам, вовремя заметили. Не беспокойтесь, никто его до операции не допустит, это полный бред, если только девочку не выкрадут и не сделают ей операцию подпольно. Так я могу быть уверен в том, что в последний момент не последует отказа от операции?

— Это я беру на себя.

— Знаете, — смущенно крякнул врач, — я до сих пор не могу привыкнуть к тому, что человеческая жизнь стала зависеть от размеров кошелька. Испытываю глубочайший стыд, но ничего не могу поделать. В глазах пациентов мы выглядим эдакими алчными злодеями, и изменить общественное мнение пока не удается.

Я понимающе кивнула.

— Дата операции уже известна? Прекрасно. Ничего не говорите матери, мне удастся ее убедить.

«Убедить взять деньги у Олега», — подумала я. Ничего, придет время, и Катерина узнает, кто истинный враг ее дочери. Тогда, думаю, ее не придется долго уговаривать. Я попросила доктора держать меня в курсе дела и вернулась к палате Ольги.

И вовремя. Возле палаты Ольги собралось

слишком много посетителей, видеть друг друга которым было противопоказано. Я стянула со стола отсутствующей дежурной медсестры какой-то конспект и шапочку, надвинула ее на глаза, застегнула халат и пристроилась у соседнего окошка, изображая крайнюю степень заинтересованности содержимым тетрадки.

— Катерина Ивановна, зачем вы это сделали? Неужели вы думаете, что, если погубите меня, Ольге будет лучше? Я могу многое сделать для нее только при условии, что буду на свободе. Не лишайте вашу дочь шанса! — кипятился Олег.

— Катериночка Ивановна, и правда, заберите заявление, — убеждала женщину Лика. — Эта свидетельница, которую вы нашли, совершенно не внушает доверия, неужели вы думаете, что Олег и правда мог толкнуть Олечку под машину?

О чем это они? Катерина нашла свидетеля, утверждающего, что Олег пытался убить Ольгу? Она подала заявление в прокуратуру? Что ж это получается, я столько времени искала доказательства наличия или отсутствия косвенной вины Олега, а его обвиняют в элементарной уголовщине? Вовремя я здесь оказалась!

— Вот увидите, свидетель ошибается, — пытался втолковать Олег, — все скоро выяснится!

Катерина молча переводила взгляд с Лики на Олега. На лице ее застыла мертвая улыбка. Кажется, она слышала только то, что творилось у нее в голове. Слепая жажда мести — вот, что было сейчас для нее главным. Понятно, почему Ольга чувствовала себя такой одинокой.

— И вообще, хватит ссориться! — воскликнула Лика. — У меня для всех прекрасная новость.

Ее услышали. В сложившейся ситуации фраза «прекрасная новость» подействовала магически и заставила замолчать не слышащих друг друга людей.

— Все помнят, конечно, — с сияющим глазами продолжила Лика, — что послезавтра у меня день рождения? В этот день мы с папой дарим городу подарок, большой концерт. Папе удалось устроить приезд настоящей звезды первого эшелона, она выступит во втором отделении. Отгадайте, кому отдано первое отделение? Мне! Билеты не такие уж и дорогие, если учесть, сколько придется отдать за второе отделение. А еще нам удалось заманить на него саму Ольгу Ильиничну, вы представляете, что это значит? Она увидит мой триумф, увидит, как любит меня город, и Гран-при конкурса у нас в кармане! Я посвящу свое выступление памяти... нет, просто Ольге. И даже могу направить часть денег в больницу в качестве благотворительной помощи. Это же прекрасное начало! Ну как?

Все молчали.

* * *

Все разворачивалось слишком быстро. Уже спустя несколько часов Олег был задержан по подозрению в покушении на убийство и давал показания. К сожалению, на момент предполагаемого покушения у него не было алиби, как он утверждает, в это время он обедал в кафе. Хорошо, если его вспомнит официант и сможет с уверенностью указать время пребывания клиента в обеденном зале, а если нет? Впрочем, эту проблему я пока оставила на совести следователя. А вот встречу с самим Олегом откладывать было нельзя, даже если именно в этот момент осуществить ее было сложнее всего. Я попросила Аришу, чтобы он узнал имя следователя, который вел дело, ориентиры свидетельницы, которая утверждала, что Ольгу толкнул под колеса Олег, и позвонила Курбатову: неважно, что он служил не в уголовке, а в ФСБ, в нашем городке все властные структуры были тесно связаны между собой и, естественно, не отказывали коллегам в небольших услугах. Я могла бы добиться свидания с Олегом и без помощи Курбатова, но на это ушло бы время, а его и так оставалось совсем мало.

В этот вечер устроить встречу с Олегом не получилось, зато уже утром я сидела за столом мрачной комнатушки, предназначенной для свиданий.

— Я просил другого адвоката, — сухо уронил Олег.

— Меня зовут Полина Казакова, и я не адвокат, — ответила я.

— Журналист? У меня нет ни времени, ни желания на общение с вашим братом.

— По поводу времени согласна, а вот с желанием придется кое-что подкорректировать. Вы не замечали, что в последнее время вокруг вас происходят события, не поддающиеся логическому объяснению?

— Снимаете порчу, сглаз, привороты? — невесело усмехнулся он. — Новая услуга доблестной милиции? Не тратьте время, милая девушка, я не верю в проклятия и своими силами решу эту проблему.

— Решите. Только у меня на поиски причины вашего повального невезения ушла уйма времени, это с учетом того, что я была на свободе, имела некоторый опыт в расследовании подобных дел и обладала связями. И, заметьте, это только на поиски причины.

— Рассказывайте, — наконец, заинтересовался он.

Я не стала ломаться, хотя и хотелось в отместку немножко его помучить. Времени было немного, поэтому я сообщала ему лишь добытые факты, выкидывая из своего рассказа описание средств, с помощью которых мне удалось узнать так много. В какой-то момент Олег усомнился в правдивости изложенных фактов, тогда мне пришлось признаться в краже дневника Ольги и раскрыть несколько секретов моей информированности.

— В чем ваша заинтересованность? — спросил он, когда я закончила свой рассказ. — Почему вы мне помогаете?·

— Если я скажу, что хочу добиться торжества справедливости, вы мне не поверите, — пожала я плечами. — Считайте, что я просто хочу содрать с вас гонорар. Катерина отказалась от моих услуг, когда самая сложная и неприятная часть дела была уже выполнена. К тому же мне нужна помощь заинтересованного в этом деле и материально обеспеченного человека. Вы в курсе, что мать Ольги отказалась от услуг высококлассного хирурга из-за того, что не может оплатить операцию? Я, не ставя ее в известность, записала девушку в очередь, так что дело только за финансовым обеспечением. Вы готовы оплатить операцию и мои услуги? В таком случае, не берите адвоката и во всем слушайтесь меня. Я в состоянии помочь вам как можно быстрее выйти отсюда. Вы когда-нибудь играли в любительских спектаклях?

— Играл, — улыбнулся Олег, — в детском саду медведя.

— Опыт, конечно, жалкий, но сойдет. Запомните: мы с вами незнакомы. Вы не в курсе того, что травлю на Ольгу организовали Лика и ее папаша. Сможете общаться с ними по-прежнему?

— Будет сложно, но я постараюсь, — пообещал он.

— Не предпринимайте без моего ведома никаких шагов, ничему не удивляйтесь. Если возникнет ситуация, при которой придется принимать какое-то решение, звоните мне. С будущей тещей старайтесь не общаться и не говорите, что оплатите операцию. Женщина в данный момент не совсем адекватна и может все испортить. Верьте мне, Олег, и дальнейшие события потекут так, как нужно нам.

— А Ольга? Ольга выкарабкается? — совсем по-детски спросил он меня.

— Мы с вами сделаем все, что в наших силах, а она пусть старается сама. Думаю, теперь у нее появились стимулы. Ведь предала ее, как оказалось, всего лишь завистливая двуличная дрянь.

— Только она пока этого не знает.

— Думаешь? Кстати, может, перейдем на «ты»?

— Согласен. И постарайся как можно быстрее вытащить меня отсюда. Не могу бездействовать.

Я и сама не была заинтересована в проволочке, поэтому дома безжалостно растолкала спящего Аришу.

— Между прочим, я вернулся домой уже на

рассвете, — обиженно пробурчал он, — так что могла бы дать старику поспать.

— А кто тебя заставляет гулять до рассвета?

— А кто отправил меня на разведку? — вопросом на вопрос ответил он. — Думаешь, так просто раздобыть данные свидетеля? О программе защиты свидетеля у нас слыхом не слыхивали, поэтому никто не будет отвечать тебе прямо на поставленный вопрос.

Думаю, дед лукавил. Связи его позволяли решить столь простые вопросы с помощью обычного телефонного звонка, но это было бы слишком легко и неинтересно, душа его требовала приключений, а совесть — оправданий старой страсти к ночным загулам в казино. Загулам, против которых я никогда не возражала. Дед не злоупотреблял спиртным, поэтому за его здоровье я не волновалась, не ввязывался в скандалы, общался с людьми, которые обладали врожденной интеллигентностью или пытались имитировать оную, так что его слабость можно было считать вполне позволительной.

— Я же не мог прямо в лоб потребовать у уважаемого человека все данные, — продолжал меж тем он. — Сначала я позволил ему меня обыграть, потом сослался на шапочное знакомство с Олегом и посетовал на то, что столь уважаемый джентльмен попал в неприятную ситуацию. Кстати, следователь Олега и сам сомневается в правдивости показаний свидетельницы, так что он на его стороне. Дело за малым — разобраться с этой нехорошей женщиной.

— Катериной Ивановной?

— Катерина Ивановна — несчастная женщина, а я имею в виду дворничиху, которая свидетельствует против Олега. Адрес ее я узнать постеснялся, это выглядело бы уж слишком откровенно, а я делал вид, что просто беседую, а не допрашиваю, зато ее легко можно найти по участку: она убирает двор дома, где живет Катерина Ивановна, занимает подсобку на первом этаже соседнего подъезда. Дама какое-то время бомжевала, потом устроилась на работу и получила теплый угол. Судя по всему, приехала на заработки из одной из стран бывшего СНГ, но достойно устроиться не смогла, поэтому сейчас рада и этой работе — по крайней мере, у нее есть крыша над головой, да и жильцы нанимают ее то окна помыть, то после ремонта квартиру убрать. Думаю, следователь и сам выведет ее на чистую воду, так что ты зря волновалась.

— Пока он разберется, может неделя пройти, а Олег нужен мне уже сегодня.

Дом, в котором проживала Катерина Ивановна, я запомнила еще с того раза, когда добывала дневники Ольги. Оставалось вычислить квартиру дворничихи. Окошки подсобок первого этажа были мутные и нежилые. Лишь одно было отмыто и занавешено стираной, выцветшей от времени занавеской. Для встречи я оделась в серый офисный костюм, хорошо послуживший мне в те времена, когда я работала на кирпичном заводе. Волосы сколола в тугой пучок, слегка тронула веки розоватыми тенями, отчего глаза казались уставшими и воспаленными, припудрила щеки, ресницы и брови, нацепила очки в толстой роговой оправе. Вид у меня получился утомленный и невзрачный, думаю, даже при всем желании дворничиха не сможет найти в моей внешности запоминающиеся черты. Для полного отвлечения внимания от моего лица, я нацепила на голову яркий ободок со стразами. А чего? Я невзрачная, неуспешная сотрудница УФМС, решившая как-нибудь себя приукрасить. Не думаю, что у представителей этой структуры есть определенный дресс-код.

Я зашла в подъезд и постучала в фанерную дверь без номера. Мне открыла чернявенькая худенькая женщина очень маленького роста. Я, не спрашивая разрешения, шагнула в комнату. Очень бедно, но с претензией на уют: диван-раскладушка, коврик с оленями, абажур из пластика, электрическая плитка, умывальник.

— Ну, что мне с вами делать? — с оттенком вековой усталости спросила я ее. — Депортации вы не подлежите, с видом на жительство все в порядке, в порядке? Я не ошибаюсь?

— Конечно, конечно, — засуетилась та, — я стараюсь делать все вовремя.

— Покажите бумаги, — потребовала я.

— Вы из миграционной службы? — уточнила дворничиха.

— А откуда же? Не из Интерпола же. Так, хорошо, — я внимательно просмотрела бумаги и паспорт, — а то, понимаете, с нас тоже требуют, а за всеми не уследишь. Ну, у вас все в порядке, я пошла, мне еще три адреса посетить надо.

Я встала и направилась к двери.

— Ты чего приходила-то? — задала, наконец, свой вопрос дворничиха.

— А я не сказала? Ничего, обычная формальность. Запрос из прокуратуры поступил. Вы же проходите свидетелем по делу?

— Ну, прохожу. А что, нельзя?

— Почему же нельзя? Это ваш гражданский долг. Просто если вдруг выяснится, что вы лжесвидетельствуете, у нас возникнут проблемы.

— У вас?

— Ну, не у вас же. Вам просто придется ждать, пока решится, где вы будете отбывать срок. Скорее всего в российской тюрьме, но ваше посольство может потребовать выдать вас для отбывания наказания на родине. Представляете, как нам всыплют, если не все бумаги будут в порядке? Даже выговор могут объявить. А вы где хотели бы в тюрьме сидеть, у нас или на родине? Не выдавайте меня, пожалуйста, но я бы советовала вам уже сейчас связаться с посольством и начать переговоры по оформлению вас в родную тюрьму. Все-таки дома и стены помогают. Ну, всего хорошего!

— Стойте! — преградила она мне дорогу. — Да за что ж меня в тюрьму-то? Я гвоздя чужого не украла, хотя могла бы, в богатых домах чуть не каждый день убираюсь. Кого хотите, спросите!

— Чего вы переполошились? Посадят вас только в случае, если вы дали заведомо ложные показания в том деле, по которому вы проходите свидетелем. Сейчас проверяется алиби подозреваемого, и уже к обеду будет совершенно точно известно, мог ли он находиться в это время на этом месте. А вы ведь на самом деле видели, как этот парень толкнул девушку на дорогу? Видели?

— Не знаю, может, показалось, — засуетилась дворничиха, — а можно сказать следователю, что показалось, или уже поздно?

— Я же сказала, к обеду все будет ясно. Если вы успеете до этого времени, вам простится. Если нст — не обессудьте.

— Ой, тогда я побежала, — стала обуваться она. — Понимаешь, уж больно мать ее просила, говорит, гад этот Олег, до самоубийства дочку довел и чистым остался. Я, конечно, не против, чтобы он наказанный был, но и самой сидеть за это нет никакого резону. Вот дура-то, на копейки позарилась, спасибо тебе, вовремя ты ко мне завернула. Побегу я!

— Бегите, — разрешила я, — только дорогу аккуратно переходите. А то знаете, как бывает? Сделаешь черное дело, а оно против тебя и обернется.

Дворничиха побледнела и ринулась вниз по лестнице. Ничего, пусть немного потрясется. «Мать просила», «злодея наказать»! За копейки судьбу человека под откос пускают.

Глава 11

Я была уверена, что уже сегодня Олег будет на свободе: следователь ему симпатизировал, дворничиху мне удалось убедить, так что стоит ей забрать свои показания, как его сразу выпустят под подписку о невыезде. Теперь он в курсе положения вещей. Я позвонила главврачу и договорилась, что он оформит оплату операции от Олега, а Катерине Ивановне скажет, что операция будет проводиться бесплатно. Думаю, эта ложь нам всем простится, и матери когда-нибудь станет не по себе оттого, что ее амбиции могли погубить дочь. Сейчас голова у меня болела о другом: на днях должен был состояться концерт Лики, а у меня еще ничего не готово.

Для начала я опять решила воспользоваться своим влиянием на Андрюсика и набрала его номер:

— Привет, зайка, узнал?

— Светик?

— Не-а!

— Ленуся?

— Не угадал!

— Катюшка?

— Не упади от счастья, это я, Даша. Помнишь, я у тебя песенку трех мушкетеров записывала? Нас чуть жена твоя не застукала. А под окошком у нас мавр стоял и компромат на тебя собирал. Я хочу встретиться! Я соскучилась! И песенку надо новую сделать, про паровоз, который вперед летит. Согласен?

— Послушай, я же все сказал, что тебе надо. Чего ты опять хочешь? Денег?

— Умничка, сразу понял, что это шантаж. Приятно работать с такими людьми. Кстати, как жена?

— В депрессии. Она всегда в депрессии. У нее подруга в Египет отдыхать уехала, вот она и бесится. А где я столько денег возьму? Банк ограблю?

— Лучше поймай золотую рыбку. Согласна сымитировать хвостатую и исполнить одно желание. Поможешь в одном деле? За сумму, эквивалентную путевке?

— Да что угодно, лишь бы хоть неделю ее вопли не слышать, — мрачно ответил он. — А ты не врешь? А то в прошлый раз подставила...

— Ничего я тебя не подставляла, решила свои проблемы, не принеся тебе никаких неприятностей. Так что дело со мной иметь можно. Слушай, что надо делать.

Я подробно объяснила Андрею его часть работы и отключилась. Я не боялась, что он подведет. Подобные делишки были ему не в диковинку, справлялся он с ними виртуозно, до денег был жадный, от жены страстно мечтал избавиться хоть на недельку. Будем ненавязчиво контролировать, сделает все как следует. Забавно: кажется, между нами установились вполне дружеские отношения. Видимо, парня действительно допекла семейная жизнь, и он рад хоть какому-то приключению, особенно если оно так хорошо оплачивается.

Для выполнения следующей части задуманного мне пришлось несколько часов просидеть в Интернете, сделать несколько безрезультатных звонков по междугородному телефону, и в конце концов я достигла желаемого: вопрос с первым отделением концерта, на котором должна была блеснуть Лика, был решен. Для полной шлифовки желаемого результата я съездила на кладбище и встретилась с Васей и Люсей. Эти бомжи еще никогда не подводили меня и обладали артистическим талантом. Талант этот был несколько гротескным, но для воплощения моей идеи другого и не надо было. Оставались детали, справиться с которыми не составило труда.

* * *

Господин Шлейко не поскупился, день рождения дочери он решил устроить с истинно купеческим размахом. Прохождения по улицам Горовска белых верблюдов и раздачи всем детям пионерского возраста мороженого, правда, не состоялось, но запланированный концерт грозил вылиться в помпезное шоу. Естественно, ради первого отделения, отданного Лике, горожане не стали бы раскошеливаться и лишать себя просмотра любимого вечернего сериала, но второе отделение было дальновидно отдано столичной звезде, молодому, но уже успевшему стать популярным потомку звезды старшего поколения, поэтому имя на афише притягивало магнитом и юных почитателей дарования, и тех, кто когда-то любил слушать его бабушку. Билеты были распроданы в считаные дни, несмотря на то что стоимость их не соответствовала заявлению Шлейко: «Этот концерт — наш с Ликой подарок городу на день ее рождения».

Возле входа в культурный центр быстро собиралась разряженная публика разных возрастов: в провинции еще сохранился обычай одеваться для выхода в свет броско и нарядно. К служебному входу тихо подкатил автомобиль с тонированными стеклами. Не успел он остановиться, как из кустов выскочили совсем молоденькие девчонки со счастливыми лицами. Тро́ица, вышедшая из машины, успела проскользнуть в дверь до того, как девчата преодолели расстояние между кустами и служебным входом, поэтому любительницы автографов остались ни с чем. Впрочем, разочарование, мелькнувшее на их лицах, опять сменило выражение неземного блаженства:

— Он, девочки, точно он, я бы из тысячи его узнала! Надо же, ходит, как простой человек, еще бы три прыжка — и можно было бы его потрогать!

— А кто это с ним был? Родители?

— Ты чего? Маму его не знаешь? Да и взрослый он уже, чтобы с родителями ездить. Это, наверное, продюсер и парикмахерша или костюмерша. Не будет же он сам штаны себе гладить!

— Везет же некоторым! Поди-ка еще и деньги за это получает. Я бы согласилась ему всю жизнь одежду бесплатно гладить, лишь бы рядом быть.

— А я бы лучше...

Дальнейший разговор почти в точности напоминал подслушанную царем Салтаном под окном беседу трех девиц. Надо же, время идет, а женские мечты остаются почти неизменными!

Стоило троице зайти в здание, как навстречу им кинулся администратор культурного центра:

— Господи, какое счастье, вы добрались сами! Понимаете, это просто карма какая-то, сплошное невезение! Сначала оказалось, что покрышки у автомобиля, который должен был вас встречать, проткнуты, все до единой, не иначе, хулиганы постарались, потом, кто-то украл мой сотовый, из-за чего я не смог позвонить и предупредить вас о задержке встречающего транспорта.

— Вы считаете, что это вас оправдывает? У вас один телефон на весь город? — строго ответила «звезда».

— Что вы, конечно нет, у нас много телефонов. Просто ваш номер был забит в мою телефонную книжку.

— Непрофессионально, — буркнула «звезда», — в высшей мере, непрофессионально. Где я могу отдохнуть и подготовиться к выходу на сцену?

Администратор, видя, что гроза миновала, суетливо повел троицу в предназначенную им гримерку, по пути продолжая громко сокрушаться о неудачах, сыпавшихся на него с самого утра. Я вышла из своего укрытия и набрала нужный мне номер. Бесстрастный голос ответил, что абонент в данный момент находится вне зоны действия сети. Умница, Шилов, выполнил обещанное, его «глушилка» работала безотказно.

* * *

В тот же самый момент похожая троица уныло стояла возле автомобиля на безлюдной проселочной дороге. Водитель копался в моторе, продюсер нервно и безотрывно нажимал на клавиши телефона, «звезда» лениво позевывала.

— Что же это за пещерный век-то такой? От аэропорта отъехали всего ничего, а связи уже нет, — кипятился продюсер. — Ладно бы еще на трассе сломались, попутку бы поймали, так нет, завез нас в буераки какие-то, ни людей, ни машин!

— Тут короче, — лениво оправдывался водитель, — а мы опаздывали, вот я и решил срезать. Кто ж знал, что машина встанет! Ничего, через минут пятнадцать поедем, не нервничайте. Пока первое отделение пройдет, пока перерыв, успеете.

Нанятый мною бомбила получил указание держать гостей в лесу не менее трех часов, но не мог же он раскрыть перед ними карты, кто знает, вдруг у них бы хватило мужества рвануть через лес к трассе! Впрочем, эти люди ни в чем не были виноваты, поэтому я подготовила для них все необходимое.

— Да вы не нервничайте, — оторвался на минуту водитель от своего увлекательного занятия, — посмотрите, красота какая! Налево — лес с грибами, направо — ягодная поляна, в багажнике — плед и сумка со съестным, расслабляйтесь, наслаждайтесь. Поди-ка забыли, когда в последний раз на природе были? Отдыхайте!

Немного помявшись, троица послушалась его совета. Продюсер оставил бесполезный против техники Шилова телефон и достал из багажника машины объемистую корзинку, женщина принялась раскладывать яства на импровизированном столе, «звезда», лениво жуя травинку, отправилась по грибы. Лишив их гонорара, я подарила им пару часов отдыха и единения с природой. Кто знает, может, именно этот день они будут вспоминать потом, когда уляжется суета и утихнет круговерть бесконечных поездок, выступлений, зарабатывания денег и славы.

* * *

А мои двойники в это время вовсю резвились в гримерке. «Продюсер» Вася, как обычно, вел себя тихо, «гримерша» же Люся отрывалась по полной программе: безостановочно требовала то пирожных, то клубники, то бутербродов с вареной колбасой. Студент театральной студии, действительно похожий на известного певца, манерно капризничал и ругал освещение.

В гримерку робко заглянул администратор:

— Устроились? Прекрасненько. Мы можем сейчас решить материальные вопросы или только после вступления?

— Конечно, сейчас, — взяла инициативу в свои руки «костюмерша». — У нас самолет через два часа после выступления, мы же не успеем ничего. Давайте деньги и покажите, где подпись поставить.

Администратор бросил на нее удивленный взгляд и направился к тихо замершему на стульчике Васе. Деловая часть встречи прошла быстро и без проволочек, документы были подготовлены заранее, Вася послушно ставил свои закорючки там, где это требовалось, Люся почти не делала никаких замечаний.

— А теперь уйдите и не смейте к нам заглядывать, я буду певца гримировать, — заявила она. — И вообще, ему надо поспать немного, а то если он не покемарит полчасика, вообще петь не сможет. Идите отсюда!

— Хорошо, хорошо, — согласился администратор, — у нас уже все готово, и фонограммы ваши, и букеты, если вдруг никто в зале не принесет. Я зайду минут за пятнадцать до начала второго отделения?

— За десять, — рявкнула Люся, — у нас правило такое. Цифра магическая. И не минутой раньше!

Дверь за администратором закрылась, жулики переглянулись и стали переодеваться.

* * *

— Олежек, ты пришел! — Лика вскочила со стула в своей гримерке. — Я знала, что так будет, я так давно ждала этого! Как тебе удалось выйти?

— Сам не знаю, — ответил Олег. — Свидетельница прибежала в отделение и забрала свои показания. Говорит, ошиблась. Я сразу заехал к Ольге, а потом — сюда.

— Конечно, первым делом долг... В этом ты весь. Но ты не беспокойся, мне ты никогда ничего не будешь должен. Даже за свое неожиданное освобождение.

— За освобождение? Так этим я обязан тебе?

— Не обязан, повторяю, пусть в наших отношениях никогда не будет никаких обязательств. Просто папа нажал на кое-какие рычаги, и эту женщину вынудили замолчать. Теперь ты свободен. Я тебе нравлюсь?

Лика действительно была хороша, как может быть хороша женщина, обладающая привлекательной внешностью и потратившая на приукрашивание этой внешности сумму, эквивалентную общей месячной зарплате учителей одной из средних провинциальных школ. А Олег, оказывается, был неплохим артистом, поэтому он смог скрыть гримасу отвращения и просто молча покачал головой.

— Иди в зал, — по-своему поняла его молчание Лика. — Сегодня я буду петь для тебя.

— И для Оли, — тихо добавил Олег.

— Для тебя, — упрямо повторила девушка.

* * *

Кроме славы ловеласа, Андрюсик действительно имел славу неплохого звукооператора, поэтому жертвовать своей карьерой даже за хорошие деньги не хотел. Ему удалось все подготовить, прикинуться смертельно больным и в последний момент заменить себя новичком, абсолютно некомпетентным в сложном деле звукорежиссуры. Мы не оставили Лике ни единого шанса.

Даже дилетант знает, что исполнитель на сцене практически не слышит ни себя, ни фонограмму, обычно проблему решает незаметный наушник или особым способом расположенные колонки. Как уже было сказано, Лика не собиралась петь «живьем», ей еще ни разу не удавалось вытянуть до конца ни одну песню. Странным образом диск с наложением голоса был заменен на «минусовку», а так как из-за халатности нового звукооператора Лика не могла слышать фонограмму в полной мере, то и понять сразу, что происходит, она не могла априори. К тому же по той же странной случайности кто-то включил микрофон, который в подобных ситуациях служит обычным аксессуаром. Так как просто открывать рот скучно и противоестественно, исполнитель обычно сам себе тихо подпевает, совершенно не заботясь о качестве звучания: зачем надрывать связки, если за тебя работает техника?

Начало выступления Лики было прочувствованным и трогательным. Она вышла на сцену в маленьком сияющем стразами платьице, крепенькая, пышущая здоровьем, молча приняла аплодисменты и подняла руку, требуя тишины:

— Спасибо. Я знаю, что сегодня вы пришли, чтобы поздравить меня с днем рождения. И все-таки я хочу посвятить свое выступление человеку, который в данный момент не может радоваться вместе со всеми. Это моя подруга, по трагической случайности прикованная к больничной койке. Она тоже была неплохой певицей, поэтому сейчас обрадовалась бы за меня. Давайте все вместе вспомним Ольгу Камышину, эту песню я посвящаю ей!

Зал послушно взорвался аплодисментами. На подобных мероприятиях люди часто следуют указаниям, нисколько не заботясь о том, как все это выглядит со стороны. И лишь немногим было понятно, что сейчас эта успешная, красивая женщина не воздает должное поверженной сопернице, а хоронит ее, провожая, как истинную артистку, аплодисментами.

Зазвучала музыка, Лика сняла микрофон со стойки:

— Ма-а-я лю-юбовь ка-алышет кровь, — жизнерадостно возопила она, совершенно не заботясь ни о попадании в ноты, ни о звучании. Все по той же «странной» случайности в наушник Лики подавалась фонограмма с голосом, тогда как зал слышал лишь музыку.

Было странно смотреть на это божественное создание, извергающее диссонансные звуки, поэтому на первой минуте зал никак не отреагировал. Зритель пытался понять, что ему делать. Смеяться команды не было, прочувствованная речь, предшествующая исполнению, должна была настраивать на лирический лад, но лирикой тут и не пахло.

Я поступила с Ликой более гуманно, чем она с Ольгой, я не стала платить кучке мерзавцев за то, чтобы они забросали ее пустыми пивными банками, зал и так отреагировал правильно. Люди, наконец, поняли: то, что происходит на сцене, — комично, можно смеяться, и зал взорвался хохотом. Лика, уловив эмоциональную волну из зрительного зала, но не сразу сообразив, что она означает, приободрилась и активнее задвигалась по сцене, пока не поняла, что люди почему-то смеются. Она перестала подпевать и замерла, беззвучно открывая рот, что выглядело еще потешнее. Зал умирал со смеху. Лика сделала несколько неуверенных шагов по сцене, и, наконец, догадалась избавиться от наушника. Она услышала. Услышала одиноко звучащую музыку, гомерический хохот зала, увидела презрение во взгляде Олега, ужас в глазах отца, черные зрачки нацеленных на нее камер. Папаша не поскупился, событие освещали несколько местных телеканалов.

— Безобразие, — трубным голосом выкрикнула какая-то строгая тетка из первого ряда, — и я должна выслушивать этакую мерзость? Безобразие!

Девушка швырнула радиомикрофон в тетку, попала и вылетела за кулисы. Зрители, получив новый повод посмеяться, послушно веселились.

Теперь уже было понятно: первое отделение концерта — юмористическое, на нем положено смеяться, чем громче, тем похвальнее. Они смеялись и хлопали, пока не поняли, что конферансье почему-то долго не объявляет следующий номер. Зал притих, похлопал, опять притих, потом начал волноваться. В это время за кулисами творилось невообразимое: кто-то искал сбежавшего звукооператора, кто-то пытался успокоить Лику, кто-то названивал Андрюсику, в надежде вызвать его для наведения порядка. Администратор стоял перед дверью гримерки заезжей звезды и вежливо просил открыть дверь, не понимая пока, что гримерка пуста, а лже-звезда, студент театральной студии, промышлявший в провинциальном шоу двойников, получив свой гонорар и смыв грим, едет на рейсовом автобусе в свой райцентр. Люся и Вася же, как продюсер и костюмер, уже сидели на кладбище и раскладывали по кучкам разноцветные бумажки. В их честности я была уверена, эти люди странно относились и к жизни, и к материальным ценностям. Они могли бессовестно стянуть шоколадку у малыша и равнодушно пнуть ноутбук, оставленный на скамейке в парке.

Спустя пятнадцать минут бледный администратор вышел на сцену и попытался унять расшумевшийся зал:

— Господа, произошло досадное недоразумение, концерт отменяется в связи с внезапной болезнью всех участников. Мы приносим вам свои извинения.

Русский народ — сообразительный, после секундного гула недовольства, самые ушлые бегом бросились к кассам, так как в подобных случаях принято возвращать деньги за билеты. Те, кто понял это позже, постарались взять свое за счет скорости, и, распихивая соседей локтями, побежали к выходу. Вся эта толпа быстро настигла строгую тетку из первого ряда, которая направилась к выходу при первых словах администратора. Она оглянулась, но спастись бегством не успела и была подхвачена потоком любителей культуры и искусства. Когда ее опустили на твердую землю, оказалось, что поток унес ее сумочку, оторвал две пуговицы на жакете и оставил в ее волосах комок жевательной резинки.

— Безобразие, — опять повторила она, — они мне заплатят! Любезная, помогите мне найти устроителя этого шоу, я должна сказать ему пару слов.

Вахтерша, к которой обратилась женщина, смерила ее презрительным взглядом и отвернулась, продолжая с любопытством взирать на штурм касс.

— Любезная, я к вам обращаюсь, вы хорошо слышите?

— Ну, чего прицепилась? Работать людям не дают! Иди, иди отсюдова, пока милицию не вызвала!

Женщина смерила вахтершу презрительным

взглядом и сама отправилась искать вход в служебную зону. И вовремя, так как возврат денег, как оказалось, не входил в план устроителей концерта. Вскоре в фойе ворвался наряд милиции и попытался организованно вывести народ на улицу. Народ выходить не хотел, журналисты похрюкивали от восторга, сержант пытался отдавать команды подчиненным, но в общем гвалте его слышно не было. Я с удовлетворением оценила устроенную заварушку и направилась за скандальной теткой. Если мои подозрения относительно ее оправдаются, она станет последним аккордом в моем спектакле.

В какой-то момент я ее потеряла: прямо на меня из-за угла служебного коридора выскочили Шлейко и администратор культурного центра. Меня они не заметили, слишком заняты были своими проблемами.

— Почему я должен выплачивать деньги за билеты? Это вы провалили шоу, это вы должны выплатить мне не только обещанное, но и компенсацию за моральный ущерб! — кричал Шлейко.

— Вот что происходит, когда люди берутся не за свое дело! Я предлагал вам свою команду? Вы отказались, всю организацию взяли на себя. Вот и получайте! — пытался перекричать его администратор.

Дальше слушать было неинтересно. Понятно, что каждый из них хочет снять с себя ответственность и перекинуть вину на другого, понятно, что обоих ждут немалые расходы. Надеюсь, что основной удар придется по бюджету организатора, устроителя и спонсора концерта — директора мясокомбината.

Я отправилась дальше и лицом к лицу столкнулась с теткой из зала. Вид у нее был жалкий. Растрепанная, потная, в волосах — сероватый слипшийся комочек, жакет на груди придерживает руками, в пропавшей сумочке, наверняка, остались документы и деньги. Она-то почему должна страдать?

— Вам помочь? — участливо осведомилась я.

— Один нормальный человек на толпу придурков! — огрызнулась она совсем не несчастным голосом. — Быстренько проводи меня к организатору этого апокалипсиса, пока я еще могу соображать.

— Идите за мной, — пригласила я. — Знаете, ваше лицо мне знакомо, но не могу вспомнить, где я вас видела.

— Телевизор меньше смотри, дорогуша, — вовсе не доброжелательно отозвалась она. — Я-то в этих дрянных шоу по роду службы мелькаю, а ты мозги себе засоряешь.

Точно! Это она постоянно заседает в жюри всевозможных молодежных вокальных конкурсов. Ольга Ильинична, собственной персоной! Каким-то чудесным способом Шлейко удалось заполучить ее на планируемый триумф дочери, теперь, видимо, он совершенно забыл о ее присутствии, и величина всероссийского масштаба вынуждена слоняться по душным коридорам заштатного клуба провинциального городишки. В этот момент мы как раз поравнялись с гримеркой Лики.

— Подождите здесь, — предложила я, — там работает кондиционер, вам будет удобно. А я приведу к вам человека, которого вы ищете.

При слове «кондиционер» Ольга Ильинична посмотрела на меня почти с нежностью, но благодарить не стала, раскрыла дверь и шагнула в комнату. Дальнейшее я могла наблюдать совершенно свободно, все равно меня, серую незначительную мышку, никто не замечал.

— Прелестное дитя с ржавым горлышком, запустившее в меня микрофоном, — как родной обрадовалась Лике Ольга Ильинична, — здравствуй! Искала я не тебя, но увидеть тебя очень рада. Так это ты то юное дарование, из-за которого устроили весь сыр-бор?

— Пошла вон! — не оборачиваясь, рявкнула Лика. Злые слезы уже высохли, она тщательно снимала с лица остатки грима.

— Не пойду. Сначала ты и твой папаша униженно принесете мне извинения, заплатите за потерянное время и доставленные неудобства, предоставите мне отдых и организуете отъезд. Да, кстати, быстро отправить меня не получится, только что в вашем клоповнике у меня увели сумку с деньгами и паспортом.

Лика, как боевой кавалерийский конь, почуяв надвигающуюся битву, развернулась в кресле, подбоченилась и разразилась отборнейшей бранью. Интеллигентнейшая Ольга Ильинична ей не уступала, поражая меня заковыристыми и изощренными вариантами известных всем словоформ. Вдоволь наговорив друг другу пакостей, дамы на секунду затихли.

— Лика, я хочу представить тебе твою собеседницу, — пискнула я, не показываясь из-за двери. — Ольга Ильинична.

Моя реплика пришлась кстати. Юное дарование Анжелика закашлялась и отчаянно покраснела. Надо отдать ей должное, любая другая на ее месте припала бы к стопам госпожи. Но Лика отдавала себе отчет в том, что после точного попадания микрофоном в человека, имеющего колоссальный вес в мире шоу-бизнеса и пятиминутного обмена с ним любезностями, карьера вокалистки для нее закрыта навсегда. Понимала и шла в отрыв.

— Ты старая, ты скоро сдохнешь, а у меня еще вся жизнь впереди! — прошипела Лика. — Я все равно буду петь!

— Конечно, старая, — согласилась ее оппонентка, — пятьдесят лет как-никак, с высоты твоего возраста выглядят глубокой старостью. Только вот незадача! В моем роду никто раньше ста лет еще не умирал. А род у меня старый, известный. Подождешь? Зато представляешь, каким эффектом будет твое появление на сцене! Семидесятипятилетняя дебютантка! Сенсация! Хохот в зале обеспечен, да еще похлеще, чем сегодня, бешеные деньги заработаешь, правнуки расплачутся от умиления!

Моя миссия была выполнена, я не стала слушать продолжение их милой беседы. Вокальная карьера Лики рухнула, так и не начавшись. Если по твоей или чужой вине произошла досадная оплошность, все можно исправить, если ты, конечно, обладаешь истинным даром. Проблематично возвратить все на круги своя, если ты повздорил с влиятельным человеком. И практически невозможно вернуть расположение зрителя, если ты начисто лишен таланта, что и продемонстрировала всем сегодня эта завистливая девочка.

Работу чистильщиков завершат жадные до подобных ситуаций могильщики-журналисты, Шилов запустит ролик с кошачьим концертом в Интернет, Антон Ярцев скинет запись своему приятелю, собирающему скандальный материал для известного столичного телеканала. Московская пресса и телевидение купят материал с удовольствием, ведь в скандале замешено имя настоящей звезды, потерянной на просторах России, а позор Лики выступит комичным фоном, иллюстрирующим бездарные попытки провинциальных божков походить на столичных олигархов. Для меня было важно, чтобы пострадала репутация самого Шлейко — ведь это он потакал грязным играм своей малышки, он вырастил этого капризного, избалованного монстрика!

И все-таки я не смогла удержаться, чтобы не добавить в этот восхитительный коктейль одну маленькую деталь. Для начала я не побрезговала проверить все урны, стоящие возле здания, и в одной из них нашла сумочку Ольги Ильиничны. Кошелька, конечно, нет, зато документы на месте. Уже хорошо. Я вложила в кошелек достаточную сумму: ничего, возьму из гонорара, похищенного подставной звездой. Скоро у выхода из культурного центра показалась Ольга Ильинична.

— Ольга Ильинична, я понимаю, что вы взбудоражены и не совсем готовы к тому, чтобы выполнять чьи-то просьбы, но все-таки прошу, выслушайте меня.

— Еще чего! Хватит с меня, наслушалась досыта. Язык уже болит от ругани!

— Я понимаю, что вам пришлось несладко и предлагаю машину, лучший номер гостиницы и билет на ближайший рейс до Москвы.

— А взамен?

— Вы возьмете этот диск и прослушаете тогда, когда будете в хорошем настроении. А еще лучше, в плохом.

— И вы туда же? И чего это провинциалки все, как одна, на сцену хотят? Деточка, выбросьте это из головы! Поверьте моему опыту! У вас нет ни малейшего шанса!

— В номере есть кондиционер, чистая ванная, набор шампуней, а горничная починит ваш жакет.

— Кто пустит меня в гостиницу и продаст билет без паспорта? Соображаете, что говорите, голубушка? — огрызнулась она уже мягче.

Я достала из-за спины сумочку и протянула ей:

— Сумма в кошельке может не совпадать, зато документы на месте. Так как насчет гостиницы?

Женщина взглянула на меня заинтересованно:

— А вы умеете убеждать. Ладно, давайте ваш диск и данные. Но я ничего не обещаю и слушать в ближайшее время ничего не буду! Могу вообще потерять его или на антресоль забросить.

— И все равно, позвольте мне вам помочь. Я чувствую себя виноватой перед вами за весь город.

— Ладно, помогайте, — уступила она, — только билетов и гостиниц мне не надо. Думаете, я действительно примчалась сюда из Москвы ради этого крысеныша Лики? Много чести! Просто я родом из вашего городка, приехала в гости к сестре, а тут это приглашение. Дай, думаю, помогу землячке, если она того заслуживает. Не заслужила. Но деньги, которые ее папаша обещал мне за эту командировку, я все равно с него сдеру! А пока отвезите-ка меня к сестре. Надеюсь, вы за рулем?

Глава 12

Сегодня я с чистой совестью спала до обеда. Операция прошла безукоризненно, а ситуация с Ольгой Ильиничной порадовала меня несказанно: вот что значит талантливая режиссура! Импровизация вышла ярче и убедительнее, чем спланированная акция. Честно говоря, я и забыла о том, что Шлейко пригласил акулу шоу-бизнеса, спасибо Лике, благодаря ее склочному характеру этот кирпичик тоже нашел свою нишу.

В принципе, можно было бы уже сейчас публично объявить Лику злодейкой и открыть глаза матери Ольги на истинных виновников беды, произошедшей с ее дочерью. Почему я решила пока этого не делать? Ведь в таком случае многие проблемы были бы решены. Но я еще не наказала эту семейку в той мере, в какой она этого заслуживала, а Катерина Ивановна никогда не смогла бы изображать неведение. Не смогла и не захотела бы. Эта женщина так кичилась своей прямолинейностью, что не замечала, как ее бескомпромиссность отравляет жизнь дочери. Стоило мне рассказать Катерине Ивановне все сейчас, и Лика тут же узнала бы, какая она дрянь, а также то, что за ней целенаправленно охотятся. С отцом Лики Катерина Ивановна не общалась, шансов пересечься у них было мало, к тому же я надеялась, что после операции женщина будет занята не скандалами, а усиленным уходом за дочерью.

Тем же вечером я встретилась с Люсей и Васей, они отдали мне деньги, а я выплатила им их часть гонорара.

— Ребята, а может, все-таки я поговорю с социальными работниками? Найду вам хороший приют, будете жить вместе, а со временем и настоящее жилье получится устроить.

— Ни за что! — отчеканила Люся. — Ты что, не знаешь, что в этих приютах и домах престарелых творится? Блуд и разврат! Почти все бабушки сексуально озабоченные, а дедушек нормальных мало. Нет, мы с Васей здесь, на кладбище, вдвоем. Я же конкуренции не выдержу, драться буду, еще зашибу кого.

Деньги я перечислила на счет больницы, указав, что большая часть суммы должна пойти на оплату операции Ольги Камышиной, остаток — для наиболее нуждающегося из пациентов. Справедливое и грамотное распределение средств: Шлейко чуть не погубили Ольгу, им ее и спасать. То, что Олег еще не успел внести сумму, необходимую для операции, меня не смутило: он готов был это сделать и сделал бы, если бы не арест. А Ольге, судя по записям в дневнике, будет некомфортно чувствовать себя обязанной своему жениху. Если ей так спокойнее, значит, пусть будет так, а неизвестный благодетель пускай останется неизвестным.

Немного расслабившись после удачно выполненного этапа работы, я вспомнила про Алину. Кажется, она скрывалась у меня от скалолазов. Почему тогда ее нигде не видно? Почему я больше не спотыкаюсь об альпинистское снаряжение, из кухни выветрился запах еды, а ночью никто не лезет ко мне в постель, чтобы срочно рассказать свой сон?

— Дедуль, ты Алину не видел?

— А ты не в курсе? — заинтересованно посмотрел он на меня. — Она же у нас в подвале живет.

— Как в подвале? — так и села я. — Что случилось, Ариш? Она с ума совсем сошла?

— Знаешь, я сначала тоже так подумал, а потом понял, что девочке просто очень скучно. Работала она бы, например, учительницей литературы: горы тетрадей, трудные подростки, скандальные родители. Было бы у нее время блажить? Не было бы! А теперь для нее это что-то вроде игры в войну: она утверждает, что ни один уважающий себя скалолаз не спустится под землю.

— У меня тоже когда-то была серая и скучная жизнь. Вспомни период работы на кирпичном заводе. Я же не бросалась покорять пустыню и бороздить океаны, сидела себе в кресле и читала классику.

— И чем это закончилось? Алина гораздо безопаснее для окружающих, чем ты, моя дорогая, — мягко улыбнулся он.

В чем-то дед был прав. Но и Алину следовало немедленно вытащить на свет божий. Я спустилась вниз. Собственно говоря, заявление «Алина сидит в подвале» не совсем соответствовало истине. Можно подумать, что бедную девушку сбросили в подпол, а люк замаскировали вязаным круглым половиком. На самом деле, подвальный этаж был вполне обитаемым. Кроме кладовок, котельной и погреба, внизу располагалась маленькая, но уютная сауна с бассейном и предшествующая ей комната отдыха, которую мы с дедом называли «турецкой» из-за обилия мягкой мебели и присутствия кальяна. Кондиционер, хорошее освещение, телевизор и холодильник делали подвал комфортным и обитаемым, а близость кладовки и погреба — стратегически важным объектом. Его-то и захватила моя подруга.

Алина прекрасно вписывалась в интерьер турецкой комнаты. Ей удивительно шел мой китайский халат из натурального шелка. Интерьер дополняли живописно разбросанные блестящие конфетные фантики и раскрытый дамский роман в ядовито-розовой обложке.

— Нет, ты видела? Ты видела? Как она может такое терпеть? Никакой женской гордости! — кипятилась она, комментируя происходящее на экране телевизора.

— Алина, меня посадят, — вздохнула я.

— Ты попалась? — оживилась она. — Не сдавайся! Ври, выкручивайся, говори, что это все неправда, обзывайся на свидетелей. Пока ты не признаешь вину, они не имеют права сажать тебя за решетку. А что ты натворила?

— Киднепинг.

— «Кид» — что?

— Непинг. Похищение людей. Пока ты сидишь у меня в подвале, я ощущаю себя сутенершей, подбирающей глупышек для отправки в бордели Ближнего Востока. Немедленно выбирайся на свет божий!

— Фигушки! Мне здесь хорошо. И скалолазы ни за что не достанут. Наверное, я все-таки не заразилась этой самой сценариевгорофилией, наверное, у меня нет патологической любви к горам. Ты не знаешь, как называется патологическая любовь к подвалам? Жаль. Пожалуй, стоит заняться спелеологией. Если договориться, что в пещерах не будет летучих мышей и бледных монстров.

Я поняла, что вытаскивать Алину из подвала придется силой, и прекратила свои бесплодные попытки. Можно было бы вообще оставить ее в покое, но за делами я могла забыть о ее существовании и ненароком закрыть в подвале. Так что держать лишнюю проблему в голове было бы для меня слишком большой роскошью. Ничего не поделаешь, даже если это и выглядит не совсем по-товарищески, придется прибегать к посторонней помощи. Я решила, что сейчас быстренько прокачусь в лагерь скалолазов, а потом — сразу к Олегу.

Володю я нашла возле обрыва, как и ожидала. Коротко обрисовала ему ситуацию, стараясь не выставлять подругу экзальтированной дурочкой, и попросила помощи.

— Это вы чем-то запугали девушку, вам и расхлебывать. Зачем надо было возвращать ее вещи таким экзотическим способом? Теперь она думает, что от вас никуда не скроешься, кроме подвала. Кстати, почему вы убедили ее, что боитесь всего, что находится под землей?

— Это не страх, это презрение. Не смотрите на меня так, Полина. Да, мы в чем-то дети, но среди уважаемых именитых людей таких детей великое множество. Помните, у Горького: «рожденный ползать летать не может»? Скалолазы всегда снисходительно относились к спелеологам, впрочем, как и спелеологи к скалолазам. Хотя по поводу Алины вы правы. Возьмите с собой Славу, он и мертвого развеселит и уговорит. И Алина на него всегда благосклонно посматривала.

— Алина благосклонно посматривала на вас, — уточнила я.

Володя помолчал, потом тихо ответил:

— Алина благополучна и находится в полной гармонии с миром, поэтому неинтересна. А ты... Даже когда ты смеешься, глаза все равно остаются грустными. Прости, если я был слишком навязчив, я просто хотел, чтобы твои глаза тоже улыбались. Наверное, получалось грубо и примитивно.

Мне нечего было сказать ему. Скалолаз подозвал Славу и обрисовал ему ситуацию. Слава обрадовался и поклялся своим честным именем, что уже к утру вытащит Алинку из добровольного заточения и подарит ей радость жизни и доверия к людям, а также избавит от страха перед скалолазами. Уехала я с чувством выполненного долга. Неловкости перед Владимиром я не испытывала: мало ли кому не нравятся мои глаза! Не меняться же из-за каждого знакомого моей подруги! Сейчас гораздо более важным для меня был разговор с Олегом. Я позвонила ему на мобильник и договорилась о встрече.

— А вы жесткая женщина, — с интересом разглядывая меня, уронил он. — Обычно, нормальные люди рисуют себе подобные способы мести в воображении или возвращают зло более простым и примитивным способом. Гораздо проще, например, набить морду, как говорят в народе, или кинуть на бабки. Мне нравится, как вы работаете.

— Ну, раз вас устраивает результат, приступаем ко второму этапу. Позвольте вашу симку. Перекиньте номера на телефон и сообщите всем абонентам, кроме тех, что близко общаются с Шлейко, новый номер. В общении с Ликой будьте предельно корректны и бесстрастны, ничему не удивляйтесь. Если она станет настойчиво что-то намекать, делайте таинственный вид и ретируйтесь. А вообще, постарайтесь общаться с ней меньше, хорошо, если вы будете все свободное время проводить в больнице или на работе. Когда операция у Ольги?

Вспомнив про операцию, Олег оживился и с обидой рассказал о неизвестном благодетеле, оплатившем все расходы на лечение Ольги. Я не стала открывать ему глаза на истину, чем меньше народу знает правду, тем лучше. Зато он всегда будет помнить, что за судьбой его возлюбленной наблюдает могущественный незнакомец. Для мужчины очень полезное заблуждение.

— Что вы задумали на этот раз? — попытался прощупать почву Олег.

Я не ответила. Что я задумала? Как обычно, послать противнику бумеранг. Лика не просто рассорила подругу и ее жениха, она давно запланировала прибрать к рукам завидного кавалера, по иронии судьбы доставшегося недостойной, как она считала, сопернице. Обеспечен, интересен, перспективен, а главное, Ольгин — что может быть заманчивее? Я могла бы просто помешать планам Лики и сделать так, что Олега тошнило бы при одном упоминании ее имени, но парень и сам не был примитивным созданием, он быстро разобрался, кто в этой парочке бриллиант, а кто пластиковый стразик.

Гораздо интереснее было бы поиграть с Ликой, заставить ее поверить в то, что Олег готов ответить на ее чувства. Интересно, хватит ли у нее ума заподозрить неладное, или она искренне поверит в то, что с электронного ящика Олега и с номера его телефона пишет именно он? Или девочка допустит факт появления в городке равного ей по изворотливости и беспринципности противника?

Несмотря на то что Шилов уже давно дал мне пароль от ящика Олега, я попросила у того разрешения вести переписку с Ликой и, кстати, сообщила, что и его служебный почтовый ящик контролируется. Первое письмо «Олега» было милым и лаконичным: «Лика, я понял, что мне нужна ты, и никто другой. На концерте ты была так красива, так трогательно несчастна, что мне захотелось немедленно прижать тебя к себе и защитить от целого мира. Ты понимаешь, что пока я не могу демонстративно отвернуться от Ольги и начать встречаться с тобой, поэтому наберись терпения и жди, я что-нибудь придумаю».

Пробный камень был заброшен. Теперь мне предстояло атаковать Лику нежными sms и сюсюкательными записочками по электронной почте. Главное, чтобы Олег правильно сыграл свою роль и ничем нас не выдал.

Мои размышления прервал внезапный шум в гостиной. Я вышла из Интернета и спустилась вниз. Так. Большая напольная ваза, гордость деда, выигранная в преферанс у бывшего действительного статского советника Клеванского, не подлежит восстановлению. Никого. Шкодливых котов у нас не водится, привидений еще не завели, постоянной прислугой не обросли. Я тихо прошла по комнате, заглянула за тяжелые портьеры. Когда видишь подобную ситуацию на экране телевизора, удивляешься нелогичному поведению героя. Надо бежать на улицу, звать на помощь соседа с мышцами или берданкой, а героиня, будто специально, дает возможность кровавому маньяку пощекотать себя острым ножичком. Подняла трубку телефона: гудок есть. Нетрадиционный маньяк мне попался, забыл телефонный шнур перерезать. Значит, милицию вызывать пока не будем.

В голове мелькнуло воспоминание о Вадиме, сыне генерального прокурора, убившем моих родителей. За маму и папу я расправилась и с самим прокурором, и с его сынками, благо, они того заслуживали. Папаша не опасен, он полностью деградировал как личность, младший сын всегда был тряпкой, а вот Вадим... Вадим до сих пор в розыске. И мечтает стереть меня с лица земли. И явно наиболее жестоким способом.

Под руки попалась каминная кочерга, не бог весть что, но железка, острая и тяжелая. Давно хотела оформить себе разрешение на ношение оружия. Надо заняться в ближайшее время, если получится. Эта комната была пуста, но на первом этаже располагались еще две гостиные, кухня, подсобка, лестницы на подвальный этаж и на второй. Мне что, весь дом с этой кочережкой сканировать? В одних гардеробных копаться замучаешься! Может, вызвать милицию? А если ваза упала сама? Не может ваза сама упасть, ей лет сто пятьдесят. Было. Не падала же она раньше.

Я тихо кралась по дому, неся впереди себя кочергу. Ничего, так просто я свою жизнь не отдам, и не в таких переделках бывали. Дверь в подвал, опять же в духе традиций ужастиков Голливуда, была распахнута, пролет зиял полной темнотой, было тихо, как в склепе. Я прекрасно осознавала, что мой силуэт на фоне раскрытого дверного проема служит прекрасной мишенью, но нервы были на пределе, осторожничать я уже не могла. Прикрываясь кочергой, я протянула руку и нажала на выключатель. Выключатель щелкнул, лестницу, ведущую вниз, залил яркий свет.

— Полина, всегда ты не вовремя!

Внизу, в турецкой комнате, сидели Алина и Слава. Скалолаз держал мою подругу на коленях, она обвивала руками его шею. Было очевидно, что я только что помешала завершиться длинному поцелую.

— Он пришел меня спасать, — похвасталась Алина, — сказал, что скалолазы совсем-совсем на меня не сердятся, а даже гордятся, что с ними была такая отважная и прекрасная девушка. А еще он меня давно любит и не позволит прозябать в темноте и сырости. Закрой дверь, пожалуйста, мы еще немножечко попрозябаем, а потом вместе начнем новую жизнь. И свет выключи, глаза режет.

А я еще боялась, что поступаю не совсем честно по отношению к подруге! Не зря Владимир возлагал такие надежды на этого Славу, парень и правда всемогущ, надо будет взять его на заметку: если придется соблазнить какую-нибудь неприступную даму, лучше его никто этого сделать не сможет. Нет, ну не подлецы ли! Так меня перепугали! И вазу разбили, даже извиниться не подумали.

Я поднялась к себе и открыла почтовый ящик Олега. Два новых сообщения, и оба от Лики. Неплохо! Чтобы не нервировать зря парня, я скопировала начало переписки в свою папку и удалила их из ящика хозяина. Почитаем письма Лики:

«Почему ты так долго скрывал свои чувства? Считал, что недостоин меня? И поэтому крутил с этой замухрышкой Олькой? Но ведь у тебя еще все впереди, и мой папа поможет устроиться. Хотя мне не хочется из колбасной принцессы превращаться в колбасную королеву, поэтому от его помощи мы все-таки откажемся и поедем в столицу. У тебя же есть там квартира и работа?»

«Да, я имею в виду, что мы откажемся от помощи связями, а деньги мы из него вытрясем, не может же он оставить без копейки единственную доченьку!»

Почти одновременно на телефоне Олега пиликнуло sms-сообщение от Лики: «Чмоки-чмоки». «И тебе чмоки», — пожав плечами, ответила я. Что же поделаешь, если этой девушке нравится подобный стиль общения? Приходится соответствовать.

А круто девочка берет быка за рога! Я думала, что у «нас» будет долгий период недомолвок, ухаживаний, пусть даже «чмоков», а она сразу — о квартире, деньгах, переезде.

Телефон пиликал не переставая, мне приходилось отвечать. Нет, я так долго не протяну. Может, человека нанять? Того же Славу. И удовольствие ему, и гонорар. Это идея! Алина часто бывает в курсе моих дел, вот пусть вместе и развлекаются.

Я решительно спустилась на первый этаж и постучала в дверь подвала:

— Алина, заканчивайте прозябать и идите на кухню, работа есть.

В ожидании своих будущих наемников я приготовила чай и горячие бутерброды. Скоро в дверях замаячили довольные лица Алины и Славы. Я покорно выслушала долгий отчет подруги о переполняющем ее счастье, дождалась, пока эмоции улягутся, и изложила суть задания, которое собиралась им поручить. Я пока не была уверена в Славе, поэтому сочла необходимым не открывать им истинные имена героев переписки: просто некий Олег и его «кошечка», «рыбка», «курочка» — как хотят, так пусть и называют. Лика — слишком редкое имя, могут догадаться.

— Здорово! — Глаза Алины округлились. — Это же настоящее приключение, я согласна. Ты, Слава, согласен?

— А для чего это надо? — поосторожничал он.

— Для дела! — ответила за меня Алина. — Для благородного и высоконравственного дела. Кстати, Славочка еще и голоса имитировать умеет. Знаешь, как он нас в лесу пугал? То за Левитана, то за президента говорить начнет, то просто за юмориста какого-нибудь.

— Это нам пригодится, — согласилась я, — только, пожалуйста, никакой самодеятельности! Не отвечайте на звонки и не звоните сами, только sms и электронная почта. Я достану тебе запись нужного голоса, пока потренируешься.

— А чего писать? — поинтересовалась Алина, — меня стиль интересует.

— Ну, творчество Булгакова и Пастернака, думаю, обсуждать вам не придется, просто сюсюкайте о любви, страсти, стройте планы на будущее, изливайте тоску по любимому телу и душе. Задача ясна?

Алина взвизгнула от удовольствия и принялась быстро нажимать клавиши сотового. Эта ниша была надежно прикрыта.

* * *

Я вздрогнула от резкой трели телефона. Звонил Олег:

— Вы можете объяснить, что происходит?

— А что происходит? — переспросила я, уже понимая, о чем он.

— Она в больнице целое шоу устроила. Весь персонал хихикает. Я после такого позорного провала год бы на улице не показывался, а этой — все нипочем.

— Вы о Лике? Можете подробнее?

Я включила на телефоне функцию записи.

— Нашла меня возле палаты Ольги, принесла баночку с пельменями, пытается кормить с вилочки. И глазки такие масляные, и ужимки какие-то. То подмигнет, то коленку погладит, то вздохнет глубоко. Она мне мешает!

— Терпите, Олег, так надо. Если совсем невмоготу, можете ее прогнать, это предусмотрено. Но прогоняйте только при свидетелях, наедине можете только молчать и бросать тоскливые взгляды по сторонам. А вообще, старайтесь не оставаться с ней один на один, вы можете все испортить.

— Ну, ладно, постараюсь. А с пельменями что делать? Я их с детства не люблю.

— А что вы любите?

— Вареники с вишней, пироги с курятиной, кисель из ревеня. Продолжать?

— Достаточно. Простенько и замысловато

одновременно. В данный момент она не с вами? Убежала вам за сигаретами? Прекрасно, расслабьтесь и ждите, скоро она исчезнет надолго.

Я спустилась к ребятам, дала им фрагмент записи голоса Олега, озвучила рабочее задание. Хочет пойти кратчайшим путем, через желудок? Тогда пускай кулинарит по-настоящему, хоть отвлечется на какое-то время. И Олегу приятно будет. Парень холостой, домашней кухней неизбалованный.

Внизу Слава действительно виртуозно отчитывал Лику за пельмени и диктовал название блюд, которые хотел бы видеть в баночке. Парень, безусловно, талантлив, имитирует не только тембр Олега, но и интонации, продолжительность пауз, свойственные только ему сорные междометия. Пожалуй, занесу его данные в мою картотеку.

— И не смей звонить мне больше, я не хочу, чтобы меня считали подлецом! — добавил он и повесил трубку.

Я молча зааплодировала с верхней ступени лестницы.

— Полиночка, — мягкой кошечкой выскользнула у него из-под локтя Алина, — мы ведь очень хорошо тебе помогаем?

— Хорошо, — не стала отрицать я.

— Мы тебе нужны каждый день?

Я молча пожала плечами.

— Вот, я же говорила тебе, — кокетливо

толкнула она Славу, — придется тут жить, пока не закончим дело. А ты: «Неудобно, неудобно». Неудобно друзей подводить, когда они в нас верят. Тебе в подвале понравилось или в гостевой комнате жить будем? В подвале романтично, он нас познакомил и открыл друг другу, а в комнате окно есть. Из него можно вниз-вверх лазить, если потренироваться захочешь. Ты же еще не переболел сценариевгорофилией. А я хочу, чтобы тебе со мной было максимально комфортно.

Что же, неплохой бартер. Я им — проживание в загородном коттедже, они мне — оказывание необременительных услуг, а вместе нам — приятная компания друг друга.

ГЛАВА 13

Хотя Лика и не впала в тоску и депрессию из-за своего позорного провала, город никак не хотел забывать столь яркое в своей небогатой скандалами жизни событие. Девушку одолевали журналисты. Выглядело это так, будто исполнилась мечта провинциалки: почти каждый день ее поджидали люди с фотоаппаратами и диктофонами, только вот жаждали они не невинных откровений звезды, а подробного рассказа о том, сколько заплатил ее папочка за аренду культурного центра, зачем они заманивали народ байками о приезде звезды и куда они потратили кровные, отобранные у народа.

Оказалось, Шлейко не совсем адекватно оценивали масштабы бедствия, которое я на них обрушила. Крах так и не начавшейся карьеры звезды — грустно, но не смертельно, а вот обманутые жители города... Это Остап Бендер мог безнаказанно дурачить города и веси России, все равно он надолго нигде не задерживался, фабрики и заводы не покупал, недвижимостью не обрастал, прописку не регистрировал. Другое дело — директор крупнейшего городского предприятия. Шлейко так и не выплатил компенсацию за билеты, администрации культурного центра пришлось расплачиваться с возмущенными зрителями из своего фонда, в данный момент вопрос о возмещении ущерба поступил в судебные органы.

Ольга Ильинична тоже выполнила свою угрозу и подала свой иск на попавшего в опалу директора мясокомбината, продюсер звезды, отправленной в чистое поле, также не остался в стороне, поэтому теперь почтовый ящик Шлейко был завален повестками.

Так как история «похищения» звезды и многочисленные отзывы о провале Лики все-таки просочились в центральную прессу, со всех концов страны потоком шли письма скучающих пенсионеров и домохозяек, желающих высказать свое мнение по этому поводу. Естественно, никто их не читал, и они мелкими сугробиками устилали лестничную площадку перед почтовыми ящиками, из-за чего жилком дома, состоящий из тех же пенсионеров, выразил Шлейко устное порицание и внес в платежку за коммунальные услуги новый пункт: уборка писем из подъезда.

Все эти мелкие уколы были скорее забавны, чем болезненны, но их было так много, что из своей квартиры Лика и ее отец выбегали бегом и, добежав до машины, судорожно пытались открыть дверь, пока их не догнала очередная нелестная реплика или вспышка фотокамеры. Один комариный укус можно и не заметить, а если комаров туча... Госпожа Шлейко поступила грамотнее всего, она просто уехала на дачу, пока не забудется эта история.

Отношения с Олегом нервировали Лику: sms и электронная корреспонденция его были нежны и страстны, на людях же ее всегда встречал его непонимающий или равнодушный взгляд. Лишь иногда в глазах мужчины мелькали искорки сильного чувства, только Лика и не догадывалась, что это была скорее ненависть, чем любовь.

День, на который была назначена операция Ольги, приближался, нервы у ее близких были на пределе. Светило нейрохирургии уже приезжал для осмотра пациентки, и прогнозы, которые он давал, были неутешительными.

— Затронут слишком большой участок мозга, — передал мне его слова главврач. — Как поведет себя организм, неизвестно. Возможно, она будет жить, но останется инвалидом. Возможно, не сможет самостоятельно передвигаться. Возможно, будет страдать амнезией.

— А что-нибудь обнадеживающее сказать можете?

— Конечно. За время, пока она находится на искусственном жизнеобеспечении, ухудшений не зафиксировано. Это уже большая удача!

* * *

— Полина, я не знаю, что делать, — в мою комнату заглянула разрумянившаяся Алина. — Меня приглашают на пару недель в Турцию. Говорят, что это будет предсвадебное путешествие. Соглашаться?

— Надо же! А я думала, скалолазы — люди необеспеченные. Конечно, соглашайся, в чем загвоздка?

— Необеспеченные? Я как-то об этом не подумала. Что же делать?

— Алинка, — рассердилась я, — ты совершенно непоследовательна! Если Слава зовет тебя в Турцию, значит, у него есть на это деньги. Он же не предлагает ехать за твой счет!

— Слава зовет меня в Турцию? Он тебе сам сказал? Ну вот, наверное, он мне сюрприз хотел сделать, а ты проболталась! Ничего тебе доверить нельзя!

— Дамы, не ссорьтесь. — Из-за спины подруги возник скалолаз. — Вы обе заблуждаетесь. Во-первых, в скалолазы идут вовсе не из-за нехватки денег на модные курорты, а по зову сердца, поэтому я вовсе не босяк. Во-вторых, нам пришло сообщение от Лики, она приглашает Олега удрать на пару недель куда-нибудь за границу, пока все не утихнет. Что ей отвечать?

Я задумалась. Эта Ликина идея могла поломать все мои планы. Надо постараться придумать аргументы, с помощью которых можно было бы отговорить ее от этой затеи.

— Пусть «Олег» ломается, придумывает уважительные причины, по которым он не может ехать, ссылается на работу. Для него это предложение неожиданно, вот и изображайте соответствующую реакцию, я пока подумаю.

Мои гости скрылись. Если Олег откажется от поездки из-за работы, это обидит Лику, если из-за состояния Ольги — разозлит. Что можно придумать еще? Наврать, что невыездной? Что его разыскивает Интерпол? Что состоит на учете в наркодиспансере или не платит алименты? А что, если обратить эту ситуацию нам на пользу? Можно закрутить интересную комбинацию.

Руки сами собой потянулись к саксофону. Нравится мне этот инструмент! В детстве, когда меня пытались уговорить играть на фортепьяно, я никак не могла заставить себя вглядываться в ноты и в точности повторять то, что насочинял композитор. Наверное, уже тогда во мне жил дух противоречия, свойственный многим детям, но подавленный в них неразумными родителями. Ведь если ребенка заставлять следовать канонам, он никогда не сможет придумать ничего нового, а значит, вырастет хорошим исполнителем, грамотной серостью, не более того.

Именно поэтому папа и предложил мне саксофон. Сначала я сопротивлялась: что я горнист, на трубе играть? Но, вслушавшись в звуки джаза, поняла, что саксофон — мой инструмент. Мой, потому, что свободный от точного повторения нот, потому, что прекрасен в импровизации, потому, что не подчиняется правилам. Конечно, я брала за основу произведения композиторов, писавших для этого инструмента, но всегда меняла мелодию в зависимости от настроения, времени года, наличия или отсутствия желания похулиганить. Сейчас я поняла, что соскучилась по инструменту и настроение у меня — не очень. И думается лучше всего под непредсказуемые, постоянно меняющие ритм и течение звуки. Кто сегодня? Нейгауз или Рахманинов? Пожалуй, Рахманинов.

Откровенно говоря, некая каверза, способная быстро поставить на место зарвавшуюся Лику, пришла мне в голову сразу. Но не была ли она слишком безрассудна и жестока по отношению к ней? Что, если девица, после того, как ей прижали хвост, слегка задумалась, изменила некоторые свои взгляды на жизнь, переоценила ценности?

Саксофон издевательски хрюкнул, словно ответив на эти мои размышления. Как же, пересмотрела жизненные ценности! Чего же она так липнет к жениху находящейся между жизнью и смертью подруги? Слепая любовь, для которой не существует ни преград, ни нравственных принципов? Бывает. И иногда даже служит оправданием бесчестных поступков влюбленных. Но обычно эти поступки спонтанны, непродуманны, Лика же предусмотрела все до мелочей, составила четкий план травли подруги и лишила ее не только любви, но и карьеры, материального благополучия, голоса, мечты.

Хорошо, пойдем на компромисс. Для очистки совести устроим ей маленькое испытание. Пройдет с честью — оставим в покое, не пройдет — завершим начатое.

Олег только вчера жаловался мне на то, что ему приходится вести себя в больнице как партизану в штабе СС. Катерина Ивановна совершенно перестала контролировать себя после того, как с него сняли подозрение в покушении на убийство Ольги. Едва он появлялся ей на глаза — на голову его обрушивались проклятия. Катерина не считала нужным как-то контролировать свои эмоции и вела себя шумно, театрально, с заламыванием рук и обещанием геены огненной. А не появляться в больнице Олег не мог: искусственное поддержание жизни в Ольге стоило немалых денег, подарков санитаркам и медсестрам, переговоров с другим персоналом. По совету нейрохирурга, который согласился оперировать девушку, ее жених выписал из Германии дорогостоящие лекарства, и теперь следовало проверять, не уходят ли они на сторону и не пичкают ли Ольгу «пустышками».

Из среднего персонала больницы никто не верил, что девушка выкарабкается, а наиболее сердобольные постоянно нашептывали Катерине Ивановне совет: отключить девушку от систем и позволить ей почить с миром. Олег и так метался между больницей и работой, а тут еще приходилось скрываться, просить кого-то, чтобы увели Катерину, пока он будет находиться рядом с Ольгой, подсылать агентов. Персонал веселился, Олег не находил себе места, Катерина Ивановна лютовала. Лике она доверяла, поверив, по простоте своей, ее заверениям в преданности Ольге. До нее тоже дошли слухи о позоре Лики, и теперь она еще больше привязалась к ней: как же, события, произошедшие с ее дочерью, повторяются.

Вот мне и пришло в голову, чтобы Олег попросил Лику помирить его с Катериной Ивановной. По сути, это перемирие ничем ей не грозит. Вернее, грозит только тем, что Олег действительно сможет помочь Ольге. Лика уверена, что Олег прочно завяз в ее сетях и подруга больше не соперница. Сможет проявить барышня милость победителя? Позволит себе выполнить эту бесхитростную просьбу честно — значит, не потеряна она для общества, значит, и мы поступим с ней мягко. Не сможет — пусть пеняет на себя. Лишить человека, не сделавшего тебе ничего дурного, единственной грамотной поддержки, по сути, позволить ему спокойно умирать — бесчеловечно и непростительно.

Собственно говоря, Олега в это дело вмешивать я не хотела. Актер он был никудышный, поэтому лучше всего ему удавалась роль человека несведущего и непонимающего, что происходит. Если попытаться ввести его в игру, он может все испортить. Поэтому пришлось озвучить задание Алине и Славе: до сих пор они справлялись просто виртуозно: у моей подруги всегда хорошо получалось играть роль капризной дурочки.

Сейчас для меня важна была реакция Лики, поэтому я попросила записывать все переговоры. Так как основная масса информации была мне недоступна, пришлось отправиться в больницу и найти Катерину Ивановну.

— Я пришла узнать, как обстоят дела у вашей дочери.

— Никого, кроме меня, дела моей дочери не касаются! — отрезала женщина. — Убирайтесь!

— Как же никого? А Лику? А Олега? Они показали себя настоящими друзьями. Олег до сих пор не может успокоиться, Лика пару раз забегала в больницу.

— Лика — да, а этот ваш Олег... Да он просто ждет не дождется, когда моей девочки не станет. Я знаю, я вижу это по его глазам!

— А если вы ошибаетесь? Если только он может вернуть вам вашу дочь?

— Я никогда не ошибаюсь. Уходите! Не мешайте моему горю!

— Я желаю вам, чтобы вы ошиблись, — погладила я ее по голове, как ребенка, — и чтобы друзей у вашей дочери оказалось гораздо больше, чем вы думаете.

Она резко оттолкнула меня и отвернулась. Ничего, я не обидчивая. Зато новый жучок, который недавно продал мне Шилов, надежно закреплен у нее в замысловатом ободке для волос. Я давно заметила, что она его почти не снимает.

— Катериночка Ивановна, — глуховато, но четко звучал в наушниках голос Лики, — меня очень беспокоит состояние Олечки. Вы знаете, что сейчас ее организм слаб, как никогда, любая инфекция, которая не причинит вреда даже грудному ребенку, может стать для нее смертельной.

— Как же не понять, Лика? Я все понимаю. Думаешь, зачем я целыми днями сижу перед палатой? Слежу, чтобы к ней не шастали, не беспокоили мою девочку. На днях журналиста прогнала, представляешь?

— Журналиста? И чего он хотел?

— Ты только не расстраивайся, но он и по твою душу приходил. Пытался меня убедить, что ты Олечку мою предала, сфотографировать ее хотел.

— И вы поверили?

— Что ты, деточка, конечно, нет! Я в людях никогда не ошибалась!

Обе замолчали. Я могла представить себе эту идиллию: сидят, рука в руке, глаза в тумане. Предательница и уверенная в себе самодурка.

— Вы верите в сны, Катерина Ивановна? — опять прорезался голос Лики.

— Верю. Я не рассказывала? Накануне трагедии мне птица приснилась.

— А птицы снятся к несчастью?

— Не знаю, судя по всему — да.

— И я верю. Мне вчера такой сон приснился... Даже не знаю, говорить вам или нет. Вторую ночь из-за него спать не могу.

— Рассказывай. Я уже готова к самому худшему.

— Мне приснился черный человек, — живо, почти радостно начала Лика. — Будто он пробирается в палату к Ольге, нагибается над ней и начинает выдергивать сосуды у нее из рук. Вены, артерии там всякие. Кровь из нее вытекает, а Оля наша становится все бледнее и бледнее, и никто, понимаете, никто не спешит ей на помощь.

— Господи! — раздался тихий шепот Катерины Ивановны.

— Вот и я говорю. Но самое интересное было потом. Снимает этот человек черную маску, а под ней... догадываетесь кто? Правильно. Вы сами угадали, я вам этого не говорила. Сон все-таки. Еще не доказано, что он ей гибели хочет.

— Господи, надо к бабке какой бежать, в церковь, свечку, — забормотала Катерина Ивановна.

— Это успеется, — остановила ее Лика. — Я о другом подумала. Вы ведь знаете, что Олег постоянно в больнице ошивается?

— Видела его, шныряет вокруг, как падальщик, из-за него и не могу домой уйти.

— Так вот: я думаю, что этот сон нам подсказка: Олег действительно хочет погубить Ольгу. Видели, как в кино — выдернул из вены трубочки, и все, ровная полоса на мониторе. Сейчас жизнь Ольги висит на такой тоненькой ниточке... Оборвать — нечего делать.

— Я тоже об этом думала, — радостно подхватила Катерина Ивановна. — Только надеялась, смелости у него не хватит. Но раз сон...

— Мне часто вещие сны снятся. Только есть еще одна опасность, — не унималась Лика, — Олег богатый, он может подкупить персонал.

— Не греши на людей напрасно, — перебила ее Катерина Ивановна. — Это ему смерть ее нужна, а другие на такую мерзость не пойдут.

— Ага, не пойдут, конечно! За такие деньжищи побегут, как миленькие! Знаете, какой Олег богатый? Одна квартира в Москве чего стоит! Я кино смотрела, одна медсестра специально колола старушке такое лекарство, чтобы та загнулась. Старушка и загнулась! А вы проверяете, что наливают Ольге в капельницу? Не проверяете, я так и знала. Преступное легкомыслие, просто преступное!

— Ликочка, дорогая, да я и не знала, что нужно проверять, меня никто не научил. И как проверять я буду? Я же ничего не понимаю в этих препаратах.

— Очень просто. Требуйте, чтобы давали вам инструкцию к лекарствам. Во всех коробочках такие лежат, я сама видела. И только после того, как убедитесь, что они безопасны, разрешайте вводить их Ольге. Неприятно, тяжело, долго, а что делать? Надо спасать вашу дочь. Может, ей уже давно всякую дрянь вводят, а мы не знаем.

— А если инструкция не на русском языке? Я же ничего там не пойму.

— Забирайте и выкидывайте! На российский рынок по дешевке постоянно поставляют лекарства, не прошедшие испытания. Ваша дочь подопытный кролик? Представляете, какие могут быть последствия? Я читала, знаю.

Дамы распрощались, а я спустилась в сад, к Алине и Славе.

— Лике уже звонили?

Вместо ответа Слава нажал на кнопку воспроизведения записи:

— Лика, ты можешь помочь разрешить мне одну проблему? — раздался голос Олега.

Я удивленно приподняла брови и взглянула на Славу: он довольно улыбался. Неожиданно для себя я открыла настоящее дарование, голос был не просто похож, а неотличим.

— Если проблема интимного характера, лечу, — хихикнула Лика.

— Это чуть позже, — подыграл Слава-Олег, — а сейчас мне очень хотелось бы, чтобы ты убедила Катерину Ивановну в чистоте моих намерсний. Понимаешь, я не могу уехать с чистой совестью, пока Оля находится в критическом положении. Все-таки в ее трагедии сеть и моя вина. Поэтому я хотел бы сделать для нее максимум возможного: лучшие лекарства, луч шие врачи. А Катерина Ивановна сидит у двери, как цепной пес, только меня завидит, лает. Просто ужас. Поговоришь? Я же хочу как лучше, она должна это понять. Я обещаю, что, как только Ольге полегчает, я оставлю ее в покое и больше никогда не взгляну в ее сторону.

— Олег, будь сильным! — суровым тоном ответила Лика. — Ольке все равно не поможешь. Зачем же мучить ее и близких ей людей? Чем быстрее все закончится, тем быстрее забудется. Не продлевай агонию, смирись.

— А как же лекарства? Мне из Германии

прислали, дорогие, с трудом достали. Говорят, мертвого на ноги поднимают.

— Ты купил ей дорогие лекарства? А вернуть нельзя?

— Бог с тобой, какое вернуть! Обратно в Германию отправить?

Какое-то время Лика молчала.

— Ну, раз купил, надо использовать. Я прослежу, чтобы они достались именно Ольке. И с мамашкой ее поговорю. Только ты в больнице не появляйся, пока я не разрешу, а то все дело испортишь. Я скажу, когда можно.

— Спасибо. Ты очень добрый человек.

— С вами станешь доброй. Подожди, не вешай трубку. Так ты решил, когда летим? Я уже не могу оставаться в этом гнусном городишке, мне кажется, что каждая собака при виде меня ухмыляется. И у папки неприятности, злой ходит, огрызается, денег не дает. Скоро педикюр себе сделать не на что будет. И машину заправить надо. Кстати, не подбросишь? Пятьсот евро меня пока устроит.

Слава-Олег буркнул что-то нечленораздельное и отключился. Лика пыталась перезвонить, но он не брал трубку.

— Правильно, приучи ее к тому, что звонить всегда будешь сам, — похвалила я. — Пока все идет отлично, вы и без меня знаете, что делать.

Ребята действительно справлялись, чего нельзя было сказать о Лике. В том, что она начала вымогать деньги у Олега, ничего удивительного, да и страшного нет, а то, как она отреагировала на его просьбу... Внезапно я испугалась: а что, если все те немыслимые угрозы, которые приписывала она Олегу, она приведет в исполнение сама? Это так просто — лишить беспомощного человека жизни. Не медля, я набрала номер Олега.

— Олег, вы можете организовать охрану возле Ольгиной палаты?

— Могу, при условии, что Катерина Ивановна не поднимет шум. А в этом есть необходимость? Что-то случилось?

— Пока ничего, но лучше перестраховаться. Присылайте человека, я объясню ему, что следует делать, и договорюсь с главврачом.

Главврачу я не стала объяснять суть проблемы, сказала лишь, что это совершенно необходимо и в его интересах: зачем ему лишние проблемы в клинике? Катерине Ивановне вообще не стали ничего объяснять: сидит себе рядом парнишка в халате, ну и пусть сидит. Может, у него тоже близкий человек в реанимации? Охраннику я показала фото Лики и попросила ни под каким предлогом не пускать ее в палату. Опасений в том, что она может подкупить медсестру, у меня не было. Максимум, на что способна Лика, — самостоятельно отключить системы Ольги, а уж готовиться к этому заранее, кого-то подкупать — вряд ли. Желание физически расправиться с подругой могло возникнуть у нее спонтанно, при сочетании места, времени, соответствующих условий, настроения. Планировать и готовить убийство она не будет. Для нее сейчас главная цель — как можно быстрее завладеть Олегом.

Когда я вернулась, у ребят уже были готовы свежие распечатки переписки «влюбленных».

Лика: «Я сделала все, что могла. Целый час убеждала Катерину Ивановну в твоей невиновности. Она ничего не хочет слушать».

Слава-Олег: «Да, я понял. Был сегодня в клинике — еле ноги унес. Черт вселился в бабу».

Лика: «Я очень беспокоюсь за тебя. Она обещала, что уже завтра ты будешь опять за решеткой, и на этот раз уже не отмажешься. Она что-то придумала. Милый, мне страшно».

Слава-Олег: «Мне тоже страшно, милая, придумай что-нибудь».

Лика: «Что еще можно придумать? Уедем, милый, далеко-далеко, где нет зависти, грязи, больничной вони и людского осуждения. Там пальмы, там коктейли, там ночные вечеринки. Решайся, ну? Завтра может быть уже поздно!»

Слава-Олег: «Я подумаю, милая».

Ну, что же, девочка так настаивает. У меня просто нет сил сопротивляться ее желанию. Да и Катерине Ивановне пора открыть глаза, пока она бед не наделала. Сегодня Ольга и так не получила необходимую ей порцию препаратов.

— Напишите ей, что он согласен, но при одном условии: «обстряпать дельце» со всей возможной конспирацией, чтобы журналюги ничего не проведали. Напишите подробно, что закупку путевок он берет на себя, пусть она сегодня передаст его курьеру загранпаспорт. До Москвы они доберутся раздельно, чтобы не давать повода для шумихи, встретятся в аэропорту, а дальше уже полетят вместе. Пусть соблюдает строжайшую конспирацию и даже родителям о своих планах не говорит. Скажи, что ему все-таки немного не по себе от его поступка, и он просто боится осуждения. Похвали за проницательность: если Катерина Ивановна и впрямь ищет новые поводы для его ареста, ему действительно лучше переждать это время подальше от России. Отъезд планируй на послезавтра.

— Так быстро? — усомнился Слава, — за это время невозможно оформить визу, купить билеты, достать путевки.

— Возможно, — мрачно ответила я, — туда, куда она поедет, — возможно.

Глава 14

Срочно избавляться от Лики следовало и еще по одной причине: через день после ее планируемого отъезда была назначена операция. Мало ли, что могла придумать эта распоясавшаяся девчонка? Ничто не должно помешать специалисту делать свое дело, а мне еще предстояло открыть глаза на правду Катерине Ивановне.

Славе-Олегу не пришлось долго убеждать Лику. Точнее, он просто принял ее предложение и, как настоящий мужчина, взял все трудности, связанные с организацией отъезда, на себя. Я посетила дворничиху-гастарбайтершу, проконсультировалась с ней по кое-каким вопросам и уже на следующий день выехала в Москву, чтобы подготовить почву для прибытия колбасной принцессы: столица не должна осрамиться перед столь важной особой!

Четкого плана у меня не было, решить все предстояло на месте, поэтому группка чернявеньких ребят, робко сидевших на своих клетчатых сумках, привлекла мое внимание. Они при моем приближении послушно вскочили и полезли за паспортами. Полчаса мне пришлось доказывать, что я никоим образом не связана с миграционной службой и не собираюсь сию минуту волочить их в отделение милиции. По-русски ребята говорили плохо, но понятно, еще полчаса — и мне удалось убедить их, что я не подосланный наймит капитализма и не собираюсь похитить их и сдать скопом в один из публичных домов Патайи.

Ребята все-таки дали мне необходимую информацию и даже пообещали содействие. Мы договорились о месте, времени встречи, я записала все самое важное и строго сказала:

— Не вздумайте требовать аванс! Заплачу завтра и только после того, как дело будет сделано, обратного пути ей не будет.

— Какой аванс, зачем аванс, — залепетали мои наемники. — Такой красавец самой аванс давать надо!

При этом взгляды их красноречиво были направлены на мое достаточно скромное декольте. Так, убедились в моей безопасности и осмелели?

— Я, конечно, красавец, — не стала отрицать я, — но неприятности могу устроить вам сию секунду. Кажется, визы на жительство нет ни у кого?

Парни засмущались и опустили глаза. Если бы не природный темный цвет кожи, можно было бы сказать, что щеки их стали пунцовыми, как маков цвет. Теперь можно спокойно возвращаться. Я уже отошла на несколько шагов, когда услышала за своей спиной цоканье и слова:

— И спереду красавец, и сзаду красавец!

Я обернулась, достала из сумочки связку ключей, на которой вместо брелока болтался металлический милицейский свисток, и поднесла его к губам. В глазах гастарбайтеров заплескался ужас, будто в руках у меня был не безобидный комок металла, а трехдюймовая базука. Они замахали руками:

— Все, все, больше не будем хвалить, молчать будем!

Несмотря на неуклюжие попытки поухаживать за мной, встречей я осталась довольна. Ребята не злые, довольно безобидные. Обладают своеобразным чувством юмора. Стопроцентно надеяться на них нельзя, но в данном случае, скорее всего, не подведут. На какой-то момент мне стало их жаль, но я прогнала жалость. Выбора у меня не было.

* * *

Домой я вернулась ночью, Слава с Алиной еще не спали, дед, кажется, опять пропадал в казино. К слову, если бы Ариша ставил перед собой эту цель, он с помощью своего таланта озолотился бы. Хотелось бы сказать мягче, но мой интеллигентный, даже аристократичный дедуля был самым настоящим карточным шулером, талантливым и изворотливым. В обычной жизни он никогда не применял свое умение, и проводил время в казино только ради общения с интересными людьми. Выигрывал, конечно, но в меру, так, чтобы это не бросалось в глаза. Денежных затруднений мы с ним никогда не испытывали, поэтому он мог позволить себе эту маленькую слабость. Но в последнее время его, кажется, захлестнула страсть к игре.

Раньше, если я затевала какое-нибудь дело, он не давал мне проходу, постоянно расспрашивал, предлагал помощь, пытался контролировать. Сейчас же проявлял полнейшее равнодушие и на сутки пропадал из дома. Может, наконец-то у него наступила зависимость от игры? Когда закончу это дело, займусь Аришей. Может, придется показать его хорошему психотерапевту, а может, хватит и задушевного разговора. Дедуля у меня умница, всегда принимает верное решение и правильно реагирует на критику.

— «Симку» я у вас забираю, теперь буду общаться с девушкой сама, — предупредила я Алину и Славу. — Если она каким-то образом выйдет в Интернет — не реагируйте. С этого момента у нее не должно быть связи с «Олегом».

— А чем нам тогда заниматься? — насупилась Алина. — Мы только во вкус вошли!

— Постригите траву в саду, — предложила я, — и поставьте подпорки под ветви яблонь. Яблок много, как бы не сломались.

— Скажешь тоже! — фыркнула Алина. — Я физически работать не умею, у меня хорошо получается только интеллектуальный труд. Давай мы лучше будем за кем-нибудь следить или кого-нибудь шантажировать? Ну, Полиночка, ну, пожалуйста, ты же знаешь, я не могу, когда тихо и скучно, я глупости начинаю делать!

Алина права, пока она не увлеклась чем-то новым, ее следовало занять. Дневники Ольги! Их давно следовало вернуть на место. Я вынесла тетради и подробно объяснила, что надо делать. Сказала, в какие часы родители Ольги бывают в больнице, предупредила, что если они попадутся, им придется очень долго доказывать, что они не домушники. Слава снисходительно кивнул, Алина выхватила у меня дневники и закружилась по саду, распевая от восторга что-то нечленораздельное, но героическое. На пару дней от ее домогательств я была избавлена.

* * *

Мне удалось купить билет в одно купе с Ликой. Само собой, пришлось потрудиться над внешностью, Лике знать меня в лицо было совершенно ни к чему. Не особо утруждаясь, я загримировалась в особу, которая помогла когда-то Лике справиться с автоподставой: паричок цвета махагон со стрижкой каре, линзы темно-карего цвета, вместо темных очков восточный макияж, алая губная помада. Хорошо, что поезд не идет ночью, не придется спать. Убедительно бы я выглядела утром, после тряски на вагонной полке!

В купе я вошла первая и стала ждать Лику. Она влетела яркая, как бабочка: тщательный макияж, продуманная до мелочей одежда. И почему это некоторые так наряжаются в дорогу? Принимают ее за маленькое развлечение и желают быть во всеоружии? Надеются на дорожный роман? Хотят запомниться случайным попутчикам? Лика мельком бросила на меня взгляд и принялась распихивать свой многочисленный скарб: создавалось впечатление, что она навсегда бежит из города, где успела так крупно напакостить. Закончив с багажом, она расставила на столе свои припасы и, удовлетворенная, села:

— За границу еду, с любимым мужчиной, — без предисловий, похвасталась она мне.

Видимо, ей очень тяжело далось обещание держать все в секрете, а так как поезд уже тронулся, о сохранении тайны можно было забыть.

— Это наша первая поездка вдвоем. Я так счастлива! А что вы на меня так смотрите?

— Кажется, мы с вами уже встречались.

Лика насторожилась. В ее планы не входило, чтобы и в поезде попутчики знали о ее неприятностях.

— Кажется, это вас однажды пытались раскрутить на деньги автоподставщики, а я случайно оказалась рядом, — весело подсказала я.

Мы тогда очень мило посидели в кафе, и я намеревалась повторно использовать вызванную мной симпатию в своих корыстных целях. Кажется, моя маленькая хитрость сработала. Лика оживилась и расслабилась. Мы вспомнили, как лихо «сделали» шпану, которую я же и наняла, обсудили погоду, поговорили о каких-то мелочах, и на всю долгую дорогу я оказалась заложницей Ликиной версии произошедшего с ней, Олегом и Ольгой.

Естественно, она выступала в роли благородной скромняги, этакой золушки, затравленной обстоятельствами и завистниками, Ольга — прощелыги, чуть не успевшей перехватить у нее и славу, и жениха и наказанной за это провидением, Олег — робким, но обеспеченным принцем, влюбленным в нее с пеленок, но стесняющимся признаться и поэтому вынужденным довольствоваться дешевками, вроде Камышиной.

Я внимательно ее слушала, изредка поддакивая, кивая головой, восхищаясь или негодуя. К сожалению, никакой новой информации я не получила, но это было уже не важно.

Иногда она прерывала разговор и отправляла sms, я тоже пользовалась паузой и в унисон с ней давила на клавиши мобильного. Если бы она знала, кому отправляет нежные эпитеты! Если бы только понимала, кто отвечает ей в таком же тоне!

— А из какого аэропорта ты летишь? — спросила я между делом. Услышав ответ, радостно оживилась: — Надо же, и я из него! Правда, в командировку, а не на отдых. Здорово, от вокзала будем добираться вместе. На такси?

— На такси, — согласилась Лика, — платим пополам.

— А не опоздаешь? — усомнилась я. — Поезд прибывает в двенадцать, самолет вылетает в пятнадцать, времени — едва на дорогу. Что, если пробки?

— Не будет никаких пробок, — отмахнулась она, — я везучая. Можно, конечно, было вчера выехать, но целые сутки слоняться по Москве? Терпеть не могу ждать.

Что ж, мое дело — предупредить. Так как у меня из вещей был только маленький чемоданчик (пустой, если честно), то искать такси отправилась я. Четко назвала потному суетливому таксисту название аэропорта, куда нам предстояло ехать, договорилась о цене, помогла загрузить Ликины чемоданы.

— Ты город знаешь? — уточнила у нее на всякий случай. — Как в аэропорт ехать представляешь?

— Нет, а что? — удивилась она.

— Не нравится мне этот таксист. Сейчас начнет по дорогам кружить, чтобы содрать побольше. Меня однажды вообще в другое место завезли, а так как денег больше не было, пришлось на маршрутках обратно добираться.

— Ну, со мной этот номер не пройдет, — ухмыльнулась Лика. — Я же говорю тебе, я везучая!

Через час водитель уже высаживал нас возле аэропорта, а еще через пять минут Лика кричала во всю Ивановскую, нисколько не стесняясь в выражениях:

— Уроды, мерзавцы, гады, так и знала, что москвичам доверять нельзя, так и знала, что все перепутают, бестолочи дебильные! Где этот водитель? Смыться успел? Ничего, я теперь номер запомнила, он у меня свое получит, я в суд на него подам! Я всю морду ему разобью! Я... — Дальнейшее приводить нет смысла, да и цензура не пропустит.

— Лика, не кричи, — пыталась успокоить ее я. — Криком все равно не поможешь. У тебя еще есть время, давай ловить машину. Если попросить водителя гнать быстрее, ты успеешь на регистрацию.

Лика, казалось, меня не слышала. Это дало мне возможность отправить ей мобильное сообщение. Прочитав его, девушка немного успокоилась:

— Олег пишет, что рейс на несколько часов задерживается, так что я успеваю. Пойдем ловить такси.

Теперь уже я назвала таксисту название аэропорта, который действительно был нужен Лике. Настроение у нее заметно улучшилось, она с удовольствием напевала песенку, отчаянно фальшивя, но не замечая этого. Таксист, молодой парень, весело поглядывал на нее в зеркало заднего вида: ему явно нравилась эта хорошенькая провинциалка без комплексов.

В аэропорт мы приехали тогда, когда нужный Лике самолет отрывал шасси от бетонной полосы.

«Любимая, чего ж ты опоздала? Самолет взлетел вовремя, буду ждать тебя в Анталье. Билет купишь новый, путевки у меня, встретимся позже», — отправила я сообщение Лике.

Скандал, устроенный в предыдущем аэропорту, был доброй песенкой на детсадовском утреннике по сравнснию с тем, что она учинила теперь. Я села в кресло, ожидая, пока она выпустит пар. Накричавшись вволю, Лика села рядом.

— А ты чего не ругаешься? — спросила меня.

— Мне еще пять часов до рейса, — пожала я плечами.

— Пойду билет покупать, — констатировала она.

Я спокойно осталась на месте. Интересно, как это она собралась покупать билет, если ее загранпаспорт был у Олега, то есть лежал у мсня в сумочке? Скоро она вернулась, еще более злая, чем раньше, но тихая.

— Паспорт требуют, гады, — пожаловалась она, хорошо, хоть виза не нужна. Хотя, какая разница? Я просила-просила их на внутренний паспорт билет продать, а они говорят, нельзя, да и билеты на всю неделю распроданы. И чего теперь делать?

— Домой возвращаться. Ты точно никому не рассказывала, что уезжаешь с Олегом? Значит, ложного сочувствия и охов-ахов не будет, вернешься как ни в чем не бывало, будешь ходить в больницу к подруге. Надо же занять себя чем-нибудь, пока он там развлекается.

— Соображаешь, что говоришь? Горшки выносить и причитания Ольгиной мамашки слушать, а он там с пальмами, коктейлями, ночными дискотеками? Да ты видела этого Олега! Не красавец, конечно, но презентабельный, сразу видно, что при деньгах и положении. Уведут, я и слова сказать не успею.

— Значит, судьба, — глубокомысленно заявила я.

— Судьба? — взорвалась она. — Я для того, чтобы его заполучить, подругу в могилу свела, а ты говоришь, судьба? Нет уж, я в лепешку разобьюсь, а его достану!

Надо же. Еще недавно, в поезде, она рисовала мне ситуацию совсем с другой стороны. Ни о каком сведении в могилу подруги не было и речи. Значит, она адекватно оценивает ситуацию и прекрасно понимает, что поступает подло. И ни грамма раскаяния, только сожаление, что силы потрачены напрасно. Значит, помочь ей придется, чего бы это мне ни стоило. Тем более что это мне ничего не стоило.

— Нужно чартерный рейс искать, — пожала я плечами, — а еще есть такие рейсы, можно сразу с летчиками договориться, они и без документов возьмут, если валютой платить, я знаю, я читала, — не удержалась я и ввернула Ликину фразу.

— А где узнать? В справочной?

— Ты чего?! Кто же тебе в справочной такое

скажет? Подожди, у меня тут брат двоюродный охранником работает, сейчас я ему позвоню.

— Так чего же ты сразу не сказала? — толкнула меня Лика. — Звони немедленно!

Я потыкала пальцем в клавиши мобильного и поднесла его к уху:

— Вася? Да, это я. Ты сегодня выходной? Нет, не надо. Привет тете Люсе. Слушай, у меня такой вопрос...

Дальше я изложила несуществующему абоненту всю ситуацию, сделала вид, что внимательно его слушаю, уточнила некоторые детали, нажала кнопку отбоя и повернулась к Лике:

— Все нормально. Как раз сегодня через два часа летит такой самолет. Подожди здесь, договорюсь насчет тебя.

— Я с тобой! — вскочила Лика.

— Чтобы все испортить? Ты хоть понимаешь, что эти рейсы только для своих? Да и таскаться по аэропорту со всем твоим скарбом тяжело. Сиди здесь, скоро вернусь.

Я оставила колбасную принцессу возле ее вещей и отправилась на место встречи со вчерашними гастарбайтерами. Увидев меня, они притащили за рукав такого же темненького и худенького парнишку в летной форме. Обговорив с ним кое-какие вопросы, я привела его к девушке.

— Знакомься, это летчик чартерного рейса, везет группу своих соотечественников. Полетите с запасного аэродрома, туда вас отвезут. Он толком не говорит по-русски, поэтому не задавай вопросов, а делай все, что делают другие пассажиры. Деньги отдашь ему.

Я обняла ее напоследок. Не попрощавшись и не поблагодарив, Лика повернулась ко мне спиной, и, сгибаясь под тяжестью чемоданов, поспешила за летчиком-узбеком. Уже знакомые мне ребята подхватили ее по пути, сначала осторожно, а потом, видя, что она не имеет ничего против, осыпали комплиментами, помогли загрузить вещи в маршрутку. Я отвела в сторону старшего из них:

— Бекджигит, вот тебе телефон, я буду звонить тебе, узнавать, как продвигается дело. Сам звони только в случае, если случится что-то непредвиденное. Если выполнишь все, как надо, телефон заберешь себе, это тебе за работу. Если нет — приеду и отниму. Ты уже понял, что я шутить не люблю, в случае чего из-под земли достану.

Бекджигит быстро закивал головой:

— Какой шутить? Нельзя шутить! Не думай, краса... просто девушк, все будет как ты велел!

Машина тронулась. Лети, милая, Узбекистан — тоже заграница, а люди там добрые, не обидят, еще и приятного наговорят. Надеюсь, там ты никому не принесешь вреда. Телефон Лики, оказавшийся у меня при прощальном объятии, блеснул стразами и скрылся в сумочке. Ей он больше не пригодится, а мне сослужит добрую службу.

* * *

Домой я вернулась измотанная. Хотя все прошло по плану, двое суток в пути давали о себе знать. Но на отдых не было времени, я должна была контролировать процесс лечения Ольги, иногда связываться с Бекджигитом, а самое главное, наступила, наконец, очередь отца Лики, господина Шлейко. Обычно отцы, кем бы они ни были, хотят видеть своих детей успешными, законопослушными, преуспевающими. Этот же колбасный король не просто не обеспечил свое чадо после окончания школы каким-нибудь достойным занятием, но и задорно помогал творить мелкие и крупные пакости, нисколько не заботясь о том, что его дочурка постепенно превращается в мерзкого паразита, способного лишь на то, чтобы отравлять жизнь окружающим. Ему-то чем насолила Ольга? Тем, что лучше него пела? Была моложе? И вообще, женщиной? Ненавижу бессмысленную жестокость! И где все-таки мой любимый дед?

Любимый дед, слава богу, на этот раз был дома. Он лениво сидел в плетеном кресле в саду, читал Пастернака и потягивал клюквенный морс из запотевшего стакана.

— Полетт, — он, едва меня увидел, прогнал с лица безмятежное выражение, — нам необходимо серьезно поговорить. Ты сегодня не ночевала дома. Как это понимать?

— Дедуль, мне скоро тридцать, в этом возрасте не только позволительно не ночевать дома, но и положено заводить себе семью, детей, собак.

— Ты завела бойфренда? А почему я об этом ничего не знаю? И что ты говорила про детей?

— И про собак. Не беспокойся, нашей семейной идиллии ничто не угрожает: ни дети, ни собаки. Единственное, кого придется потерпеть, это Алину и ее приятеля. Но они тихие и интеллигентные, их почти не заметно.

— Эти тихие разбили китайскую вазу и исцарапали крючьями все подоконники на втором этаже. И стена. Посмотри, что они сделали со стеной!

Я бросила взгляд на стену нашего дома: надо же было приходящему садовнику именно сегодня заняться поливом лужайки! Грязные подошвы ботинок этой парочки оставили весьма заметные следы на стене нашего коттеджа. Помнится, Володя проделывал этот трюк аккуратнее. Наверное, пора изгонять гостей из уютного гнездышка — чувство их оперилось, пусть сами ищут себе пристанище.

— Ничего, дедусь, все к лучшему. Посмотри, как сверкает черепица! Представляешь, как засияет стена, когда эти двое ее отмоют?

— Не заговаривай мне зубы. Итак, где ты пропадала двое суток?

— А откуда у тебя этот чудесный шейный платок? — ответила я вопросом на вопрос, — и парфюм новый. Партнеры по бриджу подарили?

Удивительно, но Ариша зарделся.

— Это подарок. Но не от партнеров.

— Вот, а еще удивляется! Яблочко от яблони недалеко падает, так что рассказывай, с кем у тебя роман и не появится ли в доме, наконец, бабушка. Ужас, до чего пирогов хочется!

Но дед уже взял себя в руки и категорически отказался предоставлять мне какую-либо информацию о своей личной жизни. Вместо этого он заставил меня отчитаться о проделанной работе.

— Так ты отправила Лику в Узбекистан? Зачем?

— Я продала ее в рабство.

— Сексуальное? — схватился дед за сердце.

— Фигушки, не дождется. Я отправила ее на сбор хлопка. Понимаешь, там сейчас битва за урожай, рук не хватает, все работоспособные люди выехали на заработки, надо же помочь бывшей братской республике.

— Но это подсудное дело!

— Ничего подобного. Никто ее насильно в самолет не сажал. Ну, перепутали пункт назначения, с кем не бывает. Меня она никогда не узнает, Бекджигит тоже ни при чем: я просто сказала ему, что эта девушка хочет поехать с ними и поработать, он не в курсе происходящего. Вот пусть и ищут злодейку, продавшую ее в рабство.

— А если что-нибудь случится? Если она не сможет вернуться домой?

— На этот случай я оставила Бекджигиту телефон, да и примерно через месяц, если все будет идти по плану, я сообщу папаше, где скрывается его непокорная дочь. Если захочет, всегда сможет забрать ее домой.

— Полетт, ты сумасшедшая. Узнаю твою бабушку. И как я мог заблуждаться на твой счет? Всегда была такая тихая, законопослушная девочка.

— Ты знаешь, почему я изменилась, — помрачнев, произнесла я, — и не будем больше об этом. Ничего с Ликой не случится, считай, что это просто исправительные работы. Может, они ее чему-нибудь научат. Да и принести хоть немного пользы обществу ей, кажется, не помешает.

Глава 15

Несмотря на негодование Ариши, я все-таки была довольна моими постояльцами. Они очень выручили меня, когда надо было общаться с Ликой от имени Олега, и, как оказалось, успели вернуть дневники Ольги, не нарвавшись на ее родителей. Оставалось заставить их привести стену в порядок, и можно было отпускать на все четыре стороны.

— Стена — ерунда, — перебила меня Алина, едва я попыталась озвучить ей претензии деда, — мы тебе из этой стены такое сплошное удовольствие решили соорудить, пальчики оближешь. Вернее, не из этой, а из другой, глухой, где окон нет. Ребята из нашей федерации давно ищут что-то похожее, только никто не соглашается. Мы сделаем из нее тренировочную стену с такими загогулинами для цепляния, и можно будет лазить сколько угодно. Эта стена все равно никому не видна, кроме соседей, даже если ее запинают до черноты, никому это не помешает. Я проверила, там у вас приличное расстояние до забора, можно поставить палатки и жить как в лесу. А то: что они, правда, как дикие живут, ни помыться тебе, ни в магазин сходить. А у тебя все удобства. Ведь если иногда скалолазы станут пользоваться твоей кухней или ванной, тебе это не помешает? Ночевать-то они будут в палатках. Правда, придется срубить часть деревьев, которые вы там зачем-то насажали. Из соображений противопожарной безопасности. Костер будет гореть всю ночь, деревья могут загореться, а я не хочу причинять тебе ни малейшего беспокойства.

— Алиночка, — вздохнула я, — отмойте сначала, пожалуйста, следы ботинок, к нам уже соседи приходили соболезновать, и охрана интересовалась, не ограбили ли нас. А уж потом мы с вами поговорим о превращении моего дома в приют альпинистов, ладно?

— Ска-ло-ла-зов, — строго отчеканила Алина, — сколько раз тебе говорить? Ладно.

* * *

Продажа Лики на хлопковые плантации была сущей безделицей по сравнению с разговором, который я планировала на сегодня.

— Дедуль, как мне убедить Катерину Ивановну в том, что все, что я расскажу ей, правда? Что Олег чист, аки младенец, а истиной злодейкой является Лика?

— Так и скажи, она взрослая адекватная женщина, поймет. К тому же у тебя, насколько я помню, есть некоторые доказательства? Диктофонные записи, например.

— Есть, только она и слушать меня не захочет. С некоторых пор я действую на нее как красная тряпка на быка.

— Может, подождать, когда в болезни Ольги наступит перелом?

— Он не наступит, если она не позволит Олегу помочь. Она даже лекарства, которые он приносит, отнимает и выбрасывает. Сейчас он почти круглосуточно должен находиться в клинике, а с ней припадки делаются, как только он покажется на горизонте. Может, тебя к ней подослать? Ты красивый, презентабельный, женщины перед тобой млеют... Хотя она знает, что ты мой дед, значит, ты тоже в стане врагов.

— Я — да, а вот Инесса — нет, — хитренько прищурившись, уронил Ариша.

— Инесса, — попробовала я на вкус это имя. — Где-то я его уже слышала.

— Это моя приятельница, — небрежно, слишком небрежно пояснил дед. — Интеллигентная особа, коммуникабельная, прекрасно воспитана, умеет слушать и убеждать. И хранить секреты, что не менее важно.

Все понятно. Пока я, сбиваясь с ног, распутывала этот липкий узел, мой пращур предавался всем прелестям холостяцкой жизни.

— Надеюсь, она хоть не замужем? А то приедет какой-нибудь бравый полковник на танке и разнесет к чертовой матери наш особняк. И получится, что мои знакомые портят черепицу и стены, а твои — лишают нас крова.

— И не мечтай, с моей стороны экстрима не последует. Инесса была замужем лет тридцать назад и недолго, с тех пор никак не найдет достойного ее человека.

— Ой, смотри, дед, — погрозила я пальцем, — не женись раньше меня. Это будет нечестно!

— Должен же зазвучать в этих стенах когда-нибудь задорный детский смех, — пожал он плечами, — а от тебя правнуков не дождешься, для тебя первым делом — самолеты. Ей поклонники стихи пишут, а она заставляет их тряпку в руки брать. Никакой женской изворотливости!

— Не буду спорить. — Я устала от нашей словесной перепалки. — Тащи сюда свою Инессу. Если она так хороша, как ты мне расписываешь, лучшей кандидатуры для взятия крепости «Катерина Ивановна» нам не найти.

Инесса действительно очень располагала к себе. Выслушала меня спокойно, не закатывала глаза, не заламывала руки. Сразу видно, такая передавать эту новость по цепочке подругам не будет. К тому же, как я поняла, у нее и не было времени общаться с подругами. Презрев свой пенсионный возраст, Инесса активно трудилась на благо обществу, посещала кружки аргентинского танго и славянской поэзии, при этом успевала ухаживать за растительностью на своей даче, нянчить внуков, которыми успела обзавестись, несмотря на свой длительный холостяцкий стаж, учить древнегреческий язык и осваивать компьютер. Да, я забыла про свидания с Аришей. Судя по его ночным исчезновениям и склонности к мотовству, они явно не читали стихи в гостиничном номере: или тусили на ночной дискотеке, или крутили рулетку в казино. Дед умел развлечь активную женщину.

— Я согласна, — заявила она, внимательно меня выслушав, — терпеть не могу, когда страдают невинные. Жаль, что вы отправили эту Лику на плантации, я придумала бы ей наказание посерьезнее. Кстати, если и оттуда она вернется столь же порочным созданием, у меня для нее есть прекрасная командировка: в нашей ассоциации «Милость падшим» идет набор рекрутов для обслуживания лагеря, расположенного в тамбовских лесах. Этот лагерь создан для перевоспитания малолетних преступников и юных наркоманов, очень интересная программа, прекрасные результаты, но необходимо набрать несколько человек обслуги. Конечно, в дальнейшем воспитанники будут делать все сами, но на первых порах кто-то должен учить их убираться, готовить, чистить кастрюли песком, выращивать картофель, полоскать белье в речке.

— Думаете, она сможет и захочет все это делать? — усомнилась я.

— Захочет, — уверенно сказала Инесса, — у нас — захочет. Итак, как я понимаю, донести все эти сведения до несчастной женщины надо так, чтобы правда об участии Лики в этой истории до поры до времени не вышла наружу?

— Вы правильно понимаете.

— Тогда я не буду называть ей имя виновницы несчастий, свалившихся на ее дочь. Главное — спасти честное имя Олега, а остальное она узнает потом.

— Это было бы просто замечательно, — с чувством произнесла я. — И, если можно, не говорите ей, что данные предоставила вам я. Мне пока хочется остаться в тени.

— Не беспокойся, девочка, я сделаю все так, как надо. И ни единая душа, пока я жива, не узнает об этой замечательной истории. Спасибо!

— Спасибо?

— Конечно. В последнее время стало так

скучно жить... я пытаюсь заполнить день всеми этими развлечениями, но это — синтетика, настоящая жизнь проходит мимо. А ты подарила мне настоящее приключение. Хотя моя роль в нем самая скромная.

Да, зря я пренебрегаю помощью пожилых людей, именно из них получаются настоящие агенты.

* * *

Задним числом скажу, что у Инессы все прошло на высшем уровне. Женщина по камешку снесла стену недоверия, признавшись, что она секретарша из милиции, которая расследует это дело:

— Вы же подавали заявление? Думаете, дело так просто закрыли? Да, Олега выпустили, но доведение до самоубийства — налицо, поэтому дело продолжает расследоваться. Я сама — мать, я понимаю, как вам тяжело, поэтому пришла поддержать вас, уберечь от ошибки, сказать, что про вашу дочь не забыли.

Потом, не давая опомниться, рассказала Катерине историю коварной завистницы, погубившей ее дочь, и тут же нарисовала светлый образ оклеветанного принца, который, несмотря на черные наветы, продолжал честно служить своей принцессе и делу правды.

Верная своему обещанию, инкогнито завистницы она не раскрыла, дав слово сделать это позже, когда та будет полностью нейтрализована. Чтобы Катерина Ивановна не наделала глупостей, предостерегла:

— Только не вздумайте распускать язык. Дама, желавшая погубить вашу дочь, пока еще очень могущественна. Она не должна даже догадываться о том, что вы все знаете. И во всем доверяйте Олегу. Только он один из ваших близких, действительно, безопасен и ни в чем перед вами не виновен, — закончила Инесса перед тем, как удалиться.

— И она так просто вам поверила? — удивилась я.

— А что здесь удивительного? Она же поверила Лике, хотя интриганка из той слабая. Не спорьте, слабая. Просто ей пришлось сражаться с наивными и бесхитростными людьми. А попадись она мне...

Глаза у бабушки блеснули, кулачки сжались. Да, пирожки на моей кухне она печь будет вряд ли, у нее другие интересы.

* * *

Лика пропадала уже три дня, можно было начинать работать с ее папашей. Я достала ее телефон и набрала sms: «Папа, мне нужна помощь, я пропала. В милицию не обращайся, а то сидеть будем все».

Должен же он, наконец, начать искать свою дочь. Чтобы помочь ему в этой нелегкой работе, я распечатала на принтере объявления об услугах частного детективного агентства.

Совсем недавно Ярцев рассказывал мне, как их редакцию просто завалили письма возмущенных читателей с жалобами на действия, а скорее бездействие детективного агентства «Кречет». Дело это поручили Антону. Поговорив с бывшими клиентами агентства, он сделал вывод, что никакого криминала в их действиях не было, просто ребята, широко разрекламировав свою контору и заполучив немыслимое количество клиентов, спокойно отдыхали в офисе, предоставляя клиентам либо липовые отчеты, либо ничего не значащие факты.

Сотрудниками «Кречета» можно было восхищаться: героическая реклама по местному каналу телевидения, рекламные щиты по всему городу, яркие листочки в каждом почтовом ящике. Даже не испытывая острой нужды в их услугах, у многих возникало желание просто проверить: а не изменяет ли тебе супруг? А чем занимается в свободное время подросшая доченька? А не собирается ли новая жена престарелого папаши оттяпать всю его однокомнатную квартиру после кончины оного? А чего? Не так уж и дорого, зато к гадалке идти не надо! Ребята работали споро и позитивно: муж не изменяет, дочь сидит в библиотеке, супруга папаши свое отдать желает, а на чужое покушаться и не думает. Более сложные дела просто не раскрывались: не получилось! С кем не бывает. Они старались, работали, ночей не спали.

Криминала в их действиях не было, Антон написал острый фельетон, этим дело и закончилось. «Кречет» продолжал себе дурачить граждан, а уже одураченные успокоились, увидев имя своего обидчика на страницах газеты.

Шлейко будет искать дочь? В милицию ему обращаться нельзя, а про детективное агентство Лика ему ничего не писала. Люди, подобные директору мясокомбината, не читают местных газет, поэтому о позоре «Кречета» Шлейко явно не слышал. Вот пусть и попробует нанять их для розыска дочери. Будет чем заняться, пока она вырабатывает трудовые навыки.

Я нарезала распечатки с юридическим адресом «Кречета», сунула их в сумку и направилась в город. Сообщение от дочери он уже получил, а не сегодня-завтра найдет в почтовом ящике рекламный листок детективного агентства.

* * *

На сегодня была назначена операция. Я прекрасно представляла, что творится сейчас в клинике, поэтому не стала беспокоить ни Катерину, ни Олега, лишь второму сообщила, что отныне он может в любое время показываться возле палаты Ольги, Катерина Ивановна больше его не прогонит. Он не стал задавать ненужных вопросов: человек сам привык добросовестно делать свое дело и не удивлялся, когда столь же добросовестно свои обязанности выполняли другие. Я связалась лишь с главврачом: попросила держать меня в курсе дела и позвонить после окончания операции. Кажется, он действительно уважал моего деда и с симпатией относился ко мне, по крайней мере, не стал отнекиваться, ссылаться на дела и иначе рассказывать о своей занятости, просто обещал позвонить.

Все время, пока продолжалась операция, я не находила себе места. Чуть не покалечила саксофон, задев им за острый угол камина, зачемто нагрубила Алине и Славе, пытающимся склеить разбитую вазу, равнодушно съела пирожки, все-таки испеченные Инессой, и даже не почувствовала их вкуса.

Сейчас в нашем доме собрались на удивление приятные и близкие мне люди, было весело и тепло, как бывает только в больших семьях, а я все равно чувствовала себя одинокой. Может потому, что все были парами и лишь одна я — без спутника?

Наконец, позвонили из клиники. Сам главврач оказался все-таки занят, и говорила со мной операционная сестра.

— Операция прошла успешно. Олечка вела себя просто замечательно, никаких сюрпризов. Сейчас она в реанимации, доктор обещает, что через пару дней обязательно проявится результат, тогда можно будет дать более точные прогнозы и назначить лечение. Операции хватило одной, больше оперативного вмешательства не потребуется. Он очень хвалил наш персонал, и хотя привез с собой свою операционную сестру, сказал, что мы все делали правильно, и состояние пациентки не запущенное. У вас есть вопросы?

Вопросов у меня не было. Я не медик и не знаю, о чем надо спрашивать в подобной ситуации. Действительно, время покажет.

Спустя минут десять позвонил Олег. Говорил он мало и в основном благодарил за то, что мне удалось утихомирить Катерину Ивановну. Сейчас для него самым важным было быть рядом с Ольгой, а я ему эту возможность обеспечила. Он даже не поинтересовался, как продвигается моя работа. Думаю, теперь и это ему стало не важно.

Мне полегчало. Я весело объявила своим домочадцам и соучастникам об окончании операции, съела сразу несколько пирожков, которые оказались просто божественными, и случайно налетела на только что склеенную и подсыхающую вазу: значит, не судьба. Повторное уничтожение вазы не удовлетворило мою жажду деятельности, я поднялась к себе и набрала номер детективного агентства.

— Детективное агентство «Кречет», — ответил мне приятный мужской голос.

— Мальчишки, привет, — весело рявкнула я, — папендрик мой не звонил?

— Извините?

— Господи, простых вопросов не понимают!

— Девушка, вы, наверное, не туда попали?

— Я Лика, Лика я, Шлейко моя фамилия! Вам это ни о чем не говорит?

— Подождите минуточку, — ответил приятный голос.

Подождем.

— Лика, с вами говорит старший следователь агентства Кречетов. Откуда вы звоните?

— Не скажу!

— Почему?

— Вы меня папке сдадите.

— Лика, вы можете сказать, что происходит?

— Конечно, только вы сначала скажите: папашка меня заказывал?

— Если вы имеете в виду физическое уничтожение, то нет, — хмыкнул старший следователь.

— Очень смешно. Так он нанимал вас для моего поиска или нет? Если немедленно не ответите, кладу трубку!

— Ну, нанимал, — неохотно ответил Кречетов.

— Вы меня хорошо ищите, добросовестно?

— Понимаете, мы только запустили дело, — замялся следователь, — это не так просто, как вы думаете.

— Вы мне-то не рассказывайте, это не я вас нанимала, — напомнила я ему. — В общем, так.

Папашка мой человек небедный, это вы, думаю, поняли сразу. Никто меня не похищал, просто я решила немного наказать родителя. Представляешь, деньги стал зажимать! Приучил ребенка к шикарной жизни и вдруг перекрыл кислород.

— И что вы хотите?

— Чтобы ты меня не перебивал, — строго ответила я, — а еще, чтобы ты проучил папашку!

— А откуда, собственно, у вас сведения о том, что он поручил это расследование нашему агентству? — после недолгого молчания поинтересовался Кречетов.

— Есть источники. Думаешь, я взяла узелочек, повесила на палочку и ушла куда глаза глядят? Недоедаю, мерзну, ночую под забором? Так вот. Мне надо, чтобы ты как можно дольше тянул это расследование. Вымогай у папеньки деньги, ссылайся на большие расходы, время от времени можешь предоставлять ему мои носовые платочки и чехлы от зонтиков в доказательство того, что работаешь, а сам не работай!

— И только? Два вопроса: где я буду доставать чехлы от зонтиков, и сколько придется отстегнуть тебе?

— Чехлы могу пожертвовать я, процент мне не нужен, я альтруистка. Ну, человек, которого не интересуют деньги.

— Сама себе противоречишь, девочка. То говоришь, что мстишь папаше за то, что он урезал расходы, то сочиняешь, что не любишь деньги.

— Молодец, хороший профессионал, настоящий сыщик, — похвалила я, — да только плохо слушаешь. Я уже говорила, что хочу наказать его за жадность, а чем можно наказать за жадность? Теперь понятно?

— Понятно. А ты точно Лика?

— Зачем мне врать, если мне не нужны от вас деньги?

— Может, ты ее убила и теперь пытаешься оттянуть расследование?

— Может, и убила. И в землю закопала, и надпись написала. Тебя это очень беспокоит? Впрочем, могу доказать, что я колбасная принцесса, если тебе это так важно. Доказывать или поверишь на слово?

Кречетов опять сделал паузу и весело ответил:

— Черт с тобой, верю. Телефончик оставишь?

— Еще чего. Сама звонить буду.

— Ну, тогда развлекайся!

— Угу, — ответила я и нажала отбой.

На всякий случай, пусть «поиск» Лики будет у меня под контролем. Конечно, в лени и разгильдяйстве работников «Кречета» я была уверена, но мало ли что.

После этого я решила узнать, как, собственно, поживает настоящая Лика.

— Бекджигит? Это я. Как там моя подопечная?

Связь была отвратительная, по-русски парень говорил не очень, но все-таки я поняла, что плохо. Но плохо не Лике, а всем, кто находится с ней в близком окружении. Работать она не хотела, ругалась, обзывалась, грозила бедным, ни в чем не повинным сборщикам хлопка самыми страшными карами, а самое главное, не выполняла план, слишком много ела и требовала для себя отдельные столовые приборы.

— Забирай своя работник, приезжай быстрее, ой, беда тут у нас! — причитал Бекджигит.

— Как это забирай? Я заплатила тебе за месяц, — попыталась урезонить его я.

— Деньга отдам, девушка забирай, — не успокаивался парень.

— Нет уж, договаривались на месяц, значит, на месяц, — отрезала я. — За ней приедут, а пока — терпите. Найдите какую-нибудь взрослую суровую женщину, пусть она на нее повлияет.

Кажется, не все шло по моему плану, и в роли злодейки перед невинными людьми выступала теперь я.

* * *

Настал момент, когда накал страстей несколько спал, и для дальнейшего выполнения задуманного требовалось терпение. Время от времени я позванивала в детективное агентство, убеждалась в том, что Шлейко исправно платит за поиски дочери, даже отослала Кречетову мобильник Лики: теперь он мог предъявить ее папаше хоть какой-то результат поисков. По версии, которую я предложила взять за основную, Лику похитил поклонник, который держит ее взаперти, но не причиняет ей особого вреда.

На второй день после операции Ольга пришла в себя, она была невероятно слаба, но стало ясно, что она узнает окружающих и даже может общаться, не словами пока, а глазами. Может, нахождение между жизнью и смертью заставило ее по-другому взглянуть на некоторые события, может, она действительно видела и слышала все, что творилось вокруг, пока она лежала без сознания, неизвестно, но когда Олегу разрешили подойти к ее постели, глаза Ольги просветлели, и она улыбнулась краешками рта.

Прибежал следователь, который вел это дело, но Катерина Ивановна его к Ольге не пустила. Она действительно рьяно охраняла покой своей дочери и допускала к ней только врачей и Олега, мне даже пришлось разрешить Олегу снять охрану у дверей реанимации, извне ей больше ничего не угрожало. Собственно, и Лику я изолировала для того, чтобы в период реанимации Ольгу ничего не беспокоило. Кто знает, на что могла пойти эта девица, узнай она, что Ольга пришла в себя!

Светило нейрохирургии на третий день после операции вернулся в Москву: он был доволен результатами и мог теперь наблюдать Ольгу дистанционно, персонал провинциальной клиники его вполне устраивал. Ольга очень медленно, но шла на поправку. Можно было объявлять хеппи-энд и почивать на лаврах?

— А вот и нет, — ответила я Олегу, когда он попытался убедить меня в этом. — Я понимаю, что радость от того, что она осталась жива и не стала слюнявым растением, пробудило в тебе великодушие. И все-таки подумай: жила девушка, никому не делала зла, пела, любила, мечтала. И вдруг из-за прихоти вздорной истерички лишилась всего, кроме любви конечно. Нам никто не гарантирует, что она не останется инвалидом. И даже если с ней все будет в порядке, неизвестно, вернется ли к ней голос. Она мечтала о большой сцене, а станет в лучшем случае домохозяйкой у тебя на кухне. Зависимой, мучимой головными болями, с титановой пластинкой в черепе. Или такой вариант тебя больше устраивает?

— Нет, — тихо ответил Олег, — я никогда не видел в ней жену-домохозяйку. Да и готовить она, честно говоря, не умеет. Из звезд, как правило, получаются никудышные хозяйки. Даже если эти звезды еще не зажглись.

Глава 16

— Ариш, а как происходит так, что человек проигрывает в карты все свое состояние? Неужели нельзя вовремя остановиться? Понять, что дальше будет только хуже?

— Ты не знаешь, что такое игра, Полетт. Иногда возникают ситуации, при которых доводы разума просто перестают существовать. Это наркотик, причем очень сильный.

— А как же ты? Ты игрок с таким стажем, с таким опытом, и ни разу не сорвался? Ни разу не дал игре захватить себя?

— Ты не видела меня во времена моей молодости, — снисходительно усмехнулся он, — а что касается твоих претензий по поводу того, что я до сих пор не пустил все наше состояние и дом в придачу по ветру, так за это ты должна благодарить именно мой стаж и опыт. Сейчас я стою выше игры, я руковожу ею, а не она мной. И такое бывает, но нечасто.

— И сколько у нас в городке специалистов твоего класса?

— Ты не совсем адекватно оцениваешь мою квалификацию, Полетт, — насупился дед. — Мастеров, подобных мне, во всей России наберется горстка. Маленькая горстка. Про наш Горовск и говорить нечего. Это еще хорошо, что я не раскрываю все козыри и изображаю из себя просто неплохого игрока, иначе никто не сел бы со мной за карточный стол. Да, давно мне не попадалось интересного партнера. И в казино я хожу только для того, чтобы занять время.

Мы немного отвлеклись, и я опять вернула Аришу в ту тему, которая меня интересовала:

— А у тебя на глазах бывало, что проигрывали состояния, честь, жен, наконец? Так, как об этом пишут классики XIX века? С полной потерей сознания, с дурным блеском в глазах, со стрельбой в висок?

— О чем разговор, мон ами, конечно! Я много мог бы порассказать тебе подобных историй, если бы у тебя находилось на меня время.

— А ты? Ты бы смог так завести партнера, чтобы он проигрался в пух и прах, ставя на кон не только то, что есть у него в кармане, но и недвижимость? Акции? Близких? — пропустила я его укол.

— Это сложно, но реально. Для этого должны быть определенные предпосылки: нервная организация человека, состояние его дел, устойчивость психики, неприятности, которые в данный момент наличествуют или отсутствуют. Давно я так не развлекался.

— А организовать сможешь? — наконец, добралась я до главной цели начатого разговора.

* * *

На втором этаже супермаркета располагалось кафе. Организаторы не смогли придумать ничего лучше, чем расставить столики вдоль открытого парапета, таким образом, посетителям кафе открывался прелестный вид на снующих по супермаркету домохозяек с тележками и стеллажи с продуктами. Наверное, вид лапши быстрого приготовления и картошки, расфасованной в полиэтиленовые мешки, должен был возбуждать аппетит посетителей кафе. Я сидела за крайним столиком, поэтому обзор открывался мне просто великолепный.

Исчезновение дочери не испортило аппетита господину Шлейко, тележка, которую он катил перед собой, ломилась от тяжести продуктов, а он все кидал и кидал в нее яркие баночки и упаковки. Наконец, директор колбасного завода справился со списком, удовлетворенно вздохнул и повернул тележку к кассам. Сразу видно начальника крупного предприятия. Ничего не пускает на самотек. Интересно, список ему составляла секретарша? Жена-то уже давно не выезжает с дачи, кажется, она и не в курсе, что у них пропала дочь.

Вот мимо Шлейко прошла небрежно одетая тетенька в кедах и бейсболке, прошла и прошла, только низко надвинутый на глаза козырек, кажется, закрывал ей весь обзор, поэтому женщина, удивительно похожая на бомжиху Люсю, весьма ощутимо толкнула объект моего наблюдения. Толкнула, поддержала, чтобы тот смог восстановить равновесие, взяла с полки упаковку зефира и затерялась среди других покупателей.

Шлейко надолго застрял у кассы: пока кассир отсканировала все покупки, пока он искал дисконтную карту, пока медленно, с достоинством доставал кредитку, я успела набрать номер службы безопасности супермаркета и, добавив в голос въедливые интонации, сообщить, что господин, расплачивающийся у третьей кассы, на моих глазах стянул баночку шведской черной икры. Для убедительности я сочла необходимым уточнить, что, если бы он похитил икру российского производства, я бы не обратила на это ровно никакого внимания, но так как я патриотка, я всегда внимательно слежу за тем, что берут покупатели у нас в магазинах, и случаи подобной беспринципности не пропускаю. Как всегда, я не упустила возможности не покуражиться: ситуация это позволяла.

Шлейко безмятежно покатил свою тележку по направлению к выходу, я наблюдала сверху. Вот к нему подошли двое молодых парней в форме охранников: господин занервничал и начал что-то горячо доказывать, брызжа слюной и размахивая руками.

— Смотри, случилось чего-то, — обратила внимание своего спутника на инцидент девушка за соседним столиком.

— Вора поймали, — равнодушно ответил парень. — Стой, а я его знаю, это наш директор! Ничего себе, номер! У нас на проходной такой обыск по его указке устраивают, что в глаза окружающим смотреть противно, а сам сухарики в магазине тырит. Подожди, я на мобильный засниму.

Молодые люди говорили громко, остальные

посетители кафе тоже перегнулись через парапет, глядя на них, подтянулись проходящие мимо посетители магазинчиков, расположенных на том же этаже.

Если бы Шлейко сообразил, что происходит, и согласился сразу пройти с охранниками в служебное помещение, то, может, все и обошлось бы, но он был слишком уверен в своем влиянии на ситуацию. Вот уже подоспел фотокорреспондент: какое совпадение обстоятельств! Именно в это время он делал репортаж в цветочном отделе магазина, с ним была молоденькая тележурналистка. Спасибо Ярцеву!

Журналистка, благословляя в душе свою репортерскую удачу и не понимая, что оказалась лишь марионеткой, бодро и торопливо что-то наговаривала в камеру, оператор, явно мечтающий о карьере папарацци, снимал, Шлейко пытался добраться до аппаратуры, охранники уговаривали его пройти с ними. Покупатели, привлеченные столь редким развлечением, собирались вокруг тесным кольцом. Нечасто в нашем скромном Горовске происходит что-то забавное, поэтому домой никто не торопился. К тому же Шлейко начали узнавать, сначала шепотом, а потом и открыто по торговому залу неслась весть: директор крупнейшего городского предприятия попался на воровстве!

В какой-то момент ему удалось стряхнуть со своих рук охранников, но от рывка зонт-трость, висевший у него на левой руке упал, и из него, звонко брякнув, вывалилась маленькая нарядная баночка.

— Это не я! Она сама туда закатилась, — завопил Шлейко, наконец, поняв, что за оказия с ним приключилась. — Я требую адвоката. Меня подставили конкуренты!

Надо же, как быстро сообразил. «Только зря ты так кричишь, — злорадствовала я, — лишнее внимание к себе привлекаешь. Оператор местной телекомпании заснял, как баночка выкатилась у тебя из зонтика, свидетелей — за год не опросишь. Даже если ты и сможешь выкрутиться и доказать свою невиновность, люди этого никогда не забудут. И анекдоты о твоем мелком пакостничестве будут ходить по городу до тех пор, пока твоя фамилия не станет для всех пустым звуком. А я уж постараюсь, чтобы это произошло как можно быстрее!»

Дальнейшее было для меня не так уж и интересно. Я спустилась на первый этаж и в гордом одиночестве проследовала к раздвижным дверям. У выхода висело ноу-хау, пережиток развитого социализма — стенд «Не проходите мимо». Все воришки, пойманные когда-то здесь с поличным, наказывались жестоко и действенно: их фотографии вывешивались на доску. Управляющий проявлял акт доброй воли и не указывал их данные, адреса, место работы, но, думаю, бедных воришек это не утешало. Фотографии были четкие, цветные, крупные, и для полного завершения композиции не хватало как раз одной, нижней, в крайнем левом ряду.

* * *

— Полетт, ты играешь без правил, — отчитывал меня полчаса спустя Ариша. — Это подстава чистой воды, мы так не договаривались!

— А у нас вся операция — подстава. Разве ты еще не понял?

— Это разные подставы! Та, которую произвела сегодня ты — мелка и ничем не оправдана.

— Как раз оправдана. И именно тем, что она, как ты выражаешься, мелкая. Несомненно, Шлейко ворует вагонами, об этом догадываются или знают все, а если и осуждают его, то по привычке, лениво или с завистью. У нас так принято: учителя, прихватившего школьный мелок, — линчуют, а люди, подобные Шлейко, — вызывают почтение.

— И все-таки, чего ты хотела этим добиться?

— Когда пенсионер пытается стянуть плавленый сырок, это грустно. Когда солидный джентльмен, способный купить магазин вместе со всеми служащими, тырит баночку икры — мерзко. Он устроил так, что Ольгу, честнейшего и порядочнейшего человека, обвинили в краже. Пусть попробует на вкус, каково это — быть несправедливо оклеветанным. Да, я играю нечестно, но из-за моей нечестности не страдают действительно невинные люди, а таких, как Шлейко, стоит иногда облить холодной водой.

Ариша еще пытался настоять на своем, пока я не рассмеялась: уж очень эта сцена напоминала мне кадры из фильма «Место встречи изменить нельзя», когда Шарапов и Жеглов спорят из-за подкинутого карманнику кошелька. Я верила своей интуиции, а она подсказывала мне, что я поступила справедливо.

* * *

Видно, положение Шлейко после проваленного концерта действительно пошатнулось, не думаю, что, имей он старое влияние, фотография его действительно появилась бы на стенде «Не проходите мимо» в супермаркетс. Конфуз с лже-звездой и позорным провалом его дочери принес ему славу недотепы и человека, с которым не стоит иметь дела. Что же, шоу-бизнес жесток, и не только для наивных провинциалок. Наверное, мясному воротиле действительно не стоило пробовать себя в этой новой роли. А особенно после того, как он перешел мне дорогу.

Не прошло и месяца с тех пор, как фамилия Шлейко гремела на весь город, а газеты уже захлебывались в изложении новой сенсации. Снятый ролик все-таки не вышел на местный экран, но обиженный оператор, как я и рассчитывала, запустил его в Интернет, и теперь вся страна потешалась над солидным дяденькой, у которого из зонтика, как у Царевны-лягушки из рукава, вылетают разные деликатесы.

В России дяденьку мало кто знал, все-таки директор провинциального мясокомбината не такая уж большая шишка в масштабах страны, но Горовск гордился своей маленькой нечаянной славой.

Конечно, целью всего этого безобразия было не только показать Шлейко, как больно и неприятно бывает, когда тебя незаслуженно обвиняют в чем-то постыдном и жалком. Это был еще один шаг к разрушению его репутации. По слухам, дела на мясокомбинате и раньше-то шли не очень, а теперь, когда у директора стали проявляться проблемы с головой, и вовсе покатились под откос. Шлейко был не только директором, но и владельцем большого пакета акций, и если раньше другие акционеры снисходительно относились к ошибкам избранного директора, то теперь о снисхождении не могло быть и речи. К тому же Ликин папаша в последнее время порядочно поиздержался и вынужден был начать понемногу продавать акции.

На внеочередном собрании большинством голосов был избран новый директор.

* * *

А нехватку в средствах Шлейко действительно ощущал немалую. Администрация культурного центра все-таки вынудила его заплатить неустойку: адвокат объяснил, что дело он все равно проиграет, а лишняя шумиха и проволочки, которые в любом случае будут оплачиваться из его кармана, ни к чему.

Детективы «Кречета» талантливо и с азартом выжимали из него максимум возможного, заваливая неудачливого папашу квитанциями, счетами, билетами, которые якобы являлись доказательствами поиска Лики. В другое время, наверное, он внимательнее отнесся бы к этим нелогичным тратам, но сейчас ему было не до «Кречета», да и не до дочери. В мою голову даже закралась мысль, что и поиски ее он затеял только из-за страха перед женой: к осени она должна была вернуться с дачи, и тогда его бездеятельность по этому вопросу могла стоить ему пары сломанных ребер. По слухам, мадам Шлейко была люта на расправу.

Вот теперь я и подошла к самому сложному этапу, без помощи Ариши который осуществить бы не смогла. На мою удачу, Шлейко оказался частым посетителем «Крестового короля», любимого карточного клуба моего деда. Публика там собиралась солидная, никакой шантрапы, все друг друга знали, целью посещения клуба была не только игра, но и обсуждение новостей, осуждение политиков, демонстрация новых подруг или нарядов старых жен.

Арише приходилось каждую ночь торчать в казино, ожидая Шлейко. Я боялась, что опальный директор не появляется там из-за неприятностей, которые обрушились на его голову: не каждому приятно, когда за твоей спиной перешептываются, но я слишком хорошо о нем думала. Для этой породы людей слово «стыд» что-то давно забытое, словно комар, который существует, но его не видишь: жужжит себе где-то, слегка действует на нервы, а в общем не так уж и мешает жить. Он не упускал возможности снять стресс за игрой и приятной беседой, а взгляды... пока у него есть деньги, плевать ему на то, что о нем думают. А деньги у него еще были.

Раз за разом Ариша подсаживался за столик к Шлейко и делал все, чтобы тот выигрывал. Столь тонкому игроку и психологу, как мой дед, это было не так уж и сложно. Подстроив выигрыш, дед не уставал восхищаться удачей, которая сыплется на голову его партнера.

— Это же надо, чтобы человеку так везло в игре! — не уставал повторять он. — Скорее всего, хитрец эдакий, вы просто скрывали до поры до времени свои таланты. Признайтесь, ну? С такими способностями вам бы большие деньги делать, а вы играете практически на интерес. Вот помню как-то...

И дед заводил одну из историй, свидетелем которой являлся или о которой когда-то слышал. Суть всех этих баек была в одном: самородок, которого никто не знал и о таланте которого не подозревал, выигрывал немыслимые суммы денег, становился богатым и известным. Между делом дед вставлял невинные фразы: «вот прямо как вы сегодня», «точно такая партия, в какой вы вчера обыграли всех этих дилетантов». Ариша медленно, но верно зомбировал Шлейко: он удачлив, он способен вернуть все потерянное за один вечер, стоит дождаться лишь удачного стечения обстоятельств.

Директор мясокомбината стал все чаще и чаще заглядывать в «Крестовый король». Потерпев поражение по всем фронтам, здесь он чувствовал себя сильным, удачливым, хитрым: еще бы! Постоянно ставить на место самого Аристарха Владиленовича Казакова, признанного мастера игры! Постепенно к их дуэту стал присоединяться третий игрок: молчаливый, никому не известный господин. Господин почти не вмешивался в разговоры, играл так себе, одобрительно кивал головой, когда Шлейко в очередной раз улыбалась удача.

Наконец, настал день, когда Ариша забросил удочку. Шлейко, как всегда, выиграл у него, и, потирая ручки от удовольствия, снисходительно произнес:

— Да. Пришло время уступать дорогу молодым. Ты, Аристарх, заканчивал бы сюда таскаться. Нищим сделаю.

— Ну, разве это игра на деньги, — вступил в разговор молчавший до сих пор господин, — это так, медяки. Скоро в вашем городе состоится настоящий турнир по преферансу, вот там будут деньги.

— Турнир? — заинтересовался Шлейко. — Ну-ка, поподробнее.

— А вы не болтливы? Дело в том, что это закрытый турнир. И властям, так сказать, знать о нем не обязательно. На него приглашаются только избранные.

— А вы откуда знаете? — подал свою реплику дед.

— Я приехал сюда для того, чтобы подготовить все к проведению турнира. Поиск новых участников мне в задачу не ставился, но вы, я вижу, люди состоятельные, принадлежите к богеме нашего общества. Мы могли бы рассмотреть ваши кандидатуры.

Он подробно рассказал о системе, с помощью которой подбираются партнеры, назвал несколько известных в России фамилий, намекнув, что в большинстве своем огромными состояниями они обязаны игорной удаче.

— И я? Я смог бы туда попасть? — придвинулся к нему Шлейко.

— Пуркуа па? — пожал плечами дед.

— Чего? — не понял тот.

— Почему бы и нет. Это по-французски. Язык такой. Слышали? — не удержался от сарказма господин.

— Да слышал, слышал. Вы мне про турнир говорите. Пустят меня туда?

— Одно из условий — наличие достаточного состояния. Ставки делаются крупные, на мелочь никто не разменивается. Я вижу, что вы достаточно обеспеченный человек, только на слово вам никто не поверит, нужны будут доказательства.

— Акции? — догадался Шлейко.

— Пойдут и акции. Не тащить же с собой сейф или шкатулку с драгоценностями жены.

— А шансы? Каковы мои шансы? — не унимался тот.

— Весьма и весьма. Понимаете, на эти турниры собираются не профессионалы, а богатые любители. Вы знаете, например, что двое из десятки самых богатых людей планеты — Билл Гейтс и Уоррен Баффет — с удовольствием коротают за игрой в бридж свой миллиардерский досуг? А многие из них только в дурака резаться умеют и о таких играх, как баккара или марьяж, вообще не слышали. Как хотите, но профессионалами их назвать нельзя. Просто это одна из возможностей хлебнуть острых ощущений. Именно поэтому подобные турниры проводятся в небольших провинциальных городах. Выбор производится с помощью жеребьевки, никакой системы. Вашему Горовску повезло сегодня, завтра может выпасть жребий какого-нибудь Мелекеса.

— Послушайте, — горячо зашептал Шлейко, наклоняясь к моему деду, — мне позарез нужно туда попасть. Давайте, пойдем вместе!

— Увольте, мой дорогой, — отстранился дед, — откуда вы взяли, что мне открыта туда дорога? На широкую ногу я не живу, во владении ни заводов, ни пароходов не имею. Пусть этот господин составит вам протеже, если вы этого заслуживаете, а я — пас!

— Не надо никаких протеже. Просто проведите меня туда и представьте. Я вам заплачу, — повернулся он к учредителю.

— Хорошо, я приму вашу заявку к сведению. Но хочу, чтобы вы не заблуждались по поводу легкого выигрыша. Все будет зависеть от того, кто достанется вам в партнеры, а партнера выбирает жребий. Единственное, чего я могу вам обещать, это богатого партнера. Если фортуна будет на вашей стороне, вы сможете обобрать его как липку. И еще одно: вас не должен смущать тот факт, что турнир будет проходить в стенах весьма скромного дома. Это тоже одно из правил. Наших клиентов не удивишь роскошью и помпезностью, а вот стилизация под подвал, например, добавляет этому приключению шарма и экстрима. Именно поэтому моя функция так сложна. Найти подходящий отель несложно, а вот снять в аренду чердак или подвал... вы не представляете, как тяжела моя работа!

После этого разговора Шлейко потерял всякий интерес к Арише и даже посматривал на него с неким презрением: конечно, что ему какой-то старик со средним достатком! Скоро он будет сидеть за одним игорным столом с самыми известными людьми России.

* * *

За подготовкой к игре Шлейко, кажется, совершенно забыл о Лике. На звонки персонала «Кречета» он отвечал таким тоном, будто это они донимают его просьбами, а не он поручил им найти свою пропавшую дочь. В последнее время он даже перестал платить, что для меня было уж вообще непонятно: я хотела показать ему, как страшно терять близкого человека, а он погоревал, сделал пару шагов в направлении поиска дочери и успокоился. Сейчас для него гораздо важнее было поправить пошатнувшиеся финансовые дела, а если получится, то и преувеличить состояние. Кажется, он думал, что как только его материальные проблемы исчезнут, все опять начнут уважать его, и неприятности забудутся как страшный сон.

Подходящий подвальчик нашел мне Слава: на заре туманной юности он с приятелями пытался создать музыкальную группу, для чего они подремонтировали небольшое подвальное помещение в старом доме. С тех пор подвал пустовал, краска на его стенах облупилась, но для нашей цели он вполне годился. Мы же предупредили Шлейко: для буржуев чем страшнее, тем смешнее, так что ремонт в мои планы не входил.

— Дядя Миша, а кого вы собираетесь дать ему в партнеры? — спросила я господина устроителя, которым был старый приятель деда, по его просьбе приехавший из Питера.

— Конечно, себя, дорогая моя, — ответил дядя Миша. — Очень хочу понаблюдать за его реакцией. Да и с крючка сорваться ему не дам, это уж точно. Не раз подобные делишки обстряпывал. Ваш Шлейко — простофиля, хоть и рвач, ему бы только по трупам шагать, да лопатой под себя грести, тонкое шулерство ему неподвластно.

Забыла сказать, что, несмотря на мое глубочайшее уважение, дядя Миша был одним из самых известных карточных кидал страны. И комбинации свои он проворачивал изящно и жестко, не оставляя противнику ни малейшего шанса выкарабкаться. Подозреваю, что он обладал гипнотическим даром, по крайней мере, когда он смотрел мне в глаза, я на какие-то мгновения оказывалась вне пространства и времени. Наше предложение он принял не просто благосклонно, а с восторгом: в последнее время обеспеченные жители обеих столиц с азартом скупали земли и компании в провинции, так что покупатели на акции мясокомбината Горовска нашлись быстро.

Теперь я могла самоустраниться: мое вмешательство только оскорбило бы дядю Мишу, деда же я попросила реже показываться на глаза Шлейко, чтобы у того предстоящая игра не ассоциировалась с именем Ариши.

— А почему ты теперь не ругаешь меня, дедуль? — спросила я его, — ведь я действую по правилам мошенников.

— В игре нет правил, мон шер, — ответил он, — и никто его насильно за игорный стол не тянет. Это не мошенничество, это игра. А потом ты права: ему всего лишь возвращается то, что он сделал с Ольгой. Он лишил ее желанной, хорошо оплачиваемой работы? И ты лишишь его мясокомбината. Он устроил так, что она отдала все, что у нее было? И он отдаст часть своих накоплений. Заметь, часть, а не все эти жалкие три тысячи евро, какие удалось скопить Ольге. Око за око, только и всего.

— Спасибо, дедуль, — прижалась я к нему. — Мне сегодня почему-то особенно нужна твоя поддержка.

Глава 17

Слухи о том, что Шлейко не то отдал, не то продал свои акции питерскому бизнесмену, облетели весь город уже на следующий после игры день. Дядя Миша был настоящим профессионалом. Наверное, он действительно загипнотизировал Шлейко: тот без малейших сомнений спустился в подвал, с радостью, как старого знакомого, приветствовал партнера по игре, легко выиграл у него несколько первых партий и в эйфории проиграл почти все, что у него было. Думаю, если бы ему представилась возможность притащить на игру вклады в банках и драгоценности жены, он сделал бы это не раздумывая. Слишком велико было его желание получить все и за одну ночь, а в возможностях своих он сомневаться не привык.

Думаю, что если бы за его спиной стояли влиятельные люди, то он мог бы попытаться как-то побороться за возврат акций, но в последнее время в городке от него шарахались как от чумного. Многим свойственно считать, что неудачи прилипают, как зараза. К тому же его и раньше недолюбливали.

Узнав о неприятностях мужа, с дачи примчалась его жена. Оказалось, что кроме завода, ее муженек потерял и обожаемую дочь. Буря, последовавшая за этим его признанием, бушевала всю ночь. К этому времени я уже решила, что Лика достаточно потрудилась на благо текстильной промышленности, и дала номер телефона Бекджигита Кречетову — пусть едет выручать бедняжку.

Когда мамаша Лики узнала, где на самом деле скрывается ее дочь, она чуть не лишилась разума. Нет, ну было бы понятно, если бы девушку похитили для элитного борделя или продали в гарем султана, но чтобы ее, красавицу, не вымывшую за всю жизнь ни одной вилки, отправили на сбор хлопка? Такое ей не могло присниться даже в страшном сне. Она немедленно начала переговоры с Бекджигитом:

— Сколько ты хочешь за мою девочку, негодяй?

— Зачем так говоришь? Я не негодяй, я хороший. Ты обидел меня, недобрый женщин, — надулся Бекджигит.

— Я тебя спрашиваю, какой ты требуешь выкуп за мою деточку, за мою Лику! — негодовала ее мать.

— Зачем выкуп? Не надо выкуп, забирай быстрее свой Лика.

— Как не надо выкуп? — еще больше злилась мадам Шлейко. — Ты, свинья такая, хочешь сказать, что моя звездочка ничего не стоит? Что она не дороже дерьма собачьего?

— Зачем так говоришь? — обижался Бекджигит, — твой звездочек дорожс дерьма, мамой клянусь, в много раз дороже. Только, пожалуйста, не надо денег, мы ее не похищать, она сама в самолет влезла, забери ее скорее, пожалуйста, очень тут плохо с ней стало, хоть родина меняй!

Переговоры с бригадиром сборщиков хлопка продолжались бы скорее всего до тех пор, пока в чьем-нибудь мобильнике не села батарейка. Но трубку взял профи — Кречетов и быстро договорился о передаче Лики в нежные родительские руки.

— Сегодня же перечислим деньги ей на билет, там ее посадят в самолет, а вы встретите в аэропорту, — успокоил он мадам Шлейко.

— И все? И эти негодяи не будут наказаны? — не соглашалась та. — Нет уж, я не согласна! Я настаиваю, чтобы в этот Таджикистан...

— Узбекистан, — поправил ее Кречетов.

— Неважно куда. Так вот, я настаиваю, чтобы на эту плантацию вылетел отряд ОМОНа, захватил всех, кто заставлял работать мою дочь, и вывез их в Россию для расправы.

— Но пока соберут основания для подобной операции, пока переговорят с посольством, пока получат «добро» властей Узбекистана, пока подготовят операцию, пройдет много времени. Может, вашей дочери придется ждать несколько месяцев. А по нашему варианту, она вернется домой не позднее, чем через неделю. Соглашайтесь, а потом уже и снаряжайте операцию для захвата хлопкового поля и всех, кто там работает.

Не скоро, но ему удалось убедить родителей Лики забрать дочь домой без проволочек. Все эти сведения давал мне сам Кречетов. Естественно, он прекрасно понимал, что говорит не с Ликой, но для парня важен был не результат работы, а заработок, который рос пропорционально моей помощи, поэтому он ничего не имел против того, чтобы я координировала его работу.

Оказалось, что в процессе переговоров отчаявшиеся плантаторы даже сами стали предлагать приплатить за девушку местной валютой или хлопком. Не понимаю, чего Кречетов не согласился? Мог бы сделать себе такую рекламу! Бедняжка Лика стремительно падала в цене. На моей памяти подобный случай был описан лишь однажды, и то классиком мировой литературы.

Спустя время мне удалось узнать кое-что о жизни Лики на хлопковой плантации.

* * *

Скандалить она начала уже в самолете. Забираться в него ей пришлось по скрипучей лесенке в хвостовой части. Галантные гастарбайтеры, летевшие с ней, конечно, помогали кто чем может: одни волокли чемоданы, теряя на ходу колесики и обдирая дорогие бока, другие заталкивали в люк саму Лику, хотя по габаритам она туда вполне вписывалась, да и физической формой обладала весьма неплохой. Скорее всего именно поэтому они так участливо и подталкивали ее за все удобные части тела.

Пассажирские места совсем не напоминали кресла бизнес-класса — какие-то жесткие скамеечки вдоль стен, узенькие, будто предназначенные для воспитанников детского сада. Впрочем, узкие они были лишь для Лики, остальные пассажиры обслуживанием и удобствами были весьма довольны. Чтобы не сидеть в напряжении весь полет, Лика заставила соорудить ей что-то вроде кресла из ее чемоданов и сумок ее попутчиков, она устала, хотела спать, и ей совершенно не светило попасть в объятия Олега невыспавшейся и потрепанной.

Она рассчитала, что поспит немного, потом приведет себя в порядок и к посадке будет во всеоружии. Плохо было то, что в полете не предусматривалось кормление пассажиров, но и из этого можно было извлечь плюс: все женщины считают, что мужчины просто млеют от изголодавшихся глаз, впалых щек, прилипших к позвоночнику животов. Лика не составляла исключения, ее круглые яркие щеки всегда были предметом ее страданий и комплексов. Особенно сильно они контрастировали с аристократической бледностью Ольги.

Планы ее рухнули на высоте, когда в салоне стало невыносимо жарко. Поджарым, сухощавым жителям солнечной страны жара была только в радость, Лика же моментально взмокла. И как в таком виде можно показываться Олегу? Противный, липкий пот струился по шее, затекал во все складки тела, становился вязким. Лика встала, прошла к кабине пилотов и стала кулаками колошматить в дверь:

— Вы там чего? Печку топите? Быстро кондиционер включите!

— Зачем кондиционер? — пытался урезонить ее Бекджигит. — Хорошо, тепло, как дома. Спи себе.

Лика не унималась. Как так? Она заплатила за билет, а ей не то что шампанского не принесли, так ещс и соляную мумию из нее пытаются сделать? От нее уже несет, как от собаки бездомной, никакой парфюм не поможет!

Она продолжала пинать дверь кабины, пилоты, естественно, не собирались открывать, пассажиры начали волноваться. Для их мирного темперамента было в диковинку видеть, как беснуется эта прекрасная белокожая девушка с огромными, по их представлению, глазами. Урезонивать ее рискнул только Бекджигит: еще бы, вcдь я поручила ему проследить за тем, чтобы с этой девушкой ничего плохого не случилось, и заплатила за это очень приличные, по их представлениям, деньги.

Возможно, из него вышла бы неплохая нянька, а вот укротитель самолетных дебоширов — никакой. Уже от первого Ликиного удара он отлетел к хвосту самолета, где и остался под сочувственными взглядами соплеменников. Даже когда температура в салоне стабилизировалась, Лика не могла успокоиться. Она попыталась открыть запасной выход, от чего испуганные парни сбились в одну кучку и прикрылись своей поклажей: никому не хотелось эффектно вылететь в открытый люк и парить над родными просторами без парашюта. Остановить Лику никому не пришло в голову: не бить же женщину! А то, что по-хорошему она не понимала, было заметно по здоровому синяку, расплывающемуся под глазом у Бекджигита.

С подозрением осматривала Лика красоты запасного аэродрома, куда сел их самолетик. Не так представляла она себе прекрасную страну, куда решили убежать они с Олегом от пошлости и мелочности бытия. Но то, что она прилетела отнюдь не в Анталию, девушка поняла только в бараке, когда Бекджигит указал ей на ее топчанчик. Даже поняв, что она должна работать, а не отдыхать, Лика так и не смогла до конца осмыслить, в чем заключались ее обязанности.

К счастью, из основной части работников плантации русским языком владели немногие, поэтому постоянно кричащая и кидающаяся всякими предметами русская девушка вызывала не раздражение, а интерес: они же не слышали, какими словами она их крыла, а уворачиваться от летящих предметов они научились быстро. Первое время другие сборщики хлопка даже были благодарны своему богу, пославшему им такое развлечение: ни театров, ни кино, ни даже какой-нибудь завалящей консерватории рядом не было, поэтому наблюдать за Ликой по вечерам собиралось несколько бригад.

Все было бы хорошо, если бы не страдала бригада Бекджигита. Лика, естественно, не работала, соответственно, план не выполнялся. Поголодав пару дней, она научилась есть незамысловатое угощение, которое ей предлагали, и научилась очень хорошо: часто остальным членам бригады оставался лишь котел с остатками риса на стенках. Лика не выходила в поле, а бригада не успевала быстро прибежать после удара в пустой котел, означающий окончание рабочего дня. Лика всегда оказывалась на месте первой. Повар пробовал прятать от нее долю их бригады, но сдался после первого же требования Лики, подкрепленного физическим воздействием.

Кажется, она уже забыла, что ее ждут в Анталии, что ей хочется домой, что Олег где-то развлекается, пока она отстаивает свое право на бесплатную миску плова. Самым важным для нее в последнее время стала битва с товарищами по бригаде.

Сборщики хлопка были неприхотливы и выносливы, но после третьего дня голодовки зароптали: им не улыбалось погибнуть голодной смертью. За полчаса до удара гонга они подослали к полевой кухне своего гонца, и он успел из-под носа Лики утянуть котел. Конечно, девушка не осталась голодной, ведь были еще другие бригады, которые не торопились на обед и ужин, но с этого момента противодействие своим товарищам стало для нее делом чести. На следующий день Лика явилась на час раньше и терпеливо ждала. Стоило рису в котле набухнуть, как она спокойно увела обед всей бригады из-под носа подосланного курьера.

В общем-то ей не требовалось столько еды, пакостила она больше из-за вредности, чем из-за нужды, но и сборщики хлопка были не так уж просты, как могло показаться на первый взгляд. Они вступили в сговор с поваром, и в течение нескольких последующих дней Лика никак не могла уследить, когда он успевает готовить для их бригады и куда исчезает котел. Конечно, она могла опять применить силу, но после предыдущего инцидента тщедушного мальчишку-повара сменила огромная бабища с недобрым взглядом. Готовила она отвратительно, но еду защищать умела.

Окончательно расстроило Лику общее собрание, произошедшее в конце недели. На нем подвели итоги декады и наградили девушку, собравшую больше всех белых пушистых коробочек, шоколадкой. Такого позора Лика снести не смогла. Они что, не понимают, что лучшая здесь не эта тощая невзрачная девчонка, а она, Лика? Да и шоколада очень хотелось. Она могла бы отобрать шоколадку у победительницы, но та, поймав недобрый взгляд Лики, прямо на собрании развернула плитку и, быстро работая мелкими зубками, съела ее на глазах у всех. Не нападать же на нее при людях!

На следующий день Лика вышла в поле. В первый раз за все время, что провела на плантации. Упорства было ей не занимать, но и труд этот был не так легок, как казалось со стороны: жара, тяжесть фартука, в который собирали коробочки хлопка, план, выполнить который было просто нереально, разозлили девушку. Но сдаваться она не привыкла. Она вернулась в барак, порылась в чемоданах и скоро стояла на хирмане перед учетчицей, которая на школьной доске записывала мелом результаты каждого сборщика. Девушка, глядя на божественной красоты парео, принятое ею за платок, сломалась и приписала Лике недостающие для нормы килограммы. В этот день Лика была в рядах хорошистов, но при вечернем взвешивании обнаружилось-таки недостающее, учетчица расплакалась, призналась в фальсификации, и все смотрели на Лику с презрением и укором.

Впрочем, этот инцидент не смутил девушку. Она все равно будет лучшая, что бы ей ни пришлось для этого сделать. Раз интригами и подкупом не получается, она поступит так, как от нее никто не ожидает. Утром Лика опять вышла на работу. Она старалась, как могла, но маленькие выносливые соседки все равно работали быстрее, чище, аккуратнее. Лика стала думать, почему у них получается лучше, чем у нее, и решила, что они хитрят. Девушка стала внимательно наблюдать за сборщицами и заметила, что одна из них уронила несколько коробочек мимо фартука. Чем это могло помочь в выполнении плана, Лика не поняла, но крик на всякий случай подняла.

Так как немногие знали русский язык, понять ее смогли не сразу, но в скандал вступили с удовольствием, план планом, а немножко отдохнуть никогда не помешает. Лика, злая из-за того, что ее не понимают, очень эмоционально стала показывать, как коробочки хлопка выпали из фартука соседки. Для того чтобы окружающие наконец-то поняли, что она имеет в виду, ей пришлось выбросить из фартука девушки почти все содержимое. Ту это расстроило, и она вцепилась Лике в волосы. Рабочий день был сорван.

На вечернем совещании бригадиров те уже были близки к тому, чтобы отправить девушку попутным транспортом в столицу, авось затеряется, не сможет найти дорогу обратно. Но случай с подкупом учетчицы не давал им покоя: что, если она всем расскажет, как смогла за платок купить должностное лицо? Доказывай потом, что это единичный случай и что на их стане не занимаются приписками. Уголовное дело!

И бригадиры приняли трудное, но единственно верное решение: поставить Лику на хирман. До появления Лики на стане должность учетчицы доставалась только дочкам директоров совхозов и женам бригадиров, но сейчас был не тот случай, при котором можно было бы позволить себе заниматься коррупцией и разводить семейственность, Лику требовалось как-то обезопасить.

На следующее утро возбуждение, царившее в стане после вчерашней драки, несколько поутихло. Лика быстро сообразила, что взвешивать и записывать количество хлопка, собранное каждым, не так уж и сложно, зато оторваться можно в полную силу. Сборщики поняли, что зря они вчера с таким азартом пританцовывали возле сцепившейся парочки и болели, в глубине души, за свою соотечественницу. Учетчица — это власть, это сила, это план, это премия. Если у тебя плохие отношения с учетчицей, она вообще может не принять принесенную партию.

Их опасения оказались верными.

— Насолили? — голосила Лика. — Опять землю в фартук насыпали? Не приму!

Хотя она мало поработала собственно на сборе, но успела подметить, что для увеличения веса некоторые, особо ушлые, равномерно подсыпают в хлопок землицы.

Прежняя учетчица была девушкой романтической, доверчивой, по сторонам не глазела, Лика же в первый день заметила, что кое-кто из сборщиков время от времени прошмыгивает к хирману с пустым фартуком, а возвращается — с наполовину заполненным.

— Не шмыгать! Не шмыгать к хирману! —

звонко кричала девушка, едва кто-то пытался направиться в ту сторону. — Я все вижу!

И хотя не все понимали, что она говорит, ее жесты были довольно убедительными. Сборщики падали духом, показатели медленно, но верно снижались. Человеку трудно работать, если он не знает, что к его труду будет приплюсована хоть малая толика халявы. Трудно, значит, скучно. Скучно, значит, без энтузиазма. Без энтузиазма, значит, медленно и вяло. Бригадирам пришлось опять собирать внеочередную планерку. Но больше ничего гениального в голову им не приходило, поэтому с этого дня жизнь на стане становилась все страшнее и страшнее. На какую работу ни ставили Лику, везде она умудрялась наводить свой порядок, который странным образом перерастал в полную его противоположность.

Апофеозом ее трудовой карьеры явилась карьера посудомойки: в первый же день девушка потребовала, чтобы из города ей привезли всевозможных моющих средств. Ни у кого и мысли не возникло, что ее приказ можно оставить невыполненным, поэтому уже на следующий день ей доставили несколько пластиковых бутылочек яркой расцветки. Вообще-то раньше никто не утруждал себя тщательным мытьем посуды: с водой была напряженка, брали ее из небольшого мутного котлована рядом со станом, посуду чистили песком. Но цивилизованной девочке Лике такая дикость претила, поэтому она щедро залила миски в корыте едким гелем, слегка ополоснула, полюбовалась на результат своего труда и отправилась загорать в одном из своих бикини.

Утром на работу никто не вышел. Желудки сельских тружеников, переваривающих гвозди и в пыль крошившие кишечные бактерии, не справились с современной химией. Сборщики хлопка жалобно стонали на своих топчанах, ежеминутно с перекошенными лицами бегали в поле и взывали к своему богу, едва на глаза им попадалась Лика — единственная, кого не сразила странная инфекция. Хорошо, что вину за массовое заболевание они приписали демонической силе, которой обладала эта белая девушка. Поэтому они ее боялись и не причиняли ей вреда.

Лике и самой не понравился вкус еды, отдающий хлором, щавелевой кислотой и прочей гадостью, и она, полная трудового энтузиазма, решила хорошенько прополоскать посуду. Загрузила в корыто и, вместо того, чтобы с каждой мисочкой ходить на глубину котлована, погнала корыто, подобно лодке, на середину. Корыто — не судно, оно не приспособлено к плаванию. Ровно посредине котлована оно опрокинулось, потонуло само и утопило всю посуду.

Именно в этот день и позвонил Кречетов с жестким требованием вернуть Лику, обещанием выслать денег на билет и предложением заплатить за нее выкуп. Хворающие сборщики хлопка тихо ликовали на своих нарах, Бекджигит срочно выехал оформлять вылет этой страшной женщины.

Когда Лика узнала, что едет домой, она сначала обрадовалась: оказалось, она очень соскучилась по цивилизации. Но потом вспомнила, как сложно жить в том мире. Для того чтобы заявить о себе, приходилось прилагать столько усилий, усилия пропадали даром, и единственное, что не смогли у нее отнять, это деньги ее папочки, которые все равно не приносили власти, славы и уважения лично ей. А тут... любят не любят, но боятся — точно. И уважают, наверное, вон глаза какие испуганные.

Скорее всего она просто не могла позволить распоряжаться собой, как безвольным животным, в жизни Лика совершила много ошибок, но совершила их сама. И никто не имел права помогать ей в этом. Девушка закатила очередной грандиозный скандал с разбрасыванием предметов и подробным описанием мук, которые грозят тем, кто посмеет прикоснуться к ней хоть пальцем или затолкать ее в самолет. Сборщики хлопка смотрели на нее со своих нар с ужасом: отравление еще не прошло, им было очень плохо. Какие еще несчастья насылала на них эта красивая девушка? Они даже не могли убежать, слишком были слабы.

Бекджигит понимал, что это его легкомыслие и алчность виноваты во всем, и мужественно взял хлопоты по депортации Лики с территории республики на себя. Какие только усилия не применял он для того, чтобы смягчить ее сердце, как только не уговаривал — девушка была непреклонна. Естественно, поразмыслив немного, она уже и сама согласилась ехать домой, но не могла же она так легко сдаться!

— Хорошо, — наконец смилостивилась она, — я уеду. Но ты сначала скажешь мне, дрянь паршивая, кто продал меня на плантации. Это русский мужчина, которого зовут Олег?

— Скажу, скажу, — обрадовался Бекджигит, — не мужчин, девушка такой, просто девушка, волосы красные, глаза черные, рот тоже красный. Деньги мне давал, я не взял деньги, я тебя взял. Больше никогда девушка брать не буду. Не надо мне девушка!

— Гомиком, что ли, с перепугу заделался? — пожала плечами Лика.

Меня она, конечно, вспомнила и сразу догадалась, что я — ее менее удачливая соперница, которая затеяла эту аферу для того, чтобы увести Олега. Так что теперь у нее появилась новая цель в жизни — найти девицу в махагоновом парике. Ничего, пусть ищет, думаю, шансов у нее нет. Я даже билет в поезд брала на липовый паспорт — сделала как-то себе ради простого любопытства и теперь пользовалась иногда — прости, родная милиция, я больше так не буду.

Провожать Лику вышел весь полевой стан. Кто не смог идти, тому помогали более сильные, но в бараке никто не остался. И хотя не все поняли горячие слова, которыми она простилась со своими коллегами, страшно стало всем, особенно когда после ее отъезда над станом разразилась страшная гроза, ведь гроз здесь обычно в это время года не бывает. Впрочем, после грозы опять засияло яркое солнце, земля высохла, белоснежные коробочки хлопка красиво белели на поле, кишечное расстройство быстро сошло на нет, а ближайшим рейсом на стан завезли новую посуду — красивую пластиковую, разноцветную, а не алюминиевую, как было раньше.

* * *

— Но ведь получается, мон ами, что ты не достигла желаемого, — заметил Ариша после того, как я рассказала ему подробности этой эпопеи, — она не стала лучше ни на йоту.

— А почему ты считаешь, что я ставила своей целью перевоспитание Лики? Думаю, это под силу только очень властному и опытному психологу. Только в старых книжках строптивые дуры превращаются в сусальных умниц, в жизни такого, как правило, не происходит.

— Так в чем же смысл продажи бедняги на плантацию?

— Я уже говорила, что мне просто необходимо было изолировать ее на период операции и реабилитации Ольги. Ты же понимаешь, что Лика сначала делает, потом соображает. Это первое. Второе, я хотела, чтобы ее отец понял, что испытываешь, когда теряешь дочь. Этот пункт мне не совсем удался, кажется, в семействе Шлейко время прошло довольно безмятежно. Но это уже не моя вина, так уж любят они друг друга. И третье: мне было необходимо дать ей почувствовать, что испытывает человек, которым манипулируют. Они с папашей формировали жизненные события вокруг Ольги, я сформировала одно для Лики. Мелочь, а приятно.

— А ты не боишься, что теперь, когда она вернется, все закрутится с новой силой?

— Не боюсь. Думаю, Ольга теперь узнает, кто действительно предан ей всем сердцем, а кто только прикидывался мягким и пушистым. Если девушка встанет на ноги, она позволит Олегу любить себя и уедет с ним из Горовска. В Москве Лике их не достать. А если нет, то и Лике она будет неинтересна. Лика выполнила свою задачу, нейтрализовала подругу, теперь у нее новая цель — найти девицу с красными волосами и восточным макияжем, то есть меня. Вот пусть и ищет.

— А если найдет?

— И прекрасно! Такое развлечение.

— А Олег? — не успокаивался Ариша. — Лика приедет, увидит Олега, начнет предъявлять ему претензии.

— Для Олега у меня подготовлена целая стопка алиби. К тому же кому, как не ей, знать, до чего легко воспользоваться чужой электронной почтой и ввести человека в заблуждение. Сам Олег ни разу не дал ей понять, что он в курсе событий, все переговоры велись по телефону или по почте. Олег же, по моему совету, сразу после того, как отдал мне свою симку, подал заявление о краже телефона, так что теперь у него есть все доказательства непричастности к этому делу.

— Браво, Полетт, — зааплодировал Ариша, — к тебе не придерешься! На все мои претензии у тебя есть ответы. Растешь, девочка, на бабушку становишься похожа.

— Кстати, а где Инесса? — вспомнила вдруг я. — Вы случайно не поссорились?

Я уже привыкла, что дома у нас появилась эта яркая и, одновременно, мягкая женщина с удивительным умением использовать кухню по назначению.

— Нет, что ты, — испугался Ариша, — просто ее дети вернулись из отпуска, и она боится признаться им, что у нее появился сердешный друг.

— Кто? — не удержалась я. — Какой друг?

— Сердешный, — невозмутимо ответил дед, —

не могу же я это прекрасное понятие выражать вашими пошлыми словечками: бойфренд, сожитель, любовник. Эти слова могут испортить все очарование отношений.

— Сердешный друг, — попробовала я на вкус выражение. — А знаешь, мне нравится! Если бы у меня был выбор, я тоже отдала бы предпочтение не сожителю, а сердешному другу.

Глава 18

Если на хлопковой плантации воцарился, наконец, мир и порядок, то дома у меня сгущались тучи. Мало того что ушла Инесса, так еще и Слава с Алиной поссорились навсегда, как утверждала моя подруга.

— Что ты опять натворила? — строго спросила я ее.

— Почему это я? Что, кроме меня, никто уже не способен ничего натворить? — обиделась Алина.

— Способен. Но ты — просто мастер по отпугиванию женихов.

— На себя посмотри! — справедливо заметила подруга.

— Что ты ему сказала?

— Ничего особенного. Просто рассказала, почему сбежала из лагеря. Оказывается, Владимир никому меня не выдал, просто сказал, что я устала и соскучилась по цивилизации. Они немного посердились и простили. Я же еще не дала клятву скалолаза, значит, у меня был обратный путь. Это как в монастыре: пока ты послушница, ты можешь уйти, а как постриглась, все, путь закрыт.

— И? — настаивала на своем я.

— Я сказала, что на самом деле любила Владимира, а не его, и даже рисковала жизнью моего возлюбленного, лишь бы он стал моим. Но раз с мужчиной моей мечты ничего не вышло, то и Слава тоже сойдет. И чего он обиделся? Я же правду сказала! И вообще, он оказался гораздо лучше Владимира, тот только молчит и травинку с задумчивым видом жует, а Слава веселый, добрый, милый, с ним так хорошо-о-о. — Алина уткнула лицо в ладони и заревела.

Конечно, я могла бы попытаться ей помочь, но моей подруге уже давно стоило самой научиться общаться со своими мужчинами и не допускать таких грубых ляпов. Да и что я могу сделать? Прийти к нему, сказать, какая она на самом деле хорошая, как его любит, как страдает — фу, прямо роль старой сводни. Нет, пусть выпутывается сама.

— А еще он сказал, что самое страшное, что может совершить скалолаз, это повредить снаряжение товарища. За это вообще черному альпинисту отдают, хотя он альпинист, а не скалолаз, и в тюрьму сажают. Как ты думаешь, он подаст на меня заявление? Или черному альпинисту отдаст? Хотя для этого надо будет как-нибудь уговорить меня забраться в горы, проклятие действует только на его территории. Значит, тюрьма. Ты будешь носить мне передачки? Не отвернешься, когда я отмотаю срок? И знаешь, не ищи мне хорошего адвоката, я заслужила это наказание. А адвокат может оказаться молодым и красивым, я не выдержу, если он будет защищать меня из жалости и смотреть с презрением.

— Хочешь, я сделаю тебе яичницу? — предложила я, чтобы переключить разговор на что-то для нее приятное.

— Бе, — подняла Алина голову с моих колен, — не напоминай мне больше об этой гадости.

— Приступ булимии закончился?

— Слава богу! И в честь этого, а также для того, чтобы легче было страдать, приглашаю тебя на чашечку кофе и бокал мартини. Надо же как-то компенсировать себе потерю!

Я с удовольствием согласилась. Мы привели себя в порядок и отправились в весьма дорогой ресторан — сегодня Алина явно не скупилась. Официант указал нам столик, подал меню, пролистав которое, мы отказались от первоначальной идеи скромно провести время, больно соблазнителен был выбор блюд, представленный шеф-поваром. Мы заказали по дорогущему салату и медальоны под брусничным соусом, затем обе откинулись на стульях.

— А я хочу плов! — раздался за моей спиной капризный голосок. — Сами давитесь своими ролами!

Я слегка повернула голову и увидела за соседним столиком все семейство Шлейко. Кажется, они отмечали возвращение блудной дочери.

— Хорошо, деточка, не волнуйся, сейчас будет плов.

— С бараниной, целой чесночной головкой и курдючным салом, — продолжала диктовать Лика.

— Что ты, деточка, это как-то... неэлегантно, — попыталась урезонить ее мать.

— А я хочу! — настаивала Лика. — Тебе жалко? Для дочки единственной жалко?

Сам Шлейко сидел, вжав голову в плечи и поглядывая с тоской по сторонам.

— Хорошо, — согласилась мамаша Лики, — ешьте что хотите. Я возьму себе салат из морепродуктов и консоме с омаром.

— Дорогая, а это не очень дорого? — тронул ее за рукав Шлейко. — Понимаешь, у меня на кредитке осталось совсем немного, нам надо следить за расходами. Чем тебя не устраивает картошечка? Смотри, картошечка и котлета по-киевски, питательно, вкусно и не так дорого, как консоме.

— А ты вообще молчи, сморчок недоделанный! Ты еще не рассказал мне, куда дел деньги, за которые продал акции. Я еще эту шалаву не нашла, которая на наше семейное состояние позарилась. Питательно! Ты хочешь, чтобы я ни в одно платье не влезла? Картошечка! Ты хотя бы замечаешь, какие титанические усилия я прилагаю, чтобы так свежо и стильно выглядеть? Ты знаешь, сколько в картошечке углеводов? А калорий? А в твоей жареной котлетине по-киевски? В консоме я уверена, там не больше ста калорий, поэтому я буду консоме.

— А вот смотри, консоме с курицей раза в три дешевле, чем с омарами, а калории, наверное, те же, — предпринял еще одну попытку спасения семейного бюджета Шлейко.

— Салат из морепродуктов и консоме из курицы? Может, ты мне еще и красного сладкого вина предложишь? Краснодарского кагорчика? — Грудь оскорбленной женщины вздымалась, глаза метали молнии.

— Можно к консоме из курицы салатик другой взять, — все еще надеялся на лучшее ее муж. — Смотри, оливье они делают с курятиной. Все гармонично.

За спиной моей раздался звук, похожий на пощечину. Надеюсь, это все же был хлопок книжечки с меню о стол. Впрочем, этот звук быстро поставил Шлейко на место, и семья заказала все, что хотела: плов с курдючным салом Лике, консоме с омарами ее мамаше, картошечку — самому Шлейко.

На какое-то время в ресторане воцарилось спокойствие и тишина, которая, кажется, была все-таки несколько натянутой. Шлейко из добрых побуждений решил разрядить обстановку:

— Дорогая, ты зря фантазируешь, у меня вовсе нет никакой ша... женщины, это все стечение обстоятельств.

— Слышали уже, — очнулась от долгого молчания мадам Шлейко. — Поэтому ты и дочь месяц не искал, и акции профукал?

— Да, папочка, почему ты меня плохо искал? Твоя дочь там на нарах вшей кормила, на плантации, как рабыня, руки в кровь обдирала, ела дрянь всякую, убить меня там все хотели, завидовали и боялись, а ты чем все это время занимался?

Зря он вспугнул блаженную тишину. На них уже с любопытством поглядывали другие посетители.

— Смотри, это же Лика, — громко зашептала мне Алина. — Помнишь, я тебе рассказывала?

Как хорошо все-таки, что, несмотря на преданность моей подруги, я редко выкладываю ей подробности своих поручений. Она так и не поняла, кому они со Славой адресовывали свои послания. Имя той, кому они отправляли письма и сообщения, я не открыла им преднамеренно, поэтому ребятам приходилось довольствоваться «кисками» и «лапушками». Представляю, что устроила бы сейчас Алина, если была бы в курсе происходящего!

— Деточка, у тебя по шее что-то ползет, — услышала я за своей спиной сдавленный шепот.

— Ты чего, вошек не видела? Не беспокойся, они заводятся только у людей с сильным иммунитетом. Так что вошь — показатель того, что дочь твоя здорова, — констатировала Лика. — А знаешь, как тяжело было сохранить крепкое здоровье и здравый смысл в той обстановке? Мне приходилось, между прочим, еду воровать! Отнимать ее силой у таких же узников, как и я! Только они были гораздо слабее, поэтому я выжила, а они, кажется, не очень.

— Я сейчас потеряю сознание, — ахнула госпожа Шлейко.

Алина неуверенно хихикнула, я сделала ей «большие глаза». Своим интересом она мне всю дичь распугает, а я хотела подольше понаблюдать за этим семейством. Впрочем, посиделки троицы были довольно скучные. Ленивое, привычное перебрехивание, взаимные уколы, обвинения. Серьезный конфликт произошел лишь однажды, когда Лика потребовала позвать посудомойку.

— С чем вы моете посуду? — строго спросила она растерянную женщину.

Та послушно назвала моющее средство.

— Вы хорошо ее споласкиваете? Понимаете,

что, плохо споласкивая посуду, вы можете отравить посетителей ресторана? Вы вообще представляете, что такое диарея и как мучительно она протекает? Нет, вы мне тут не мямлите, идемте на кухню, и покажите мне ваше рабочее место!

— Дочка, зачем тебе это? — спросила госпожа Шлейко, заламывая руки, — проверять работу посудомойки — удел плебеев!

— Если тарелку хорошо вымыли и ополоснули, ее спокойно можно вылизывать или вытереть хлебным мякишем, это культурнее и вкуснее. А если на ней остались следы моющего средства? О какой гигиене и вкусе может идти речь? Так, а кто готовил этот плов? Тут плов вообще готовить умеют? Да вы знаете, как выглядит настоящий узбекский плов? И жир я просила курдючный, вы думаете, я не отличу его от растительного масла? Или вы просто не знаете, что такое курдюк? Папа, пойдем из этой забегаловки немедленно, тут дурят клиентов. Все слышали? В этой забегаловке дурят клиентов!

— Я с вами в корне не согласна, девушка, — заступилась Алина за свое любимое местечко. — Этот ресторан один их лучших в городе, просто постоянные посетители привыкли к изысканной кухне, вот шеф-повар и не держит курдючного сала. Могу порекомендовать вам прелестное загородное кафе для дальнобойщиков. Его открыла узбекская семья, у них наверняка есть курдючное сало для плова.

— Вот, туда мы и пойдем, ик... — внезапно икнула девушка. — Уж там нас накормят по-настоящему, ик... и дрянью всякой посуду мыть не будут, ик...

— Господи, что они сделали с нашей дочерью! — всхлипнула мадам Шлейко после того, как Лика удалилась в туалет.

— А разве она изменилась? — вдруг задумчиво произнес ее отец.

В первый раз за все время я испытала к нему легкую симпатию.

* * *

А Оля действительно быстро шла на поправку. Катерина Ивановна наконец-то перестала истерить и буквально смотрела в рот Олегу, выполняя все его просьбы и указания с абсолютной точностью. Она не позволяла себе даже покормить дочь, не спросив разрешения у ее жениха. Мужчину даже слегка раздражало подобное подобострастие.

— Катерина Ивановна, у меня нет медицинского образования, если у вас возникают какие-то вопросы, обращайтесь к лечащему врачу.

— Нет, Олежечка, я знаю, что спасли Олечку вы. Не возражайте, это вы заплатили за операцию, я знаю.

— Кстати, — как-то припер меня к стене

Олег, — признавайся, без твоей помощи тут явно не обошлось? Это ты перечислила деньги на операцию для Оли? Можешь не признаваться, я все равно включу эту сумму в твой гонорар. Понимаешь, для меня очень важно знать, что это я помог выкарабкаться Олечке! Для меня эта сумма ничего не решает, поверь.

— Тебе это надо для того, чтобы потом всю жизнь держать ее на поводке благодарности? — поинтересовалась я.

— Боже упаси! — кажется, искренне испугался он. — Ты плохо знаешь Олю. Она из-за чашки кофе, оплаченной мной в уличном кафе, переживает, а ты — о такой сумме говоришь. Напротив, я и тебя попрошу держать это в секрете, пусть все считают, что это неведомый покровитель.

Он говорил так, будто вопрос был уже решен. Непонятно почему, но мне это нравилось, я ему верила. Образ диктатора, желающего подчинить себе хрупкую Ольгу, бледнел тем активнее, чем больше я общалась с этим уверенным в себе и своей любви мужчиной.

— Хорошо, — приняла я решение, — только деньги, которые я перевела на лечение, не мои. Поэтому возвращать мне ничего не надо. Ты постоянно бываешь в отделении, скажи, есть ли там пациенты, остро нуждающиеся в дорогом лечении? Может, дети из малообеспеченных или неполных семей, сироты?

— Знаешь, как раз на днях услышал душераздирающую историю о малыше, больном лейкемией. Тебя не смущает, что этот пациент не из нашего отделения?

— Упаси боже! Направь деньги на его лечение инкогнито, и будем считать, что мы в расчете. Подходит?

— По рукам, — не раздумывая, согласился Олег.

Впоследствии я узнала, что он не только оплатил операцию и лекарства для малыша, но и отправил его с матерью в реабилитационный центр в Израиль. Лечение заняло не один год, но только тогда, когда болезнь отступила, Олег позволил считать себя свободным от обязательств.

* * *

Ни одно из опасений светила нейрохирургии не подтвердилось. Двигательные функции Ольги были в полном порядке, действительность она воспринимала адекватно, поправлялась быстро. Неожиданно у серьезной и хмурой девушки появилось чувство юмора. Имея в виду титановую пластину у себя в голове, она настаивала, что сценический псевдоним у нее будет — Терминатор. Катерина Ивановна заламывала руки, Олег пытался подавить улыбку, Оля сохраняла полную серьезность.

В один из дней Олег привел в клинику опытного фониатора, тот посмотрел Олю, попросил ее взять несколько нот и пожал плечами:

— Не понимаю, зачем меня позвали. С голосовыми связками у вашей девушки все в порядке. Вы уже пробовали петь? Нет? А зря. Природа вашего спазма была чисто психологической. Видимо, ушел раздражающий фактор, ушла и болезнь. Понимаете, над голосовыми связками и другими речевыми мышцами стоят высшие мозговые функции — сознание и прочая муть. Под воздействием сильнейшего стресса они смыкаются, и простым усилием воли человек не может заставить их расслабиться. Чаще всего спазм приводит к заиканию, у вас же, деточка, особый случай.

— А этот спазм, он может вернуться? — с робостью спросила Ольга.

— Отвечать на такие вопросы я не могу, — пожал плечами фониатор. — Как я понимаю, все самое плохое в вашей жизни уже произошло? Значит, у вас нет причин волноваться. Кстати, именно устойчивость к стрессам — гарантия вашего здоровья. Укрепляйте нервы, дорогая, вы же собираетесь строить карьеру певицы, а в этой профессии нытики и истерички долго не задерживаются.

Уже ближе к выписке Ольги произошло еще одно чудо: известное пугало для всех начинающих вокалистов, Ольга Ильинична, прислала официальное предложение продюсирировать карьеру Ольги.

— Когда Ольга Ильинична была в нашем городе, какая-то девушка попросила ее прослушать мой диск, — захлебываясь от восторга, рассказывала Оля. — Она бросила его в бардачок машины и забыла, а как-то в пробке, от нечего делать, поставила в проигрыватель. Она считает, что у меня настоящий талант, только надо еще очень много работать. Олежка, ты не обидишься, если я соглашусь на ее предложение? Ведь ты сам хотел заняться моей карьерой.

— Упаси боже! — поднял руки Олег. — Состязаться со столпом русского вокала — себе дороже. Я слышал, что она сущая ведьма, еще наведет на меня порчу за то, что я увел тебя у нее из-под носа.

— Ну и отлично. Когда мы едем в Москву?

Мы с Олегом молча переглянулись. Недавно он представил меня семье Камышиных как своего помощника, заменившего его в работе на то время, пока он пропадал в больнице. На это быстро состряпанное вранье купилась даже Катерина Ивановна — она теперь была беззаветно предана Олегу, а я, в ее понимании, бралась за любую работу. В их представлении, я была тенью Олега — незаметной, но очень полезной, поэтому меня не стеснялись и, кажется, не замечали.

— Итак, вопрос о переезде в Москву решен? — спросила я Олега, когда мы вышли из палаты. — Ольга больше не терзается сомнениями?

— Я и сам удивился тому, как легко она согласилась. Даже и формально не соглашалась, просто повела себя так, будто вопрос решен уже давно и окончательно.

— Ты рассказал ей о Лике? — догадалась я.

— Почти сразу, как нам разрешили общаться. Боялся, что это может вызвать у нее новый стресс, но как иначе было объяснить ей, что я не принимал участия во всех тех событиях, которые происходили вокруг нее?

— Она поверила?

— Сразу. Знаешь, после болезни Ольга очень изменилась, будто произошла какая-то перезагрузка: она стала мягче, спокойнее, исчезла нервозность, угрюмость, недоверчивость. Правда, пришлось дать ей послушать записи, которые ты мне дала, но это больше для очистки совести. О Лике она даже и не вспоминает, да и та забыла, что у нее была такая подруга.

— Скорее всего Лика просто не знает о состоянии Ольги. Она исчезла из города, когда прогнозы были неутешительными, а когда вернулась — ей уже было не до бывшей подруги. К тебе она уже приезжала?

— Конечно! Как ты и велела, я изобразил полное непонимание, сказал, что телефон у меня украли, и почтовый ящик у меня уже давно другой.

— Вам надо уезжать как можно быстрее, — посоветовала я. — Как только она узнает, что у Ольги все в порядке, может активизироваться с новой силой.

— Теперь не активизируется. Мы знаем, откуда растут ноги у всех этих мистических совпадений и нелогичных происшествий, так что будем начеку. Предупрежден, значит, вооружен, как говорится. Если она предпримет хоть какие-то мелкие шажки в сторону Ольги — сядет в тюрьму. Открыть дело о доведении до самоубийства — раз плюнуть, связи у меня хорошие.

— А связи ее отца?

— Благодаря твоим действиям у ее отца теперь нет никаких связей. Все шарахаются от него как от чумного. Неудачников и лузеров у нас не любят, а общаться с ними — боятся. Вопрос о моем переводе практически решен, в Москве ждут только моего решения. Так что остается ждать, когда Ольга полностью восстановится.

— А есть проблемы?

— Предстоит небольшая косметическая операция — надо подкорректировать линию волос и скрыть место, где поставлена титановая пластина. Ну и работа с психотерапевтом.

— С психотерапевтом? — удивилась я. — Мне показалось, что Ольга абсолютно адекватна.

— Сейчас — да. Но что-то заставило ее броситься под колеса. Под «что-то» я подразумеваю не события, которые с ней произошли, а состояние ее души. Ольга никогда не была истеричкой, она не могла так просто, в трезвой памяти, принять это решение. К тому же ни для кого не секрет, что люди, совершившие попытку суицида, обязательно пытаются ее повторять до тех пор, пока она им не удастся. Представляешь, в каком страхе мне предстоит жить всю жизнь? Мне и нашим детям. Лучше раньше начать лечение. В Москве есть прекрасные профессионалы, думаю, они помогут Ольге.

— А что, если Ольга не сама бросилась под колеса машины? Ты исключаешь эту возможность?

— Ой, ну ты еще скажи, что надо начинать новое расследование, притащи кучу свидетелей. Это мы уже проходили. Не забывай, я сам был подозреваемым по этому делу.

— Не забуду. Ведь именно я, если ты помнишь, ускорила твое освобождение. А Лика? Кто может гарантировать, что Лика не была в этот момент рядом?

— Я могу гарантировать. И не смотри на меня с таким подозрением. Как ты догадываешься, в моей компании есть небольшой штат охранников. Так вот, это не просто качки с тяжелыми кулаками, а профессионалы экстра-класса, уволившиеся из рядов нашей доблестной милиции. Признаюсь, я тоже грешил на Лику, поэтому заказал частное расследование.

— И каковы результаты? — больше для поддержания разговора, чем из любопытства спросила я.

— Лика вне подозрений. В это время она была в другом месте.

— А ты не допускаешь, что она могла нанять для этих целей какого-нибудь подонка? — не сдавалась я.

— Как ты предлагаешь это выяснять? — с сарказмом спросил он. — Запереть ее в подвале и допрашивать, пока не признается?

Я не ответила. Наверное, он рассуждал в высшей степени здравомысляще. Но в этот момент я поняла, почему Ольгу смущала возможность всю жизнь прожить с этим человеком: и в горе, и в радости. Излишний прагматизм еще ни одну женщину не привлек. А в целом Олег был прав: он заботился об Ольге. Не делал вид, что заботится, а действительно пытался предусмотреть все подводные камни, которые могут помешать их счастью. Даже если для этого и требовалось подвергнуть любимую женщину унизительному обследованию специалиста по душевным болезням.

Из дневника Ольги Камышиной:

«Наверное, Олег — педант. Звучит ужасно неприятно, но это так. Именно благодаря своему педантизму он смог добиться высокого положения, именно с его помощью, как ни смешно, убедил меня обратить на него внимание и даже предполо-

жить, что я смогу его полюбить. Смогу ли? Я понимаю, что только этот мужчина даст мне шанс выбраться из этого болота, но я боюсь. Допустим, сейчас я приму это в высшей степени правильное решение, позволю ему любить меня, пестовать мой талант. Ведь не зря говорят, что в любви один любит, а другой — позволяет себя любить... А что, если, продавшись за возможность внешнего успеха и благополучия, я потеряю что-то очень важное? Что, если и в нашем болоте живет пресловутый принц: неуспешный, небогатый, некрасивый, совершенно незаметный? Живет и ждет, что я увижу его когда-нибудь за всеми этими налипшими масками, увижу и пойму, что слава, признание, безбедное существование, «каменная стена» Олег — от дьявола? От дьявола тщеславия, стяжательства, продажности? А настоящее проходит мимо незамеченным. Я боюсь. Я теряю себя и ничего не могу поделать. Олег мягко просит, чтобы я быстрее приняла решение. Лучше бы он кричал, ругался, требовал, ставил условия, угрожал. Мне было бы проще сказать ему, что я его не люблю».

Я не наемник. И занимаюсь этим делом не только за деньги, которые платит мне Олег. Даже сейчас, когда Ольга, как видится всем, выглядит вполне благополучной и умиротворенной, я понимаю, что оставлять ее пока еще рано. Она приняла решение жить с человеком, которого не любит? Нормальное решение. Испокон веков многие женщины сознательно идут на эту сделку с самой собой, и, если они рассчитали правильно, редко жалеют об этом. Олег — прекрасный друг и интересный мужчина, их не ждет спорное испытание «раем в шалаше», он, без сомнения, любит и уважает Ольгу. Все рассчитано верно. При условии, что она действительно спокойно и трезво приняла это решение. А если то, что с ней случилось, было попыткой спасти свою душу? Что, если это решение далось ей слишком большой ценой?

Глава 19

— Оля, здравствуйте!

Олег вплотную был занят сдачей дел его преемнику, невеста его шла на поправку, поэтому теперь он мог себе позволить проводить в клинике только вечерние часы. Катерина Ивановна наконец-то смогла позволить себе съездить на заброшенную из-за болезни дочери дачу, отец вернулся к своему любимому дивану и шлепанцам. В палате девушки никто не сидел, и это было мне на руку.

— Здравствуйте. Если не ошибаюсь, вас зовут Полина?

— Не ошибаетесь. Олег очень беспокоится, не нужно ли вам чего-нибудь. Он очень предан вам, Ольга.

— Я знаю, — привычно ответила она. — Спасибо, ничего не нужно. На фрукты уже смотреть не могу, от витаминов скоро прыщи появятся. Единственное, чего я бы хотела, вы все равно не сможете мне предоставить.

— Возможность работать?

— А вы догадливы. Знаете, так хочется попробовать голос, — пожаловалась она. — Спазма уже нет, тембр сохранился, но петь в полную силу в больнице нельзя, а я так хочу узнать, смогу ли я работать так, как раньше!

— Я слышала, что настоящий мастер на сцене испытывает наслаждение, сравнимое с наркотическим опьянением.

— Не пробовала, не знаю, — улыбнулась Ольга. — Я имею в виду наркотики. Но сцена затягивает. Стоит попробовать раз, и жизнь без нее уже никогда не будет полноценной, даже если ты выступал в сельской самодеятельности.

Я нащупала тему, на которую Ольга могла говорить бесконечно. Она забыла, что я для нее — практически чужой человек, излагала свои мысли легко и непринужденно. Мне даже не было нужды подавать реплики. Казалось, она давно хотела излить кому-нибудь душу, но рядом не было собеседника, которому было бы все это интересно. Я терпеливо слушала, тем более что все, что она говорила, казалось мне действительно интересным.

— Ради этого даже вполне порядочный человек может совершить поступок, на который раньше не считал себя способным. Поэтому в шоу-бизнесе так процветают подсиживание, интриги. Думаете, все эти люди в обычной жизни стали бы вести себя подло и беспринципно?

— То есть вы считаете, что ради возможности петь человек может пойти на все, даже на подлость? — уточнила я. — И это не является чем-то из ряда вон выходящим?

— Все зависит от каждого конкретного случая и от меры гадости, которую ты собираешься сделать.

— Например, мера гадостей, которые наворотила Лика, превзошла все мыслимые и немыслимые пределы, — наконец подобралась я к интересующей меня теме.

— Лика очень противоречивый человек, — тщательно подбирая слова, ответила Ольга. — Наверное, ее действительно отравила сцена. Если бы не это маниакальное желание петь при полном отсутствии таланта, она никогда не пошла бы на это.

— Оля, она завидовала вам с самого раннего детства, — раздельно, чтобы до нее дошло, проговорила я. — Как вы до сих пор этого не поняли?

— Мне? Как можно было мне завидовать? Вы ошибаетесь. Это она всегда была звездой в нашем дуэте. Звездой во всем, кроме вокала.

— А потом постепенно звездой стали становиться вы. Думаете, ей так легко было падать?

Смотреть, как вы взлетаете все выше, горите все ярче? Лика не обладает острым умом, но интуитивно она с детства чувствовала, что вы сильнее.

— Даже если вы правы, есть смягчающие обстоятельства. Все эти трудные дни до моего падения под машину Лика была рядом. Олег пропадал на своей работе, мама следила, чтобы я не забыла взять с собой баночку с супом, папа вообще не замечал, живу ли я дома или уже давно прописалась в другом городе. Она была внимательна ко мне. Она выслушивала все мои жалобы, она пыталась помочь советом.

— Ольга, вы не похожи на простушку. Вы действительно считаете, что это была поддержка, а не контроль за ситуацией? Она целенаправленно загоняла вас в болото и при этом жалела свою жертву и пыталась уберечь от капканов? Вспомните хотя бы ситуацию с кражей в джаз-клубе. Именно Лика посоветовала вам отдать деньги и признать тем самым, что кражу совершили вы, хотя ее подстроила она.

— Кто вы? — пристально посмотрела на меня Ольга. — Вы не просто секретарь Олега.

— Не буду отнекиваться, — согласилась я, — не просто секретарь. Но и вам не враг.

Я зря назвала ее простушкой, у девушки хватило проницательности понять, что я не стараюсь занять ее место в сердце Олега и преследую цели, далекие от доведения ее до самоубийства.

Она даже не стала требовать, чтобы я раскрыла перед ней все карты: не то интуитивно решила, что подробности для нее не так уж и важны, не то поняла, что всей истины я все равно ей не открою. Правда, беседа наша все равно оказалась скомканной — атмосфера доверительности растаяла. Я так и не добилась своей цели. Ну, ничего, не будем отчаиваться. Ольга поняла, что я ей не враг, буду надоедать ей до тех пор, пока не смогу нащупать то, что мне надо.

— Полина? — окликнула меня уже от дверей Ольга.

Я обернулась.

— Лика единственная из моих близких знала, что со мной происходит, и очень беспокоилась о моем душевном равновесии. Она даже как-то притащила пузырек с капсулами. Сказала, что это просто чудодейственное успокоительное, что стащила его ради меня у матери: ей привозят его из-за границы, у нас не достать ни за какие деньги. Лика очень смешно изображала в лицах, как будет ругаться ее мамаша, обнаружив пропажу таблеток. Мне действительно нужна была помощь, а Лика сказала, что у них нет противопоказаний и принимать можно хоть горстями. Это были совершенно безобидные и просто удивительно действенные капсулы. Но почему-то мне они не помогали. С каждым днем мне становилось все хуже, в ушах постоянно звенело, перед глазами все расплывалось, я постоянно потела, и меня тошнило при одном виде и запахе еды, я не могла больше контролировать свои эмоции и поступки.

— А в тот день? — с замиранием сердца спросила я. — Как вы чувствовали себя в тот день, когда шагнули на дорогу?

— Я не помню, — беспомощно развела она руками. — Я даже не могу сказать, толкнули меня или я шагнула сама. Помню, мне так хотелось спать, что я готова была улечься на первом попавшемся газоне. Но остатки воспитания заставляли меня идти домой, вот я и шла, хотя никак не могла найти свой дом.

— Эти капсулы, они у вас еще остались?

— Мама говорит, что после происшествия их забрала Лика. Сказала, что ее мама очень ругается, а мне они больше не понадобятся.

— Жаль, — чертыхнулась я. — Нет, ну до чего же наглая девица!

— Пузырек хранился у меня дома, он был довольно большим и занимал много места в сумочке, — продолжала, словно не слыша меня, Ольга, — поэтому я отсыпала нужное мне на день количество в баночку из-под валерьянки и все время носила с собой. Завтра я попрошу маму принести сумочку.

— Вы умница, Оля, теперь я вижу, что у вас все будет хорошо! — совершенно искренне сказала я.

Период заблуждений и нравственных метаний этой девушки сменялся периодом определенности и принятия решений. И эта Ольга нравилась мне гораздо больше той рафинированной, создающей впечатление истеричности барышни, обладающей мощным талантом и слабым характером.

* * *

На следующий день она действительно передала мне пузырек с яркими красно-белыми капсулами. Интересно, каковы будут мои действия, если это действительно слабое успокоительное? Я отдала капсулы на экспертизу и стала ждать результат. Бутылка ликера сверх официальной оплаты сотворила чудеса, и уже вечером у меня было заключение: лекарство действительно оказалось импортным и действительно не имело хождения по России потому, что год назад было запрещено Минздравом и изъято у частных распространителей. В Россию оно поставлялось из Китая, позиционировалось как средство для снижения веса. В состав каждой капсулы входило сильнодействующее вещество, блокирующее чувство голода и одновременно подавляющее все остальные чувства и эмоции. При употреблении всего одной капсулы в день у человека резко снижалось артериальное давление, наступала непреодолимая сонливость, возникала апатия, вялость, подавленность, слабость, полное отсутствие работоспособности и концентрации внимания, тошнота, состояние тревожности, панические атаки. Могло появиться головокружение, дезориентация, потеря равновесия.

— Я, конечно, не могу запретить вам употреблять эти таблетки, — уже на словах сказала мне лаборантка, — но хочу предупредить: я лично столкнулась с этой гадостью, очень хотелось похудеть, вот и купилась. Уже на третий день еле до работы добрела, дорогу переходила полчаса, никак не могла сосредоточиться и вспомнить, на какой: зеленый или красный сигнал можно идти. Даже смешно стало, спасибо, добрые люди помогли.

— А если больше одной капсулы в день принимать, быстро похудеешь? — продолжала я прикидываться полной дурочкой.

— Девушка, вы и так худенькая, — с жалостью глядя на меня, ответила лаборантка. — В одной такой капсуле количество сильнодействующего психотропного вещества превышает максимально-допустимую дозу в сорок раз, да вы и трех дней в адекватном состоянии не проходите, просто падать начнете на улицах и окружающих не узнавать. И, кстати, дайте-ка нам адресок распространителя этой гадости, у нас милиция требует. За это дело до семи лет лишения свободы грозит, так что или давайте добровольно, или я ваши данные в милицию сообщу.

Кажется, она рассердилась. Я, не раздумывая, дала ей адрес Ликиной мамаши, поблагодарила за помощь и быстренько, пока лаборантка действительно не вздумала вязать меня и тащить в милицию, ретировалась.

Скорее всего эти таблетки действительно пыталась принимать мама Лики — дама она пышная, в ресторане отчаянно считала калории, нет ничего удивительного в том, что для снижения веса она прибегала к специальным препаратам и заказывала их у всяких проходимцев — многие сильные мира сего не избежали этой участи. Так как последствия от употребления капсул были чересчур тяжелыми, она, вероятнее всего, отказалась от них, пожаловалась дочери на симптомы и убрала отраву до лучших времен. Лика запомнила симптоматику действия капсул и, для того, чтобы окончательно подавить волю подруги к сопротивлению бедам, свалившимся на нее, посоветовала ей принимать эти таблетки в неограниченном количестве.

Скорее всего Олю никто не толкал с тротуара на проезжую часть, она просто не понимала, куда идет, что делает и что происходит вокруг нее. Ей очень хотелось спать, дезориентация в пространстве была полная, возможно, она просто потеряла сознание в неудачное время и в неудачном месте. Наверное, так и было, но обвинение в покушении на убийство предъявить некому.

* * *

— Оля, вы должны подать заявление на Лику в милицию. Она целенаправленно травила вас, прикидываясь добрым самаритянином. Сколько этих капсул в день вы глотали?

— Как только меня начинало трясти, а трясло меня практически постоянно.

— И все же?

— Ну, штук пять-семь, иногда больше.

— Вы понимаете, что она пичкала вас наркотиком? Если бы вы не попали под машину и не пролежали в коме почти месяц, вы вообще стали бы наркоманкой! Хорошо, за это время организм очистился, а если бы нет? Вы понимаете, что такое наркотическая зависимость?

— Я не буду подавать никакого заявления. Лика достаточно наказана.

— Это вам так кажется. Для нее все, что произошло за последнее время, уже не имеет никакого значения. Отец разорен, с карьерой певицы покончено навсегда, фамилия их в городе теперь вызывает лишь злорадные усмешки, мужчина, которого она пыталась завоевать, смотрит на нее, как на раздавленную крысу — с отвращением и жалостью. А самое главное, соперница — на коне. Другая давно бы ушла в монастырь, а эта только румянее становится. Месяц исправительных работ на плантации мог бы сломить самую сильную волю, а Лике — все нипочем.

— Вы просто не знаете Лику, — упрямо повторила Ольга. — Для нее самое страшное наказание — забвение. Она всегда старалась быть в центре внимания, и даже сейчас, когда о них весь город говорит гадости, она по-своему счастлива. Скоро о них поговорят и забудут, а представляете, сколько разговоров пойдет по городу, если Лику посадят? Она как-то говорила мне, что мечтает о славе княжны Таракановой. Только до княжны ей далеко, но и слава простой уголовницы ее вполне устроит.

— Ты так считаешь? — задумалась я.

А что, в словах Ольги была изрядная доля здравого смысла. Для меня стало полной неожиданностью то, что сбор хлопка не поверг Лику в тоску и уныние. А оказалось, что для нее все равно, где быть в центре внимания. Для тихих трудяг с плантации ее появление было подобно тайфуну, цунами, урагану, и как бы несладко ни пришлось самой Лике, свою порцию славы она получила. Может, и правда для нее самое страшное — забвение?

Ну, этого избежать ей уже не удастся. Папаша ее теперь вряд ли выберется из рядов среднего класса, значит, не сможет спонсировать увлечения дочери. Пройдет время, и эту шумную историю забудут. Вернее, забудут про Шлейко, но не про Ольгу. Она, несомненно, станет звездой. Талант, трудоспособность, деньги мужа и покровительство волчицы шоу-бизнеса Ольги

Ильиничны гарантируют успех. Любой государственный праздник, который так или иначе сопровождает выступление звезд эстрады, будет для Лики испорчен. Какой бы канал телевидения она ни включила, на какую бы волну ни настроила радио, всюду будет преследовать ее голос знаменитой, успешной, богатой соперницы. А Ольга действительно пойдет далеко. С таким тонким пониманием психологии...

Кстати, по поводу психологии, психотерапевтов, психиатров. Помнится, я вышла на эти капсулы только из-за того, что Олег сомневался в психическом состоянии своей будущей жены. Интересно, каково будет ему узнать, что она вменяемее всех нас, вместе взятых?

В первый раз я видела, чтобы этот молодой и успешный господин вышел из себя. Даже когда Катерина Ивановна на глазах у всего города обсыпала его проклятиями, даже когда он узнал о виновнике всех Ольгиных бед, даже накануне операции, которая должна была решить, будет жить его любимая или нет, он был предельно корректен и спокоен. Какая муха укусила его на этот раз?

Когда Олег дослушал до конца историю с капсулами, он весьма затейливо выматерился и ударил кулаком по крашеной стене больничного коридора.

— Придушу гадину, своими руками придушу! Сяду, но и она жить не будет!

Больших трудов стоило мне привести его в чувство и попросить обсудить вопрос удушения «гадины» с Ольгой. Ее он выслушает, ей он поверит и поступит так, как прикажет ему она. У меня просто не хватало аргументов в защиту жизни обвиняемой: наверное, я не обладала великодушием Ольги.

— Олег, я рассказала тебе об этом вовсе не для того, чтобы ты загремел в тюрьму, — успела сказать ему я перед тем, как он вошел в палату Ольги. — Просто меня смутило твое желание показать Ольгу психиатру на предмет суицидальных наклонностей. Теперь ты понимаешь, что она более адекватна, чем мы все вместе взятые?

— Понимаю, — остановился он, — и отдельно благодарен тебе за это дополнительное расследование. Оля тонко чувствует мысли и настроения людей, теперь я представляю, как оскорбило бы ее это обследование.

Окрыленная нехитрой похвалой, я решилась еще на одно предложение:

— Понимаю, что со стороны это выглядит несколько старомодно и сентиментально, но мне кажется, это очень поможет Ольге. Она еще не пробовала свой голос в полную силу, и, хотя спазм прошел, она до сих пор в душе не уверена, сможет ли петь по-прежнему. Проверить это можно только перед зрителями, а зал она соберет не скоро. Да и кто знает, вдруг при виде пол-

ного, не всегда дружелюбно настроенного зала
она вспомнит все, что с ней произошло, и испугается?

— Я думал об этом. Как только она выйдет из
клиники, мы сразу пойдем на студию, попробуем что-нибудь записать.

— Нет, ей необходимо проверить себя перед
залом, перед слушателями.

— Может быть, может быть. Давай сделаем
так: я арендую небольшое помещение, пригласим всех знакомых Ольги, всех, кто хорошо к
ней относится и сможет поддержать ее.

— И сколько ты будешь собирать этих знакомых? Все можно сделать гораздо проще. Пусть
она уже перед выпиской устроит небольшой
концерт в отделении. Здесь ее любят, у нее много друзей, публика неприхотливая, если что-то
пойдет не так, никто не будет кривиться и требовать назад деньги. Олег, она очень скучает по
сцене, а этот концерт станет небольшой благодарностью медперсоналу: ты подумай, многие
звезды, повернутые на благотворительности, дают небольшие концерты в детских домах и клиниках. А Ольге явно захочется сделать для них
что-нибудь приятное, не деньгами же и конфетами расплачиваться ей с людьми, которые помогли ей выжить. Платить деньгами — участь
близких.

— Как я сам не догадался?! — загорелся Олег
этой идеей.

Он быстро распрощался со мной, совершенно неожиданно чмокнув в щеку, и побежал воплощать в жизнь мою идею. Кажется, он даже забыл про то, что еще несколько минут назад главной его целью было «придушить гадину».

Глава 20

Вопреки моему стремлению, жизнь семейства Шлейко еще какое-то время горячо обсуждалась в городе. После возвращения Лики отец ее какое-то время пребывал в эйфории: дочь найдена, скоро и все остальные проблемы исчезнут. Но радость быстро растаяла от непрекращающегося нытья Лики. На уборке хлопка она быстро растеряла весь свой лоск, и теперь даже мамаша, которая раньше всегда была на стороне дочери, постоянно делала ей замечания и фыркала, глядя на то, как отчаянно ковыряет ее Ликочка в носу или пытается поймать вошек, которые, наверное, основательно подзарядились у хозяйки иммунитетом и никак не хотели погибать от действия всевозможных препаратов.

Когда до отца, наконец, дошло, что он потерял все из-за потакания именно капризам дочери, он объявил в доме военное положение. Так как, кроме него, никто и никогда не принес в дом ни копейки, отныне все должны были слушаться только его, и никого более. Семья пыталась протестовать, и тогда он заблокировал все те минимальные средства, которые остались на карточках его женщин, посадил их буквально на хлеб и воду, сам же стал питаться дешевыми фаст-фудами, тем более что он никогда и не был разборчив в пище и предпочитал кухню простую и сытную.

Жена и дочь быстро поняли, что они находятся не в том положении, чтобы ставить условия, поэтому решили капитулировать. Шлейко озвучил им свои условия: либо Лика идет в монастырь и больше никогда не является пред родительские очи, либо немедленно получает профессию и работает. Как-то так вышло, что после окончания школы Лика ни дня не училась и не работала. Знакомым она рассказывала, что готовит себя к карьере певицы или актрисы, и даже время от времени ездила в Москву на сдачу экзаменов в самые престижные театральные вузы и музыкальные училища страны.

Потом она возвращалась домой, объявляла о том, что до проходного балла недобрала самую малость и опять «готовилась» к поступлению, продолжая жить в свое удовольствие на деньги родителя.

Теперь данное положение вещей отца не устраивало, единственным вузом, где у него еще оставались связи, был педагогический. Он договорился с репетиторами, взял с дочери обещание, что она будет исправно посещать занятия, и на время успокоился. Но и Лика тоже не хотела сдаваться: она брала деньги на оплату урока, а сама, точно десятиклассница, просиживала это время в кафе.

Когда правда открылась, отец взял ее за шиворот, как шкодливого котенка, и поставил перед выбором: или она немедленно подает документы в кулинарное училище, благо принимали туда без экзаменов, либо идет в монастырь послушницей.

— Там хоть кормить будут, — решила Лика и согласилась на кулинарное училище.

Монастырь с его тяжким трудом и скудностью жизни и питания ее не устраивал абсолютно, а из училища еще были шансы спастись. Конечно, выбор образовательного учреждения был продиктован скорее желанием наказать дочь, чем дать ей профессию, поэтому Шлейко скоро возобновил Ликины занятия с репетиторами, правда, теперь педагоги посещали его дочь на дому, и расплачивался с ними сам глава семьи. Из-за нехватки средств пришлось уволить домработницу, и теперь хозяйство пришлось вести Лике и ее мамаше, уже успевшей забыть, как сложно, оказывается, мыть окна и чистить унитаз. Лика, как полупрофессионал, взяла на себя всю готовку, научилась все-таки варить плов с курдючным салом и делала это почти вкусно и изнуряюще ежедневно. Папаша ее ел плов с удовольствием, он давно мечтал, чтобы диетическое питание в их доме вытеснила сытная и простая пища, его же жена так и не привыкла к подобному образу питания, и втайне от семьи покупала себе более привычные продукты.

Несмотря на то что воспоминания о жизни на хлопковой плантации у Лики остались не самые приятные, почему-то надолго к ней прицепилась неприятная физиологическая особенность: стоило ей увидеть представителя узбекской национальности, как у девушки начиналась неудержимая икота. Прекращалась она лишь через полчаса после исчезновения из поля ее зрения предмета раздражения, поэтому, несмотря на безобидность людей данной национальности, Лика теперь их боялась пуще огня. Говорят, что икота, заикание, спазм голосовых связок имеют одинаковую природу. И это чудное явление было небольшим, но оригинальным подарком Лике от того, кто наблюдает за нами свыше.

Олег щедро расплатился со мной за работу, хотя и я довольно высоко оценила свой труд, он добавил определенный процент сверху. Что ж, надеюсь, он будет счастлив с Ольгой, хотя спокойной и размеренной его жизнь рядом с этой женщиной не назовешь, это уж точно.

В этом году Ольга уже не успела на конкурс, болезнь и реабилитация заняли слишком много времени, и на ее место взяли другую, неизвестную ей девушку. Но Ольга Ильинична побожилась своим честным именем, что на следующий год ее подопечная обязательно будет петь в Сочи, поэтому подготовку Ольга начала уже сейчас. Для конкурса требовались две авторские песни: лирическая и ритмичная. Лирическая была уже готова: на музыку, которую сочинила Ольга, положили слова нового стихотворения ее друга детства, поэта-любителя. Песня была очень грустная и нежная, немного напоминала романсы XIX века, на этот раз даже моего прихотливого деда устроили рифмовки с именем «Полина», повторяющимся в припеве.

Я не стала высказывать претензии Володе: было бы глупо упрекать человека в том, что он захотел посвятить мне песню, тем более что больше на глаза он мне не показывался.

Литературно-художественное издание

Марина Серова

СКАЛА ЭДЕЛЬВЕЙСОВ

Ответственный редактор *О. Рубис*
Редактор *М. Бродская*
Художественный редактор *А. Стариков*
Технический редактор *Н. Носова*
Компьютерная верстка *Е. Мельникова*
Корректор *Е. Самолетова*

ООО «Издательство «Эксмо»
127299, Москва, ул. Клары Цеткин, д. 18/5. Тел. 411-68-86, 956-39-21.
Home page: **www.eksmo.ru** E-mail: **info@eksmo.ru**

Подписано в печать 24.09.2008.
Формат 80x100 $^1/_{32}$. Гарнитура «Таймс». Печать офсетная.
Бумага газ. Усл. печ. л. 16,28.
Тираж 4000 экз. Заказ № 8957.

Отпечатано с предоставленных диапозитивов
в ОАО «Тульская типография». 300600, г. Тула, пр. Ленина, 109.

Маргарита Южина

в авторской серии  СИБИРСКИЙ ДЕТЕКТИВ

Маргарита Южина — стопроцентная сибирячка. Со свойственной сибирякам основательностью она пишет смешные детективы, в которых если страсти — то роковые, если злодеи — то мирового масштаба, если смех — то от всей души!

Другие книги в этой серии:

Сыщицы-затейницы
Любовь без башни

www.eksmo.ru